Chapitre 1

Juillet 1818

L'air résigné, le Dr Joseph Warriner s'assit à son bureau. Malgré ses ultimes tentatives pour revenir à la raison, il savait que c'était peine perdue : sa situation était pathétique. Pire, c'était *lui* qui était pathétique. Il sortit sa montre à gousset en or de la poche de son sobre veston de couleur foncée tout en sachant, avant même d'avoir regardé le cadran, qu'il était presque 8 heures du matin. Il s'en voulait d'avoir passé la demi-heure écoulée à consulter ce satané objet toutes les deux minutes, de même qu'il s'en voulait de prendre part à ce rituel ridicule depuis près d'un mois. Un marin incapable de résister au chant des sirènes, voilà ce qu'il était.

Et tout cela pourquoi ? Pour une danse qui n'avait duré que le temps de le dire, vingt-huit jours plus tôt. Pour quelques plaisanteries superficielles échangées au milieu du parterre des admirateurs de la dame et jetées au hasard telles des miettes de pain rassis dans une basse-cour. Ou, comme aujourd'hui, pour tenter d'apercevoir subrepticement la cause de son tourment, caché derrière les lourds rideaux de dentelle masquant la fenêtre, alors même qu'il savait en son for intérieur que son cœur stupide était une nouvelle fois en train de pourchasser une chimère.

Tout dans cette situation navrante était *pathétique*.

Il referma sa montre avec emportement, tourna sa chaise vers la fenêtre et attendit. Exactement comme il le faisait tous les mardis et tous les vendredis matin depuis plusieurs semaines, à 8 heures précises, guettant le moment où la calèche d'un beau noir brillant déboucherait sur la place. C'était jour de marché à Retford et *elle* ne manquait jamais de venir y faire ses courses. Et le fait qu'elle soit toujours aussi ponctuelle l'irritait également. Pour une fois il aurait aimé qu'elle soit en retard et qu'il soit obligé de s'occuper de son premier patient de la journée, même si les jours de marché ses rendez-vous ne commençaient qu'à 8 h 05 au lieu des 8 heures habituelles. Une autre preuve de sa lamentable folie. Il aurait été bien plus intelligent de faire quelque chose d'utile plutôt que de perdre son temps à ce rituel futile, d'autant plus que l'attendait une journée surchargée. Mais non… Cette calèche ne dérogeait jamais à ses habitudes, pas davantage que l'exaspérante personne qui l'occupait, et elle ralentit pour s'arrêter juste après la fenêtre de l'infirmerie. Exprès pour le torturer.

Avec précaution, il souleva le bord du rideau pour avoir une meilleure vue et observa le laquais qui ouvrait la portière. Au bout de quelques secondes apparurent un pied bien chaussé et une cheville joliment galbée. Sa respiration s'accéléra.

C'était la première fois qu'il voyait ses chevilles et il était étonné qu'une simple articulation – un assemblage d'os et de tendons – puisse le troubler à ce point. Combien de chevilles avait-il vues dans sa carrière ? Des centaines ? Des milliers, probablement, pourtant la vue de la sienne fit battre son cœur plus fort.

Les sublimes chevilles furent suivies de près par une tête couverte d'un chapeau. Sans avoir même besoin de les voir, il savait que ses cheveux dorés seraient coiffés avec sophistication, mais que déjà quelques mèches soyeuses, dont il avait à plusieurs reprises pu constater à quel point la couleur était pareille à celle des blés tout juste moissonnés et caressés par le soleil, auraient refusé de se laisser dompter et se seraient échappées des épingles qui les contraignaient. Ces mèches rebelles encadreraient son visage ensorcelant en formant de charmantes anglaises dans lesquelles il rêvait de pouvoir entortiller les doigts.

Il ne pourrait jamais, bien sûr, faire une chose pareille. Car si par hasard il le faisait, eh bien, il se verrait sans doute dans l'obligation de retirer toutes les épingles une à une afin de pouvoir jouir du spectacle de cette masse bouclée retombant sur les épaules de la demoiselle et dans son dos. Depuis qu'il avait vu ses chevilles, il était impossible de faire autrement... Il ferma les yeux et laissa son imagination vagabonder un instant.

Lady Clarissa Beaumont.

Joe expira lentement et la regarda se redresser. Elle tourna le buste pendant un bref instant et il put voir ses joues – délicates taches couleur pêche se dessinant sur une peau laiteuse –, mais il n'eut malheureusement pas le temps d'apercevoir ses grands yeux en amande d'un bleu à faire pâlir de jalousie la mer des Caraïbes. Il entrevit une parcelle de ses lèvres roses et charnues alors qu'elle souriait au laquais. Aussitôt, il fut pris d'un ridicule accès de jalousie, malgré l'innocence de cet échange.

C'était parce que la délectable Clarissa, cette beauté encensée par tous, ne se doutait même pas de son existence. Dieu merci, Clarissa l'éthérée ignorait également que l'homme qui était en ce moment même caché derrière les rideaux de son bureau souffrait d'une incurable maladie d'amour en phase terminale. Un mal qui, ce matin, était plus douloureux que jamais. C'était sans doute à cause de ces chevilles, comprit-il. Quelques centimètres de jambes gainées de soie et il se consumait déjà de désir. C'était une nouveauté. Jusqu'à ce jour son amour était resté pur, dans la plus noble tradition courtoise, et dénué de tout affect bassement humain. Mais jusqu'à ce jour il avait été privé du spectacle de ces magnifiques chevilles. Sans doute ne fallait-il donc pas qu'il s'étonne de cette soudaine réaction physique. Qu'était l'amour sans la passion de toute façon ?

Elle se tourna et le cœur de Joseph s'envola vers le ciel… pour retomber très vite à terre. *C'était la mauvaise sœur.* Il ne s'agissait pas du tout de Lady Clarissa Beaumont, charmante, blonde et enjouée, mais de Lady *Isabella* Beaumont. Jolie, certes, et possédant une magnifique paire de jambes, mais austère et peu sociable. Et indéniablement brune. Ses cheveux raides et foncés s'accordaient parfaitement à sa personnalité. Elle prit le panier que lui tendait le laquais, marqua un temps d'arrêt et regarda la place du marché avec un dédain évident, avant de s'éloigner d'un pas décidé. Ce n'était pas vraiment une surprise, car Lady Isabella faisait tout d'un air décidé, aussi bien lorsqu'elle ouvrait un livre et se mettait à lire pendant une réception, alors que toutes les autres jeunes filles dansaient, que lorsqu'elle rendait service à son prochain.

Alors qu'elle accompagnait toujours la belle Clarissa les jours de marché, jusqu'à cette semaine, Joe et la terrifiante Lady Isabella ne s'étaient croisés qu'en de rares et brèves occasions. Une fois, il l'avait vue lors de la soirée mensuelle qui avait lieu dans la grand-salle du village et durant laquelle elle était toujours restée à côté de sa sœur. Pendant toute la durée des festivités, elle n'avait jamais quitté cette expression de profond dégoût, comme si elle se plaçait bien au-dessus de la société provinciale du très humide Nottinghamshire. Heureusement, elle avait tendance à se fondre dans le décor, éclipsée par son étincelante sœur, donc Joe ne la remarquait que rarement.

Non. Ce n'était pas la vérité. Il la remarquait toujours ; et il le déplorait. Pourquoi perdre son temps à regarder l'obscurité alors qu'il pouvait contempler le soleil ? Il y avait néanmoins quelque chose dans ces yeux sombres et sérieux qui l'attirait irrémédiablement, constata-t-il en fronçant les sourcils. Cela le laissait perplexe. Cela l'agaçait même un peu. Mais cela piquait aussi sa curiosité. Dieu seul savait pourquoi. C'était presque aussi agaçant que de se languir d'amour pour son inaccessible sœur.

Néanmoins, en l'espace d'une semaine, il avait vu deux fois Lady Isabella à l'orphelinat dirigé par sa belle-sœur, Letty, et cela il n'avait pu l'éviter. Elle s'était portée volontaire pour venir aider à l'infirmerie et elle l'observait de son œil acéré chaque fois qu'il venait examiner les jeunes patients. Elle affichait une telle concentration, un tel sérieux et une expression si revêche qu'il avait l'impression de n'être qu'un très médiocre médecin. C'était des plus déconcertant. Pourtant elle ne prononçait jamais un seul mot. Pas le moindre ! Elle préférait se tenir en retrait près de la porte pendant qu'il travaillait et se renfermait dès qu'il se tournait. Tout cela était très curieux. Très étrange. À l'image de Lady Isabella.

Isabella était vinaigre autant que sa sœur était miel. Froide, distante, dénuée de tout humour. Austère. Peu encline à faire des politesses, sans aucun doute. Peut-être même un peu intimidante, bien que l'admettre ne fasse pas particulièrement plaisir à Joe.

Retenant son souffle, il attendit qu'apparaisse l'autre sœur Beaumont. Celle que son cœur se languissait de voir. Mais hélas le laquais referma la portière et reprit sa place à l'arrière, forçant un Joe déçu à se rendre à l'évidence : il ne verrait pas l'objet de son amour et de son tourment ce jour. C'était un coup dur et une cruelle désillusion, même s'il savait que ses futiles manœuvres pour l'apercevoir ne faisaient que le rendre plus pathétique encore. Lady Clarissa ne s'intéresserait jamais à lui.

En plus de posséder des ancêtres auxquels la bonne fortune n'avait guère souri et une réputation familiale si terrible qu'elle hantait toujours les rues de Retford tel un affreux spectre, il n'était que frère de comte, sans espoir d'obtenir un jour le titre familial, puisqu'il avait pour le précéder un autre frère et deux robustes neveux à naître dans les mois à venir. Ce n'était pas que Joe eût convoité le moindre titre, mis à part celui de docteur, mais les femmes comme Lady Clarissa étaient éduquées pour tenir compte de ces choses-là. Elle était la fille du comte de Braxton. Un jour elle épouserait un grand aristocrate et vivrait dans une immense demeure entourée d'hectares et d'hectares de terres appartenant à son riche mari. Ce type de femmes n'épousait jamais de troisième fils ni de médecin. Le métier que Joe exerçait était aussi éprouvant que gratifiant. Parfois il rentrait chez lui avec les vêtements maculés de toutes sortes de substances innommables et susceptibles de heurter la sensibilité d'une femme aussi douce et bien éduquée qu'elle.

Avec un peu de chance, il pouvait espérer faire une nuit complète. Le plus souvent, il était tiré de son sommeil par un coup frénétique à sa porte et devait se rendre en urgence au chevet d'un patient. On venait le chercher au milieu des dîners et des rendez-vous mondains. Même le jour de Noël, il devait s'attendre à être dérangé à tout moment. Cela ne le gênait pas spécialement, néanmoins. Sa vocation de médecin était si forte que pour lui le bien de ses patients passait avant toute autre chose. Mais il savait très bien qu'il ne pouvait pas demander à une autre personne d'accepter de tels sacrifices. En particulier si cette personne était si exquise qu'elle avait tout loisir de choisir l'élu de son cœur parmi une foule de prétendants tous bien plus impressionnants que lui.

Mrs Patterson, sa merveilleuse gouvernante, frappa en douceur à la porte, ce qui ramena brusquement – et fort heureusement – Joe à la réalité.

— Docteur Warriner, Mr Simmons est là pour son rendez-vous.

— Faites-le entrer, Mrs Patterson.

Joe se replaça face à son bureau et chaussa les lunettes aux fines montures métalliques dont il avait besoin pour lire ses notes. Le temps de la rêverie était passé.

Bella scruta la place du marché déjà noire de monde et se sentit aussitôt nauséeuse. D'habitude, elle était accompagnée de Clarissa, ce qui rendait la chose moins pénible, mais sa sœur avait prétendu être malade pour échapper à la corvée de lui tenir la main. L'heure était donc critique. Bella aurait pu rester à la maison. Mais elle s'y serait vite ennuyée, puisque la broderie lui paraissait une activité bien futile. Se concentrer sur les choses lui paraissant intéressantes lui faisait oublier son angoisse et lui permettait de sortir de chez elle. Se sentir utile et se fixer des objectifs l'aidait à aller mieux – c'était du moins ce qu'elle espérait avec ferveur – et il fallait qu'elle se montre courageuse. Elle viendrait à bout de la peur qui la dévorait en procédant de façon logique. Et scientifique.

Elle n'avait que quelques pas à faire pour atteindre l'orphelinat.

Il faisait grand jour.

Et personne ici ne lui voulait aucun mal.

Elle pouvait y arriver, et elle y arriverait !

D'ici moins de cinq minutes elle serait en sécurité à l'infirmerie, c'est-à-dire à l'endroit qu'elle préférait au monde, comme elle l'avait découvert depuis peu.

Il était rare qu'elle se sente suffisamment à l'aise pour oser de nouveau être vraiment elle-même. Depuis « l'incident », comme disait sa famille dans son dos, tout un pan de sa personnalité s'était retranché au plus profond d'elle-même et était trop épouvanté pour en sortir. C'était sa gentillesse et sa bienveillance qui avaient causé sa perte, après tout, et il n'était donc pas étonnant qu'elle ait du mal à se montrer confiante et détendue en présence d'un homme. Ou à se sentir à l'aise parmi la foule. Ou à sortir seule dehors, là où le danger rôdait. Elle avait peut-être commis une bêtise en venant ici sans être accompagnée. C'était sans doute prématuré. Elle ferait mieux de faire demi-tour et de remonter dans la calèche…

Tu es pathétique ! hurla la vraie Isabella. *Tu as réussi à vivre* vingt ans *sans qu'il ne t'arrive rien de fâcheux. Tu ne peux pas laisser un seul incident dicter ton mode de conduite et influer sur le reste de ton existence !*

La voix de la vraie Isabella s'était faite de plus en plus présente ces derniers mois. Elle était là en permanence dans sa tête et la motivait sans cesse afin qu'elle garde espoir et confiance. Depuis son refuge situé au plus profond de son âme, elle parait la moindre riposte, résolvait les problèmes avec calme, bon sens et logique, pratiquait l'ironie avec délectation, argumentait contre la bêtise sans jamais se montrer à court de commentaires spirituels et parfois hilarants sur le monde qui l'entourait. Cette voix n'était pas encore suffisamment puissante pour monter jusqu'à ses cordes vocales, rebondir sur sa langue jadis si bien pendue et sortir de sa bouche, mais elle était là. Quelque part. Et elle résonnait en elle.

Ces orphelins ont besoin de toi. Et pense à toutes ces choses merveilleuses que tu es en train d'apprendre.

Bella serra les mâchoires et regarda à l'autre bout de la place noire de monde. Ces enfants malades avaient vraiment besoin d'elle, et elle en apprenait tant sur la médecine à l'infirmerie que les heures passaient sans qu'elle s'en rende compte. Pour la première fois de sa vie, elle faisait quelque chose qu'elle avait toujours rêvé de faire, quelque chose qui lui aurait valu la désapprobation de toute la bonne société londonienne et qu'elle n'aurait donc jamais pu pratiquer dans la capitale. Mais la petite cité endormie de Retford n'était pas Londres et il était peu probable que les connaissances de ses parents aient jamais vent de ses activités ; parce que son père et sa mère avaient été enchantés qu'elle reprenne enfin un peu goût à l'existence, ils l'avaient autorisée à participer à de bonnes œuvres.

Les jeunes ladies de son milieu n'étaient pas censées trouver l'étude de l'anatomie et de la médecine intéressante. Pourtant, passer du temps avec ces enfants malades, apprendre ce dont ils souffraient et la meilleure façon de les guérir était parmi les choses les plus gratifiantes que Bella ait jamais faites. Elle avait le sentiment d'avoir trouvé là sa vocation et d'être faite pour être infirmière. Enfin elle pouvait mettre en pratique tout ce qu'elle avait lu dans les revues scientifiques qu'elle dévorait depuis toujours. Par ailleurs, cela la motivait et occupait suffisamment son esprit pour qu'elle oublie d'être pétrifiée pendant de longues périodes de la journée. N'était-ce pas un progrès significatif ? Franchement, elle avait hâte d'être là-bas, de se retrousser les manches et d'aider ces pauvres petits anges à aller mieux.

Tout ce qu'elle avait à faire, c'était traverser seule la place du marché. Parce qu'elle en avait assez d'être toujours terrorisée et que la vraie Bella avait raison : vivre dans la peur équivalait à se déclarer vaincue, et elle était bien décidée à ne *jamais* laisser ce monstre gagner.

Elle se força à répondre poliment par un sourire au salut de l'un des commerçants, ignorant la panique irrationnelle qui la saisissait dès qu'elle était à proximité d'un homme. Si elle avait été un peu plus observatrice et un peu moins terrifiée, elle aurait remarqué le panier chargé de pommes de terre en équilibre instable sur son étal. Mais parce qu'elle se sentait vulnérable, et que dans ces situations elle avait tendance à perdre tout sens logique, elle ne vit pas ledit panier basculer, pas plus qu'elle ne vit les pommes de terre se déverser en cascade depuis le banc jusque par terre et rouler jusqu'à elle. Bella se retourna, mais trop tard, et permit ainsi aux tubercules fugueurs de disparaître, telles des souris dans une meule de foin, sous ses longues jupes et de se frayer un chemin jusque sous ses pieds.

Son corps fit un brusque écart lorsqu'elle marcha sur l'un d'eux. Le lourd panier qu'elle portait pencha d'un côté et aida la gravité à la précipiter vers le sol à une vitesse alarmante. Bella atterrit à plat ventre, dans une position étrange, et le choc de l'impact vida ses poumons de tout l'air qu'ils contenaient. Aussitôt une vive douleur à la cheville lui fit monter les larmes aux yeux. En guise de protestation, les paumes de ses mains, désormais couvertes de boue, se mirent à brûler. Les flaques d'eau stagnante entre les durs pavés étaient déjà en train de détremper ses vêtements tandis que l'humiliation l'imprégnait tout entière. S'il y avait bien une chose que Bella détestait entre toutes, c'était se trouver au centre de l'attention au moment même où elle aurait souhaité être invisible.

Plusieurs marchands et villageois se précipitèrent à son secours, mais elle leur assura que tout allait bien et elle essaya de se relever. Une douleur fulgurante lui paralysa la jambe et la cloua sur place. Pour couronner le tout, à ce moment précis, elle vit, impuissante, la calèche familiale quitter la place pour rentrer à la maison, emportant avec elle son seul espoir de s'extraire de cette pénible situation. Elle sourit faiblement aux badauds de plus en plus nombreux regroupés autour d'elle et tenta de recouvrer un semblant de dignité, tout en luttant contre la panique qu'elle ressentait à l'idée de se retrouver à la merci de tous ces gens – qui pour la plupart étaient des hommes.

— Milady… je suis affreusement désolé.

Le marchand de légumes tordait nerveusement sa casquette entre ses mains.

— Êtes-vous sérieusement blessée ? Dois-je aller chercher le Dr Warriner ? Son cabinet se trouve juste de l'autre côté de la place.

Mortifiée à l'idée d'être vue dans cet état et dans cette posture humiliante par le brillant Dr Warriner, Bella secoua la tête. Le beau médecin était la dernière personne à qui elle avait envie de montrer à quel point elle était idiote et maladroite. N'était-il pas celui qui, bien qu'il soit un homme, faisait s'emballer son cœur stupide chaque fois qu'il lui adressait la parole et la condamnait ainsi à un mutisme quasiment permanent ? Il y avait tout de même de plus fortes chances pour que ce phénomène soit lié à son intelligence plutôt qu'à sa beauté, mais à vrai dire Bella n'aurait pu en jurer.

— Cela ne sera pas nécessaire. Je devrais parvenir à me relever dans un petit instant.

Elle rentrerait chez elle en rampant s'il le fallait.

Deux choses devinrent très vite évidentes. Tout d'abord, se mettre debout était impossible. Bella essaya à trois reprises et chaque fois la douleur fut si vive qu'elle lui fit monter les larmes aux yeux. Ensuite, malgré ses protestations, quelqu'un avait tout de même appelé le bon docteur. Lorsque la foule s'écarta comme la mer Rouge devant Moïse et les Hébreux, elle put le voir avancer d'un pas décidé vers elle.

— Ce n'est qu'une malheureuse cheville… Je vous en prie, ne perdez pas votre temps avec cela, cela n'en vaut vraiment pas la peine.

Bella essaya de nouveau de se relever en prenant appui sur les mains et échoua lamentablement. Le brave docteur avait de vrais patients à guérir et sans doute des choses bien plus urgentes à faire que de soigner la blessure superficielle d'une pauvre maladroite comme elle.

— Je mettrai de la glace sur ma cheville quand je serai rentrée chez moi et je surélèverai mon pied.

Elle tourna la tête en espérant secrètement qu'il disparaisse.

— S'il vous plaît, n'essayez pas de vous lever, milady.

Il s'agenouilla auprès d'elle.

— D'abord il faut que je jette un coup d'œil afin d'évaluer convenablement l'étendue des dégâts.

Un bras s'insinua sous ses jambes et elle tressaillit.

Il était en train de la toucher !

D'instinct elle se raidit et essaya de se dérober. Imperturbable, il poursuivit :

— Placez vos bras autour de mes épaules. Je ne vous ferai pas tomber, je vous le promets.

Dieu du ciel ! Il avait l'intention de la porter. Comme si

elle ne s'était pas déjà donnée suffisamment en spectacle comme cela !

— Je suis certaine que je peux aller en sautillant jusqu'à votre cabinet, docteur Warriner.

Peut-être qu'alors tout le monde cesserait de la fixer, parce que, depuis un certain temps, moins on la remarquait, mieux elle se portait. Sauf qu'elle ne sautillerait pas vers le cabinet du docteur. Elle prendrait la direction de chez elle et, une fois en sécurité à la maison, elle n'en sortirait plus *jamais*. La raison pouvait aller au diable. Elle n'aurait jamais dû écouter sa voix intérieure. Elle n'aurait jamais dû sortir seule, même si rester à la maison après que sa sœur eut prétendu être enrhumée lui avait semblé une bien triste défaite. Clarissa n'avait pas caché en avoir plus qu'assez d'être la nounou de sa sœur, alors que cela faisait plus d'un an que cela durait et que ce n'était même pas sa faute si « l'incident » s'était produit. Elle ajoutait même qu'il était temps que Bella tourne la page, car, au fond, « cela aurait pu être pire ».

Penser au « pire » était quelque chose d'intolérable. Malheureusement, Bella ne faisait que cela. À tout moment.

Le docteur lui adressa un regard hautain.

— Sautiller, vous dites ? Voulez-vous aggraver les choses et me compliquer la tâche ? Non, milady, je vais vous porter, si vous le voulez bien.

Mais elle ne le voulait pas. Il était un homme et elle était désormais une curiosité. Une curiosité sur le point d'éclater en sanglots et de montrer ainsi à tous qu'elle n'était plus capable d'être rationnelle et qu'elle ne possédait plus toutes ses facultés mentales, alors même que ce qu'elle souhaitait le plus au monde c'était redevenir quelqu'un de normal.

Chapitre 2

Ce que tu peux être ridicule !

Bella ferma les yeux, agrippa les épaules du docteur et tenta de se faire aussi légère que possible en espérant vainement que tout serait très vite terminé. Il la souleva dans les airs et entama la traversée de la place. Au bout d'une minute à peine, il la serra plus fermement et sa respiration s'accéléra, signe qu'il peinait. Elle constata alors qu'elle avait échoué à se faire légère et son envie de disparaître la reprit de plus belle. Dieu merci, il atteignit rapidement l'infirmerie et, une fois entré, il la déposa en douceur sur une table d'examen.

— Il me faut du matériel. Attendez-moi, je n'en ai pas pour longtemps.

Il revint accompagné de sa gouvernante, sans doute pour que la bienséance soit sauve. De façon assez stupide, la présence de cette femme soulagea grandement Bella, et elle essaya de se détendre.

— Où avez-vous mal ?

En guise de réponse, elle se toucha la jambe gauche.

— À la cheville. Une pomme de terre a voulu attenter à ma vie.

Elle sourit faiblement, tout en priant pour que la peur ne se lise pas sur son visage. *Sois rationnelle !* Il était médecin et se contentait de faire son travail. Il ne lui voulait aucun mal. Peut-être que, si elle se le répétait suffisamment, son cœur se mettrait à ralentir et les nœuds d'angoisse qui lui comprimaient la cage thoracique se desserreraient.

Bella se mordit l'intérieur des joues alors que d'un geste machinal il soulevait le bas de sa robe et la remontait jusqu'à son genou.

Il ne te veut aucun mal. Il fait juste son travail.

Mais elle n'entendait que sa propre respiration, saccadée et laborieuse. Le Dr Warriner sembla percevoir sa panique grandissante, même s'il devait penser qu'elle était causée par la douleur plutôt que par le souvenir toujours vif et pénible de cette *autre fois* où un homme avait soulevé ses jupes, une main plaquée sur sa bouche, l'autre en train de déboutonner fébrilement son pantalon. Cette autre fois où un homme l'avait touchée.

Cette réminiscence douloureuse et non désirée lui arracha un gémissement.

— Respirez lentement et profondément. Cela va vous aider.

Elle suivit les conseils du docteur sans quitter ses mains des yeux.

Il ne te veut aucun mal.

Le léger contact de ses doigts autour de l'articulation de la cheville ne lui fit pas l'effet d'être le pire des outrages.

Il ne fait que son travail.

C'était un médecin. Un homme de science. Il avait les yeux les plus bleus que Bella ait jamais vus. Plus bleus encore que ceux de Clarissa. Et ils étaient pleins de bienveillance, se rendit-elle compte.

Des yeux patients.

La voix en elle lui souffla qu'elle pouvait lui faire confiance et elle se força à la croire.

Lentement, et avec de surprenants égards, il retira sa bottine et ausculta en douceur le pourtour enflé de sa cheville. Il fronçait légèrement ses sourcils sombres. Il avait un nez parfait, songea Bella, qui cherchait par tous les moyens à ne pas repenser au passé. Ni trop petit ni trop grand. Et un menton bien dessiné sur lequel se devinait déjà une barbe très foncée, même s'il s'était de toute évidence rasé le matin même. Ses cheveux noirs frisaient très légèrement près du col blanc immaculé de sa chemise et lui retombaient sur le front, devant les sourcils, lui conférant un air presque enfantin. Cette coiffure fort peu apprêtée lui rappela que le bon docteur n'était pas du genre à recourir aux pommades ni aux accessoires inutiles comme les dandys londoniens. C'était quelque chose qui lui plaisait chez lui.

Il n'avait d'ailleurs pas besoin de cela. Il était incroyablement beau. Bella s'était surprise elle-même en s'en faisant la remarque dès la première fois qu'elle l'avait vu, parce que cela faisait plus d'un an qu'elle n'avait pas eu ce genre de pensées au sujet d'un homme. Elle ne l'avait jamais vu porter autre chose que du noir ou du bleu marine, et même s'il était toujours élégamment vêtu ses tenues lui donnaient l'air de quelqu'un d'à la fois bien dans sa peau et de beaucoup trop occupé pour accorder beaucoup d'attention à sa garde-robe. Le Dr Warriner était un vrai homme de science et cela se voyait.

Il possédait de belles mains, également. Propres, avec des ongles bien soignés, mais aussi agiles. Expertes. L'exact opposé des mains de ce monstre. Des mains de soigneur, de guérisseur. Comme celles de Bella.

Alors que la panique commençait à se dissiper, elle se surprit à observer sa façon de procéder. Après tout, il avait suivi des études de médecine en bonne et due forme, tandis qu'elle tenait son savoir des livres qu'elle avait pu trouver. Et tous les livres du monde ne pouvaient remplacer l'expérience pratique.

— Mrs Patterson, auriez-vous l'obligeance de…

Il ne finit pas sa phrase et, avec un air un peu étrange, fit signe à la gouvernante de retirer le bas gauche de Bella. Se sentant horriblement exposée, et consciente de l'avoir regardé de façon trop ostensible, Bella s'allongea et fixa le plafond pendant que les larges mains du docteur examinaient et manipulaient avec précaution son pied, son mollet et sa cheville.

Il ne fait que son travail. Cesse d'être d'une lâcheté pathétique. C'est agaçant. Tu *es agaçante. Sois rationnelle.*

Une fois qu'elle eut accepté l'inexorabilité de sa situation et se fut répété son mot d'ordre une bonne douzaine de fois dans la tête, il s'avéra que l'expérience n'était pas si déplaisante que cela. Les paumes du Dr Warriner étaient douces et chaudes, et dès qu'il la touchait elle était parcourue de frissons qui faisaient s'accélérer son pouls. Bizarrement cela n'avait rien à voir avec de la peur ni de la panique. Bella connaissait trop bien ces sensations pour ne pas les reconnaître. Étrange…

Les doigts du docteur désertèrent tout à coup sa peau et la vraie Bella réclama leur retour. En fait, la vraie Bella était en totale pâmoison.

— La bonne nouvelle, c'est que vous n'avez rien de cassé.

Bella fixa les mains expertes du médecin tandis que, d'un air absent, il remettait ses jupes en place. De toute évidence, il avait l'habitude de toucher les jambes des femmes, car les siennes semblaient le laisser totalement indifférent.

— Mais l'entorse et la contusion sont sérieuses, donc il ne faudra pas prendre appui sur votre pied pendant plusieurs jours.

Il sourit de son sourire détaché de médecin et s'adressa à sa gouvernante.

— Mrs Patterson, pouvez-vous aller chercher de la glace et des serviettes, s'il vous plaît ?

Ils allaient se retrouver seuls ! La fin de la conversation échappa à Bella, que la panique avait rattrapée. Alors que la gouvernante quittait la pièce, elle se redressa afin de se tenir prête à s'enfuir en courant s'il le fallait. En prenant appui sur ses mains blessées pour se mettre en position assise, elle ne put réprimer une grimace.

— Montrez-moi, dit-il sur un ton détaché et professionnel qu'elle trouva rassurant.

Il prit ses deux mains dans les siennes et aussitôt le pouls de Bella s'arrêta, pour repartir frénétiquement un instant plus tard, dès que le docteur tourna ses paumes souillées vers lui pour examiner les écorchures causées par la chute. Curieusement, malgré la proximité troublante de leurs deux corps, Bella n'eut pas envie de prendre ses jambes à son cou. Était-ce le signe qu'elle progressait ? Elle l'espérait.

— Il faut les nettoyer.

Il la lâcha sans montrer la moindre émotion et se dirigea vers l'autre bout de la pièce, où se trouvait un petit meuble de toilette. Après avoir versé de l'eau dans la cuvette, il ajouta une généreuse giclée d'un liquide clair contenu dans une bouteille et, après avoir posé une serviette propre sur son épaule, il transporta la cuvette jusqu'à elle.

— Trempez vos mains là-dedans, s'il vous plaît.

Bella plongea les mains dans l'eau et les retira aussitôt parce que cela piquait énormément.

— Qu'y a-t-il dans cette eau ? De l'acide ? demanda-t-elle d'une voix méfiante.

— Du gin. J'ai remarqué que les blessures nettoyées régulièrement à l'alcool n'ont pas tendance à s'infecter. Par ailleurs, le gin est très bon marché. J'aimerais autant, voyez-vous, ne pas avoir à utiliser du bon brandy pour nettoyer les plaies de mes patients, ce serait du gâchis…

Il essayait de la mettre à l'aise comme il le faisait avec les enfants à l'infirmerie de l'orphelinat. Il avait une si jolie voix. Grave. Douce. Néanmoins, Bella le toisa en clignant des yeux au lieu de sourire à sa petite plaisanterie. Aussitôt, elle vit le visage du docteur redevenir sérieux et s'assombrir franchement. Il ne l'appréciait guère, mais qui aurait pu lui en vouloir ? Elle-même ne supportait pas celle qu'elle était devenue.

La honte la saisit tout à coup. Alors qu'il faisait des efforts pour se montrer gentil, tout ce qu'elle trouvait à faire, c'était le fixer en clignant des yeux, sans rien dire ? Jadis, elle aurait su quoi répondre. Elle aurait trouvé quelque chose de léger. De drôle. Cette personne qu'elle avait été lui manquait et chaque jour elle espérait son retour. Mais l'ancienne Bella avait disparu, et celle qui l'avait remplacée n'avait pas toute sa tête.

Pour la première fois de son existence, elle aurait aimé être sa sœur. Clarissa, toujours prête à faire la conversation, aurait répondu quelque chose de spirituel et d'engageant. Quant à elle, elle restait muette. Même la vraie Bella ne trouvait rien à dire, à tel point que le silence devint vite assourdissant. L'atmosphère se fit de nouveau pesante, par sa faute, ce qui rendait la chose encore plus pénible. Pour les tirer tous les deux de ce mauvais pas, elle eut subitement envie de se noyer dans la bassine d'eau.

Pendant ce temps le docteur, sérieux et imperturbable, lui nettoyait les mains avec la serviette humide. Lorsqu'il les jugea assez propres, il les sécha en les tamponnant délicatement, puis alla chercher un pot d'onguent sur une étagère. Avec douceur, il appliqua de la pommade sur la plaie la plus profonde.

— Cela sent le miel.

Elle s'était fait violence pour parler. Cette tentative pour revenir à une conversation normale était désespérée et dérisoire, mais pour le moment elle ne pouvait pas mieux faire. Au moins, elle discutait avec lui. Un homme. Cela aussi, c'était un progrès significatif.

Il reposa le pot après l'avoir refermé.

— C'est parce qu'il s'agit principalement de miel, en effet. Nous, nous le gâchons en l'étalant sur du pain, mais les anciens Égyptiens, eux, avaient bien conscience de ses exceptionnelles vertus curatives. Je me suis rendu compte que le miel, tout comme le gin, agit comme une barrière protectrice contre les agents infectieux. Et il est délicieux sur du pain, bien entendu.

Il sourit brièvement, ce qui de façon étrange remua les

entrailles de Bella. Elle essaya de faire comme si elle n'avait rien remarqué et s'obligea à ne plus se mordiller les lèvres et à répondre :

— Les Égyptiens possédaient des scalpels en métal, des scies à os…

Ce commentaire lui valut un nouveau regard interloqué, comme si elle était la plus étrange des femmes. Elle ne finit pas sa phrase.

— C'est ce qu'il me semble avoir lu, en tout cas…, jugea-t-elle bon d'ajouter, comme pour se justifier.

— Vous passez le temps en lisant des ouvrages consacrés aux instruments chirurgicaux ?

— Je ne suis pas une potiche sans cervelle.

Et voilà, c'était gagné : maintenant, il devait la trouver prétentieuse et agressive. Jamais Clarissa n'aurait eu l'idée de se lancer dans une grande discussion sur les scies à os avec un homme ! Elle aurait souri et aurait complimenté son interlocuteur au sujet de ses connaissances hors du commun. Mais en même temps Clarissa était née charmante – et charmeuse – tandis que l'obsession actuelle de Bella était surtout de ne pas plaire.

Heureusement pour lui, le Dr Warriner n'eut pas à répondre, car Mrs Patterson choisit ce moment précis pour réapparaître, avec la glace demandée. Elle avait déjà été pilée en petits morceaux, qu'il enveloppa dans un fin carré de lin et plaça sur la cheville enflée de Bella.

— Votre carrick sera là dans cinq minutes, docteur Warriner.

Il avait l'intention de la raccompagner chez elle !

Lui, elle et personne d'autre dans un espace clos et confiné.

Le chemin jusque chez elle était long et très peu fréquenté. Les arbres et les buissons qui bordaient la route la dissimuleraient aux yeux des éventuels passants s'il venait au médecin l'idée de l'attirer vers les bas-côtés… La peur lui tordit le ventre.

— Non ! s'exclama-t-elle. Envoyez un message chez moi, afin que la calèche de mon père vienne me chercher ici.

Il se raidit, fronça les sourcils et lui adressa un regard glacial.

— Faites comme bon vous semble. Mrs Patterson va vous conduire dans la salle d'attente, milady. Pour ma part, j'ai d'autres patients à soigner.

Seigneur, quelle impolitesse ! songea Joe en se dirigeant vers la porte d'entrée.

Au bout de plusieurs heures, il ne s'était toujours pas remis du comportement très particulier de Lady Isabella. Elle ne l'avait même pas remercié pour le temps qu'il lui avait consacré. Elle s'était contentée de le regarder avec méfiance comme s'il commettait la pire des offenses en la soignant, de prendre un air dégoûté chaque fois qu'il la touchait et de lui parler comme à un moins-que-rien. Même s'il savait très bien que tout le monde n'était pas égal devant la douleur, c'était la première fois qu'il voyait quelqu'un manifester autant de souffrance pour une simple entorse à la cheville. À moins que ce ne soit pas sa blessure qui l'ait rendue si sèche et odieuse. Peut-être était-ce sa nature, tout simplement… Si tel était le cas, c'était fort dommage. Car elle était jolie. Si elle apprenait les bonnes manières et si elle souriait de temps en temps, elle serait aussi éblouissante que sa sœur. Peut-être même davantage. Ces yeux sombres en amande, bordés de cils plus sombres encore, étaient vraiment magnifiques. Quand ils ne le scrutaient pas d'un air suspicieux.

C'était peut-être son nom qui avait déclenché l'hostilité de Lady Isabella ? Malgré les efforts déployés par Joe et ses trois frères, le souvenir de leurs tristement célèbres père et grand-père laissait un goût amer dans la bouche des habitants de la région. Tout le monde se méfiait des Warriner. Cela ne changeait rien que son frère aîné, Jack, et que son épouse Letty soient devenus de grands philanthropes. Ni que son frère Jamie et son épouse Cassie soient responsables de l'essor touristique spectaculaire que connaissait Retford, puisque leurs lecteurs venus de tout le pays affluaient en masse pour voir de leurs propres yeux où se situaient les intrigues de leurs livres à succès. Seules quelques rares personnes acceptaient de reconnaître que la famille était devenue fréquentable. Une grande majorité des gens restaient persuadés que les Warriner ne changeraient jamais.

Lady Isabella s'était de toute évidence laissé influencer par les commérages malveillants qui couraient en ville et il lui en voulait beaucoup. Elle ne vivait à Retford que depuis un peu plus d'un mois et elle s'était déjà fait une opinion ! S'il avait été aussi mauvais que ses aïeux, aurait-il sacrifié une partie de sa journée de travail bien remplie pour aller rendre visite à la patiente la plus ingrate qu'il ait jamais eue ?

Néanmoins, la blessure de Lady Isabella lui fournissait l'excuse idéale pour se présenter chez elle, quelque chose qu'il rêvait de faire depuis qu'il avait dansé avec la délicieuse Clarissa quelques semaines plus tôt. Le médecin qu'il était avait réellement besoin d'examiner la blessure de sa patiente, ce qui était la raison principale qui le faisait frapper à la porte du comte de Braxton. Il doutait sincèrement que l'austère Isabella lui en serait reconnaissante, néanmoins il se sentait obligé de le faire. Parfois son propre zèle l'agaçait. Alors même qu'il était le premier à déplorer cet empressement maladif à aider son prochain, surtout quand le prochain en question, pour tout remerciement, ne le traitait qu'avec dédain, c'était plus fort que lui. Il savait qu'il ne trouverait le sommeil que s'il s'était assuré qu'elle allait mieux. C'était une vilaine entorse et parfois une mauvaise chute pouvait causer des caillots de sang. C'était une complication rare, surtout chez un sujet si jeune, mais mieux valait se montrer trop prudent que pas assez. Un nouvel examen de ces jambes splendides était nécessaire, toute désagréable que soit la patiente.

À dire vrai, Joe se sentait également coupable d'avoir pris autant de plaisir à contempler les chevilles de Lady Isabella. Une fois le bas de soie retiré, il avait pendant un court instant oublié d'être un médecin détaché et il avait regardé sa peau satinée simplement comme un homme. Cela ne lui était jamais arrivé auparavant. Il avait prononcé le serment d'Hippocrate avec solennité et prenait ses responsabilités beaucoup trop au sérieux pour se laisser troubler par des pensées déplacées. Néanmoins, l'habitude qu'avait Lady Isabella de le toiser comme s'il était un barbare sur le point de mettre un village à sac lui avait fait recouvrer la raison au bout de quelques secondes, et l'agacement avait rapidement pris le pas sur l'émerveillement.

Joe frappa à la porte avec détermination. La visite de cet après-midi était strictement professionnelle. Si par hasard il croisait l'adorable Lady Clarissa, cela rendrait la chose moins pénible. Tout comme la vue de ces jambes qui, malheureusement, appartenaient à l'autre sœur Beaumont, celle qui était irritante.

La porte ne mit pas longtemps à s'ouvrir.

— Pourriez-vous informer le comte de Braxton que le Dr Warriner souhaite vérifier l'état de santé de sa fille ? C'est moi qui me suis occupé d'elle ce matin.

L'austère majordome semblait perplexe.

— Le médecin est déjà ici, sir.

Il aurait dû s'en douter ! Les parents de Lady Isabella avaient fait prévenir ce vieil idiot de Dr Bentley dès qu'ils avaient appris que leur fille avait été soignée par un Warriner. Ce n'était pas la première fois qu'une chose pareille lui arrivait. La plupart du temps, il passait outre, mais d'autres fois – comme aujourd'hui – il lui prenait des envies de révolte.

D'autant plus qu'il savait pertinemment qu'il était un bien meilleur médecin que le charlatan qui lui était préféré.

— Malgré tout, insista-t-il, j'aimerais la voir. C'est pour ma propre tranquillité d'esprit, comprenez-vous. Je ne retiendrai pas la famille longtemps. Une visite éclair…

Chapitre 3

Le majordome offensé invita Joe à patienter dans le couloir. Quelques minutes plus tard, il fut conduit avec brusquerie jusqu'au salon, où il fut reçu par la comtesse de Braxton.

— Docteur Warriner ! Jamais je ne vous remercierai assez de vous être porté au secours de Bella.

Elle prit ses mains dans les siennes et les serra avec effusion. Elle semblait trop reconnaissante, presque au bord des larmes, mais cela faisait une moyenne avec le mépris affiché du reste de sa famille.

— Inutile de me remercier, répondit-il, alors que son regard balayait la pièce à la recherche de Clarissa.

L'objet de son désir était assis à l'autre bout du salon. Elle brodait et ne se donna pas la peine de lever les yeux de son ouvrage. Son visage, d'habitude souriant, se fronça légèrement. Dans la tête de Joe, une voix pernicieuse lui chuchota qu'elle était impolie, mais il l'ignora sans vergogne. Un ange comme Lady Clarissa ne pouvait pas être impoli. Contrairement à sa sœur. Son regard se porta vers l'autre extrémité de la pièce, où la cadette était assise sur un canapé. Son pied blessé reposait sur des coussins et ses yeux hostiles étaient plissés. À ses côtés, le Dr Bentley était en train de ranger ses affaires. Parmi elles, ses sempiternels récipients à saignée, puisque ce vieil idiot recourait à ce traitement pour soigner tout et n'importe quoi. Il jeta un coup d'œil rapide à Joe et esquissa un signe de tête.

— Warriner.

C'était toujours ainsi qu'il s'adressait à lui. Par son nom et rien d'autre. Joe n'avait jamais droit à son titre. Lui, l'arriviste. Le charlatan qui avait eu l'outrecuidance d'ouvrir un deuxième cabinet dans la ville de Bentley, lui dérobant l'argent qui lui revenait de droit. Qu'est-ce qu'un Warriner comme lui savait, de toute façon ? C'était vrai, après tout, Joe n'avait voulu devenir docteur que depuis l'âge de huit ans… Il avait sué sang et eau à la faculté de médecine d'Édimbourg dans le but de terminer premier de sa promotion. Il s'était bâti une clientèle importante malgré l'exécrable réputation de sa famille parce qu'il excellait dans son art. Et depuis qu'il avait ouvert son cabinet il travaillait du matin au soir, sans ménager sa peine. Un jour, il ne se priverait pas de dire à son cher collègue ce qu'il pensait vraiment. Mais pas aujourd'hui.

— Je vous salue bien, *docteur* Bentley. Comment se porte *notre* patiente ?

— Il s'agit de *ma* patiente à présent et je refuse de discuter de son traitement avec vous.

Le Dr Bentley se tourna vers la comtesse.

— Je vous souhaite une bonne fin de journée, madame la comtesse. Je vais attendre vos instructions concernant *l'autre* sujet et j'espère que Lady Isabella se reprendra rapidement.

Puis il quitta la pièce sans se retourner. De toute évidence, Bentley était vexé. Lady Isabella avait dû se montrer « charmante » avec lui aussi.

Mais, puisque c'était la raison de sa venue, Joe se dirigea vers le canapé en souriant.

— Comment va votre cheville ?

— Mieux.

Elle semblait au bord des larmes. Joe eut du mal à rester de marbre. Il se laissait trop facilement émouvoir et avait tendance à toujours vouloir se porter au secours des personnes en détresse. C'était un défaut avec lequel il était né, semblait-il, et cela faisait longtemps qu'il l'avait accepté. Sans y être invité, il se pencha au-dessus de Lady Isabella et lui prit la main. Il faillit la lâcher lorsque d'étranges picotements lui parcoururent le bras. Il fronça les sourcils, perplexe. Cela ne lui était jamais arrivé, et il n'était pas normal qu'une chose pareille se produise avec elle.

— Les entorses peuvent faire horriblement mal. Mais en général un peu de repos suffit pour qu'elles guérissent.

Il regarda le pied de Lady Isabella et sa cheville toujours contusionnée.

— Il vous faut de la glace.

— Le Dr Bentley a dit que pour les entorses l'eau chaude était le meilleur traitement.

Lady Braxton semblait désolée de contredire Joe.

— Il a insisté pour que soit retirée la poche de glace, poursuivit-elle.

— Ah…

Le tact et la diplomatie étaient obligatoires, surtout lorsqu'il était question des diagnostics du Dr Bentley. En tant que médecins, tout les opposait. Bentley était enlisé dans la tradition, alors que Joe n'hésitait pas à se libérer de ce carcan.

— Dites-moi, Lady Isabella, la douleur est-elle plus supportable avec ou sans glace ?

— Avec, répondit-elle sans hésitation. J'ai d'ailleurs protesté.

Il était clair qu'elle ne tenait pas le Dr Bentley en haute estime, ce qui signifiait que derrière ses poses hautaines elle possédait un minimum de jugeote. Joe sourit d'un air encourageant et la vit baisser les yeux.

— Elle a aussi refusé la saignée.

Lady Braxton semblait décontenancée, voire exaspérée, par l'entêtement de sa fille.

— Pensez-vous qu'elle ait besoin d'être saignée, docteur Warriner ?

— Je ne vois pas pourquoi cela serait nécessaire.

Pour Joe, les saignées n'étaient *jamais* nécessaires. D'après son expérience, jamais cette pratique qu'il réprouvait n'avait donné le moindre résultat. Cependant il se gardait d'exprimer son opinion à haute voix, car bien souvent cela déconcertait les gens, qui pour la plupart n'auraient jamais osé remettre en question la prétendue sagesse de la médecine traditionnelle. Pour Joe, la saignée n'était rien d'autre qu'une pratique obscure et moyenâgeuse, à ranger dans la même catégorie que les sangsues.

— La glace et le repos sont les meilleurs traitements contre les entorses. Si la douleur persiste, une infusion d'écorce de saule peut également se révéler bénéfique.

Lady Isabella le regarda à travers ses cils outrageusement longs et sombres, et lui adressa l'ombre d'un sourire. De nouveaux picotements se firent sentir le long des terminaisons nerveuses de Joe et son col le serra tout à coup beaucoup trop. C'était peut-être Clarissa qui était en train de le regarder... Joe lutta contre l'envie de se retourner pour vérifier.

— Accepteriez-vous que je jette un coup d'œil rapide ? Je voudrais juste m'assurer de l'absence de complications.

Lady Isabella acquiesça d'un air méfiant. Son sourire s'était envolé et elle se mordillait la lèvre inférieure. Il procéda donc à un examen très bref.

— Votre cheville a déjà dégonflé. D'après moi, tout sera rentré dans l'ordre dès vendredi et vous pourrez danser avec votre sœur... Toute la famille a-t-elle prévu d'assister au bal de samedi soir ?

Quel manque de subtilité pathétique ! Joe eut honte de lui-même. Cela ne l'empêcha pourtant pas de jeter un coup d'œil à la dérobée vers la sœur de sa patiente. Elle brodait toujours et l'ignorait complètement. Il aurait donné n'importe quoi pour qu'elle le regarde, mais cela ne se produisit pas. De nouveau, il fit taire la voix qui, en lui, s'insurgeait contre tant de mépris. Les anges n'étaient pas censés être impolis. Ils étaient censés être... angéliques, précisément. Peut-être ne l'avait-elle pas remarqué. Une piteuse excuse, mais elle le méritait.

— Oui, bien sûr, nous y allons tous !

Lady Braxton sourit à sa fille d'un air encourageant.

— Et si vous dites que Bella sera suffisamment remise pour danser c'est une merveilleuse nouvelle ! Voulez-vous une tasse de thé, docteur Warriner ?

— Je ne voudrais pas vous importuner…

— Vous ne nous importunez pas. Pas le moins du monde.

Elle alla sonner, laissant Joe avec Lady Isabella. *Bella*… Un très joli diminutif, dont il n'était pas certain qu'il lui aille vraiment. Trop enjoué et léger pour la jeune femme silencieuse et introvertie assise à côté de lui. Le prénom de Bella évoquait à ses yeux une tout autre personne. Quelqu'un de vif et de gai, dont la compagnie était agréable et recherchée de tous. Rien à voir avec celle qui était en ce moment même en train de le juger en silence. Bien en peine de trouver quoi dire ou quoi faire, et au vu de l'indifférence affichée de sa sœur aînée, Joe sourit de son sourire rassurant de médecin.

— La douleur est-elle supportable ?

— Oui.

Elle garda les yeux fixés sur ses mains et comme c'était souvent le cas quand ils se trouvaient dans la même pièce, semblait-il, un silence pesant s'installa. La grande question était la suivante : devait-il se donner la peine de pousser plus loin la conversation, sachant que l'une des sœurs l'ignorait ostensiblement et que l'autre semblait dégoûtée par lui ? Devait-il plutôt attendre le thé sans rien dire ? Ou, mieux encore, devait-il saisir la première excuse lui passant par la tête et s'enfuir à toutes jambes ? Joe ne s'était jamais senti aussi mal à l'aise de sa vie. Il était en train de songer sérieusement à prendre congé lorsque Lady Isabella se mit enfin à parler, d'une si petite voix qu'il dut tendre l'oreille pour entendre.

— J'aurais dû vous remercier pour votre aide ce matin.

C'était monstrueusement impoli de ma part de ne pas le faire sur le moment… mais je ne suis pas très douée pour… depuis le… Ce que je veux dire, c'est que…

Elle soupira et son visage se durcit.

— Ce que je veux dire… c'est que je n'étais pas tout à fait moi-même.

Les yeux sombres trahirent son inquiétude lorsque, très brièvement, ils croisèrent les siens. Mais elle les baissa aussitôt et se remit à fixer ses mains. Ses joues avaient pris une nette coloration rosée. Ce trouble soudain ne cadrait pas avec son caractère, que Joe avait jugé revêche et buté. Était-il possible que Lady Isabella soit timide plutôt qu'impolie ? Ou bien était-ce encore lui qui, à cause de son bon cœur, ne pouvait pas s'empêcher de chercher des excuses à tout le monde ? Il avait en effet tendance à attribuer un meilleur caractère aux gens que celui qu'ils possédaient vraiment. Surtout aux femmes. Il décida donc d'attendre un peu avant de se fier à son instinct beaucoup trop bienveillant.

— Une pomme de terre venait d'attenter à votre vie, déclara-t-il en souriant. Je ne pense pas que j'aurais été dans de très bonnes dispositions si j'avais été à votre place.

Elle leva lentement les yeux et les plongea dans les siens.

— Vous êtes trop bon.

C'était sans doute la vérité, mais il n'avait pas besoin qu'on le lui rappelle. Son regard se posa sur le livre qui était ouvert à côté d'elle et il le désigna d'un signe de tête.

— Un ouvrage… scientifique ?

Elle rosit de plus belle, gênée d'avoir été surprise en flagrant délit de lecture sentimentale.

— Parfois, j'ai besoin de me souvenir que le monde est un bel endroit.

Joe l'aurait volontiers questionnée au sujet de cette curieuse réponse, mais sa mère était de retour, à la tête d'une petite troupe de domestiques portant le service à thé ainsi qu'une petite table qui fut installée à côté de la blessée.

— J'espère que vous aimez les douceurs, docteur Warriner, car il y a beaucoup de gâteaux. Et de biscuits également ! Mes deux filles adorent toutes les deux les biscuits. Viens, Clarissa ! Viens prendre le thé avec nous !

L'objet de l'affection de Joe posa sa broderie avec mauvaise humeur et se dirigea vers la petite table avec des manières et des mines d'enfant boudeuse. Aussitôt, il se leva et inclina la tête.

— Lady Clarissa. J'espère que vous allez bien.

— En réalité, docteur Warriner, *non,* je ne vais pas bien. Je suis enrhumée. Mais ma santé est condamnée à rester ignorée pour le bien de Bella, puisque c'est pour elle que tout le monde *doit* s'inquiéter. *Tout le temps.*

— Ton nez coule à peine, Clarissa, ma chérie, répondit Lady Braxton, gênée. Et ta sœur aurait pu se casser la jambe !

— Mais je suis là, et je peux aussi m'occuper de vous, milady.

Seigneur, il aurait tout de même pu essayer de masquer un peu mieux son empressement ! Vite, il se dépêcha de prendre une expression pénétrée et professionnelle.

— De quels symptômes souffrez-vous ?

Lady Clarissa adressa un petit sourire à sa sœur et prit place sur la chaise qu'un laquais venait d'installer pour elle. Elle n'eut ni un regard ni un mot reconnaissants pour le domestique, ce qui déplut à Joe.

— J'ai mal à la tête et mon nez est complètement bouché.

— Une congestion des sinus occasionne souvent des maux de tête. Avez-vous de la fièvre ?

De justesse, il résista à la tentation de poser la main sur son front.

— J'ai un peu chaud.

— C'est peut-être parce que tu as absolument tenu à porter cette robe en laine en plein mois de juillet, rétorqua Lady Braxton en adressant de noires œillades à sa fille.

Il y avait dans cet échange des sous-entendus qui échappaient à Joe. Était-ce de la jalousie ? De l'hostilité ? En tout cas, il était clair qu'il existait un point de discorde entre les deux sœurs, même si c'était surtout Clarissa qui semblait s'en plaindre. Lady Isabella, qui était la personnification même de la mortification, regardait de nouveau ses mains. La mère semblait prête à étrangler son aînée.

— Et si tu allais te changer *tout de suite* et cessais de faire perdre son temps au bon docteur, ma chérie ?

— Oh ! oui ! Excellente idée ! Comme cela, vous pourrez recommencer à vous occuper de la *pauvre* Bella. Parce que vous trouvez peut-être qu'on ne s'est pas suffisamment occupé d'elle comme cela ? Grâce à elle nous sommes bloqués ici et je m'ennuie à mourir !

— Avez-vous essayé les inhalations ?

Toujours diplomate, Joe était intervenu pour essayer de détendre l'atmosphère. S'il s'agissait d'une rivalité entre sœurs, Lady Clarissa reviendrait peut-être à de meilleures dispositions si on lui accordait un minimum d'attention. Quant à lui, il cesserait de se sentir coupable d'être agacé par elle.

— Je recommande quelques gouttes d'essence de menthe dans de l'eau bouillante. C'est excellent pour décongestionner les sinus. Je peux vous en faire porter ici, si vous le souhaitez.

Lady Clarissa lui adressa un sourire radieux, qui ravit Joe.

— Oh ! je vous remercie, docteur Warriner. C'est tellement agréable de savoir que quelqu'un se soucie de *mon* bien-être.

La demi-heure suivante se passa sans incident. Lady Braxton et lui se chargèrent d'entretenir la conversation. Lady Clarissa y participait de temps en temps, du bout des lèvres, et sa sœur pas du tout. Son silence dérangeait Joe, sans qu'il sache pourquoi. Au moment de prendre congé, il fit une dernière tentative pour lui parler, à tout hasard.

— Je suis sûr que vous serez remise pour le bal de samedi soir.

Ce fut sa sœur qui répondit à sa place.

— Qu'elle y aille ou non, j'y serai. Retford est une si petite ville. Il ne faut pas gâcher les rares occasions de s'amuser qui s'y présentent.

Lady Clarissa leva les yeux au ciel.

— J'ai hâte que cet été soit terminé.

Ce qui laissait entendre que la famille n'avait pas l'intention de s'établir à Retford de façon permanente. C'était sans doute préférable. Un mois à rêver de l'angélique et inatteignable Clarissa était déjà un mois de trop, puisque son cœur égaré était condamné d'avance à une déception éternelle.

— Dans ce cas, je serai ravi de vous y voir.

— Je compte sur *vous* pour danser avec moi, docteur Warriner.

Le cœur de Joe, gonflé de joie, s'envola jusqu'au ciel.

— Il y a très peu d'hommes célibataires dans la région et, en l'absence de gentlemen titrés, je dois me contenter de ceux qui sont beaux.

Son cœur retomba à terre – là où était sa place.

— Je serai là pour vous servir, milady. Avec le plus grand des plaisirs.

Mais il mentait : il était vexé.

Le majordome lui tendit son chapeau et Joe se dirigea vers la porte, penaud. Il se sentait bafoué et stupide. Et il était furieux de se laisser à ce point atteindre par les mots de Lady Clarissa.

— Docteur Warriner…

Lady Isabella avait retrouvé sa langue.

— Quand pourrai-je retourner à l'orphelinat pour m'occuper des enfants ?

Il vit sa sœur lever ostensiblement les yeux au ciel et cette nouvelle démonstration d'égoïsme l'agaça au plus haut point. Au moins, l'austère Bella voulait aider son prochain. Son enthousiasme et son empressement brillaient dans ses yeux sombres, qui étincelaient presque.

— Cela dépend de ce que vous voulez y faire. Ce ne sera pas possible d'arpenter les couloirs ni de rester debout trop longtemps avant au moins une semaine. Mais, si vous faites attention et si vous vous contentez de faire la lecture aux enfants ou de tenir compagnie aux malades, alors rien ne s'oppose à ce que vous y retourniez dans un jour ou deux. À condition que vous restiez assise, bien entendu.

Cette réponse sembla lui causer un plaisir extrême, et pour la première fois il la vit sourire franchement. Ce n'était pas rien. C'était même quelque chose d'incroyable. D'étourdissant, presque. À tel point que ses curieux picotements le reprirent.

— Je vous remercie, docteur Warriner. Et merci encore pour ce matin.

— Tout le plaisir a été pour moi, Lady Isabella.

Et cette fois il ne mentait pas.

Chapitre 4

Jamais le temps n'avait passé aussi lentement que durant les deux journées qui suivirent. Être condamnée à rester assise sur un canapé sans pouvoir se rendre utile entretenait chez Bella un état d'extrême angoisse. Bien entendu elle tentait de le combattre, en lisant, en peignant, en cousant… Elle aurait fait n'importe quoi pour chasser la sombre mélancolie qui menaçait continuellement de la prendre à la gorge. En toute logique, elle savait que rester active l'aidait à repousser ses démons. Les conclusions du Dr Bentley au sujet de sa santé mentale et les traitements invasifs qu'il avait suggérés l'avaient terrifiée et, même si elle était pour sa part persuadée de l'incompétence de cet homme, sa famille n'allait pas la laisser éternellement tenter de se guérir par elle-même. À sa façon. Cédant à son insistance, ils s'étaient installés à Retford, afin qu'elle ait tout l'été pour se remettre, loin de Londres. Si elle n'y parvenait pas, alors la menace d'autres atroces bains d'eau glacée – et peut-être même le traitement du Dr Bentley pour soigner son « hystérie patente » – planait sombrement à l'horizon, parce qu'elle ne pouvait pas continuer ainsi.

Il *fallait* qu'elle aille mieux. Elle n'avait pas le choix, et ce n'était pas rester assise toute la journée à broder des mouchoirs qui allait l'aider à guérir ni l'empêcher de ressasser ses idées noires. Son cerveau avait besoin de stimuli adaptés – de quelque chose qui fasse vraiment sens – et son cœur avait besoin de se concentrer sur autre chose que sa propre personne.

Le troisième jour, quand son père annonça qu'il se rendait en ville, Bella insista pour l'accompagner, ce qu'il lui autorisa sans peine. Ses parents voyaient tous les deux son désir de sortir de la maison comme un grand pas en avant et étaient ravis de constater ces preuves tangibles de progrès, même s'ils n'en discutaient jamais ouvertement.

Le manque de communication au sujet de « l'incident » rendait les choses plus compliquées qu'elles ne l'étaient déjà. Ses parents, et plus précisément son père, avaient décidé dès le début qu'il était mieux pour tout le monde de faire comme s'il n'avait jamais eu lieu, comme si ignorer cette abominable nuit à Vauxhall Gardens[1] pouvait suffire à nier son existence même. C'était pourtant impossible. Bella voyait toujours les yeux de l'homme la fixer avec concupiscence. Elle sentait toujours l'odeur fétide de ses habits crasseux et de son corps. Elle sentait toujours le contact de ses mains sur la peau nue, sur la poitrine et entre les jambes. Elle sentait toujours cette partie bien spécifique de son corps répugnant se presser avec insistance contre la chair. Et tout cela alors qu'elle était plaquée au sol sous lui dans les buissons sombres, incapable de crier. Incapable de s'enfuir. Tout autour d'elle résonnaient les bruits de la foule joyeuse et des feux d'artifice, et, elle, elle était à la merci de ce monstre.

Durant ce terrible moment, elle avait appris que le monde n'était pas l'endroit sûr et accueillant pour lequel elle l'avait toujours pris. L'obscurité et le mal guettaient, prêts à fondre sur qui ne s'y attendait pas. Sur qui faisait confiance aux gens. Sur qui avait bon cœur. Elle s'était arrêtée pour donner quelques pièces à un pauvre mendiant et il avait voulu d'elle

1. Lieu dédié, à Londres, aux plaisirs et aux divertissements, ouvert à tous. (Toutes les notes sont de la traductrice.)

quelque chose de totalement différent. Quelque chose qu'il avait bien failli prendre…

— Est-ce que tu veux bien nous faire la lecture, Bella ?

L'un des trois enfants qui se trouvaient en ce moment même à l'infirmerie lui plaça de force un livre entre les mains. Elle regarda l'album coloré en souriant.

— Mais je vous l'ai déjà lu, celui-ci. Il y a à peine une heure.

— Oui, mais nous l'adorons, n'est-ce pas, les amis ?

Trois paires d'yeux angéliques la supplièrent.

— Ce que nous adorons surtout, c'est ta façon de le lire. Avec toutes les voix, bien différentes les unes des autres.

— Très bien.

Au moins, divertir les enfants lui donnait l'impression de se rendre utile, même si elle aurait préféré faire quelque chose de plus concret et de plus… médical. Elle aussi avait néanmoins un faible pour ce livre-là en particulier, car un certain docteur y faisait une apparition, d'abord pour aider une jument à mettre bas son poulain, ensuite pour mettre au monde l'enfant des deux héros, le capitaine Galaad et Miss Taches-de-Son. Comme le livre avait été illustré par Jamie, le frère aîné du Dr Warriner, elle soupçonnait que ce dernier avait servi de modèle à ce « Dr Sensible ». Il lui ressemblait, en tout cas. Des cheveux foncés et souples, des yeux bleus perçants cachés derrière des petites lunettes studieuses à monture métallique. Des yeux bleus bienveillants. *Des yeux qui, éperdus, fixaient sa sœur.* Pourquoi était-elle peinée par cet intérêt évident qu'il semblait éprouver pour Clarissa, alors que depuis toujours les hommes préféraient cette dernière et que Bella détestait à présent les hommes ? Et même si le Dr Warriner était un brillant scientifique qu'elle admirait en tant que tel, et même si elle avait envie de croire qu'il était bon, fiable et noble, il n'en restait pas moins un homme. Un homme de plus à qui sa sœur plaisait. Quoi qu'elle puisse en dire, cela lui faisait de la peine. Si l'idée n'avait pas été aussi ridicule, elle aurait même pu reconnaître en sa réaction première de la jalousie. Ce qui était impossible si l'on songeait qu'elle ne supportait plus la proximité avec le moindre individu de sexe masculin – même en pensée. Quel qu'il soit. Même s'il s'agissait d'un médecin beau et brillant, avec les yeux aussi bleus que l'océan.

Quoi qu'il en soit, mieux valait ne pas y penser, même si son esprit était incapable de s'arrêter un seul instant.

Bella avait lu le livre de la première à la dernière page. Deux des enfants dormaient déjà au moment où elle referma l'ouvrage sans un bruit. Le troisième, un petit garçon habituellement turbulent prénommé Tom, fixait le plafond d'un air apathique. Ses joues étaient presque écarlates. Un peu plus tôt, il s'était plaint d'un léger mal de gorge et il avait un peu toussé. À présent, il avait les yeux vitreux et était curieusement immobile. Bien qu'elle ait promis à son père et à l'infirmière en chef qu'elle resterait assise, il y avait quelque chose qui l'inquiétait dans l'attitude de l'enfant. Elle clopina jusqu'au lit où il reposait et tâta son front. Il était brûlant.

Elle traversa l'infirmerie en boitant pour aller chercher un récipient d'eau fraîche et y plongea un linge propre. Après l'avoir placé sur le front de Tom, Bella s'empressa de trouver une domestique, à qui elle demanda de prévenir le docteur. Si ce qu'elle avait souvent lu était exact, une rapide et violente poussée de fièvre n'était jamais bon signe.

De retour au chevet de l'enfant, elle s'assit et tenta de le rafraîchir à l'aide du linge mouillé.

— Le docteur arrive, Tom. As-tu mal quelque part ?

— À la gorge.

Sa voix était si rauque que lui-même en frémit, le pauvre petit, tandis que des larmes angoissées se mettaient à perler au coin de ses yeux.

— Montre-moi.

Le fond de sa bouche était si gonflé qu'il était impossible de voir quoi que ce soit. Se souvenant que le Dr Warriner rangeait du matériel médical dans le placard, Bella alla y fouiller. Elle revint avec l'abaisse-langue en ivoire qu'elle l'avait déjà vu utiliser.

— Dis « ah », Tom.

Le garçonnet obéit, non sans difficulté, et Bella put enfin voir les amygdales enflées et infectées. Bien qu'elle ne soit pas une experte en la matière, elles lui parurent même très infectées, ce qui évoquait une angine. La température élevée et l'état de malaise généralisé confirmaient ce diagnostic. Le pauvre enfant devait beaucoup souffrir et cette soudaine poussée de fièvre était inquiétante.

— Le Dr Warriner a été appelé pour un accouchement, milady.

L'infirmière en chef, Mrs Giles, fit irruption dans la pièce, l'air ennuyé.

— D'après sa gouvernante, il pourrait en avoir pour plusieurs heures, mais elle l'enverra ici de toute urgence dès son retour.

— Alors faites venir le Dr Bentley !

Bella ne voulait pas attendre plusieurs heures. Elle savait qu'une forte fièvre durant un tel laps de temps pouvait s'avérer fatale pour un enfant.

L'infirmière secoua la tête.

— Le Dr Bentley refusera de venir ici.

— Si c'est une question d'argent, Mrs Giles, dites-lui que je le payerai moi-même.

— Le problème, ce n'est pas l'argent, milady… c'est la *famille.* Le Dr Bentley ne mettra pas les pieds dans cet établissement parce qu'il est dirigé par un Warriner.

Bella n'avait jamais rien entendu de plus ridicule de toute sa vie.

— Cet homme est médecin, non ? En tant que tel, son

premier devoir est de se porter au secours de ceux qui ont besoin de lui. Faites-le prévenir *immédiatement*.

Les querelles mesquines n'avaient pas leur place dans une situation d'urgence comme celle-là.

Moins d'une demi-heure plus tard, le Dr Bentley fit savoir qu'il ne se déplacerait pas à l'orphelinat, ni maintenant ni jamais, et que rien ne pourrait le faire changer d'avis, pas même une grosse somme d'argent.

— Je suis navrée, milady, mais les vieux préjugés sont tenaces à Retford. Je suis certaine que le Dr Warriner sera là bientôt.

Un tel outrage était inadmissible et Bella aurait volontiers dit à cet imbécile ce qu'elle pensait de ses manières, mais pendant ce temps Tom brûlait de fièvre.

— Pouvez-vous préparer de l'infusion d'écorce de saule, Mrs Giles ?

Cette préparation était connue pour faire baisser la fièvre.

— Et de la glace également.

Son bon sens lui disait que refroidir la peau de l'enfant pourrait s'avérer bénéfique. Après tout, la glace avait eu un effet positif sur sa cheville rouge et enflée… Puis Bella se souvint de la conversation qu'elle avait eue avec le docteur dans son bureau. Le miel combattait l'infection… Si cela fonctionnait en usage externe, il n'y avait pas de raison pour que cela ne soit pas également efficace en usage interne. Elle rappela l'infirmière qui s'en allait déjà.

— Et apportez-moi un pot de miel, Mrs Giles !

Quelques minutes plus tard, Bella aida l'enfant à s'asseoir. Avec précaution, elle lui fit boire à la cuillère la préparation à base de plante et de miel. Il n'avait vraiment aucune envie d'avaler, alors elle pencha sa tête en arrière afin que le liquide baigne ses amygdales enflammées avant de couler dans son estomac.

Sur l'insistance de Bella, Mrs Giles déplaça les autres enfants afin qu'ils ne restent pas tous les trois dans la même pièce. Toutes les fenêtres furent ouvertes et les draps et couvertures retirés du lit, afin que la glace puisse faire plus facilement effet. Malheureusement, malgré tous les efforts de Bella, la température du garçonnet demeurait dangereusement élevée. L'écorce de saule seule n'allait pas suffire. Que pourrait-elle essayer d'autre ? La grande camomille ? Cette plante n'était-elle pas connue pour son effet apaisant sur les inflammations ? Et elle avait lu récemment un article très intéressant sur les bienfaits de l'échinacée…

— Mrs Giles, envoyez tout de suite quelqu'un au cabinet du Dr Warriner et demandez à sa gouvernante de nous fournir les produits suivants.

Bella énuméra alors toutes les herbes qui, selon elle, pourraient se révéler utiles : de la racine d'achillée, des baies de sureau noir, de la camomille, du gingembre, de l'écorce de saule et du miel, beaucoup de miel.

En l'absence d'un vrai médecin, le petit Tom ne pourrait compter que sur elle.

Il était presque minuit quand Joe put enfin se rendre à l'infirmerie. Les jumeaux qu'il avait fait naître s'étaient montrés fort peu coopératifs. Le premier s'était présenté par le siège et le deuxième avait eu le cordon enroulé autour du cou. L'accouchement s'était avéré difficile et périlleux, et Joe était suprêmement heureux d'avoir été appelé assez tôt pour pouvoir sauver à la fois la mère et les deux bébés. À présent il était perclus de fatigue et il avait déjà fait préparer toute une cafetière afin de pouvoir faire face à cette nouvelle urgence avec un maximum de lucidité. Il espérait seulement qu'il pourrait tenter quelque chose pour dompter la fièvre de cet enfant et que ces longues heures d'attente n'avaient pas eu des conséquences trop catastrophiques pour ce dernier. S'occupant surtout des pauvres de la paroisse, Joe, qui avait toujours fort à faire, était contraint de s'éparpiller. À cause de son besoin inné d'aider et de secourir son prochain, il se sentait personnellement responsable de tous les échecs, surtout quand ils concernaient des enfants. Aujourd'hui deux petits avaient déjà eu besoin de lui et il priait pour qu'il ne soit pas trop tard pour sauver le troisième.

Le bâtiment était plongé dans la pénombre lorsqu'il y pénétra. Une seule bougie brûlait dans un coin de l'infirmerie et il distingua à peine la silhouette d'une infirmière en train de somnoler, assise à côté du lit de l'enfant endormi. Sa tête était enfoncée dans l'oreiller qui avait été calé dans son dos et ses pieds étaient repliés sous ses jupes. Il se dirigea vers l'autre côté du lit et posa la main sur le front de l'enfant. Il était chaud mais pas brûlant. C'était bon signe. Heureusement, cette infirmière avait laissé portes et fenêtres ouvertes et n'avait pas allumé le poêle. Il avait eu beau répéter à Mrs Giles qu'il n'y avait pas pire que la chaleur en cas de forte fièvre, la vieille infirmière en chef campait sur ses idées erronées.

Cette infirmière-ci était de toute évidence plus intelligente. Tom n'était recouvert que par un fin drap en coton, la cheminée était éteinte et les rideaux en dentelle voletaient dans la douce brise estivale, devant les fenêtres grandes ouvertes. Joe posa son sac sur le bord du lit et ce geste réveilla en sursaut la femme endormie. Dans l'obscurité, il vit qu'elle écarquillait des yeux terrifiés.

— Je ne voulais pas vous faire peur.

— Docteur Warriner !

Il connaissait cette voix.

— Lady Isabella ?

La trouver à cet endroit, au chevet d'un enfant malade à cette heure avancée de la nuit, était une énorme surprise.

— Que faites-vous ici ?

— Je voulais rester auprès de Tom… pour surveiller sa fièvre.

Elle s'était empressée de se lever et d'allumer une lampe près du lit.

— Sa température était si élevée tout à l'heure que j'étais inquiète pour lui.

Comme d'habitude, elle était déjà en train de reculer vers la porte ouverte. Elle était très tendue, et Joe voyait sa poitrine se lever et s'abaisser rapidement, comme si elle était en pleine crise de panique. Néanmoins son visage était impassible, quoiqu'un peu fatigué.

— Éprouve-t-il des difficultés à respirer ?

Elle avança d'un pas et regarda l'enfant endormi en secouant la tête.

— Pas pour l'instant, Dieu merci.

Dans la lumière de la lampe, il vit que sa coiffure était partiellement défaite. Une longue mèche de cheveux noirs retombait sur une de ses joues, presque jusqu'à sa taille. Le reste de sa tête ressemblait à un charmant nid d'oiseau. Tout ensommeillée, elle semblait plus jeune et beaucoup plus douce qu'à l'accoutumée. Au lieu de la méfiance qu'ils exprimaient habituellement, ses yeux expressifs n'étaient en ce moment même emplis que d'inquiétude pour le garçonnet.

— La fièvre est apparue si vite.

— Sa température n'est plus si élevée à présent.

Presque comme si elle ne le croyait pas, elle effleura le front de l'enfant et soupira de soulagement.

— J'ai mélangé de l'écorce de saule avec de la camomille et de l'échinacée en infusion, pour combattre la fièvre, et je lui en ai donné toutes les deux heures depuis ce midi. Je ne savais pas quoi faire d'autre.

Joe regarda autour de lui. Les fenêtres ouvertes, la glace, les linges frais placés sur les bras et la tête de l'enfant. L'absence de chemise de nuit.

— Je pense que j'aurais fait exactement comme vous. Vous êtes parfaitement venue à bout de ses symptômes.

— Pas tous. Sa respiration est sifflante, ses amygdales sont très infectées et il souffre beaucoup. J'ai ajouté une bonne dose de miel à la préparation parce que je me suis souvenue de ce que vous aviez dit au sujet de ses propriétés anti-infectieuses. Je ne sais pas si c'est cela qui a vraiment changé quelque chose, mais en tout cas cela semble avoir eu un effet bénéfique.

Elle avait vraiment pensé à tout.

— La chaleur de la tisane a certainement contribué à apaiser l'inflammation des amygdales et le miel va aider à combattre l'infection, c'est une certitude. En ce qui concerne la douleur, je pense que vous y avez remédié en agissant vite et bien. Il dort profondément et cela ne serait sans doute pas le cas s'il souffrait véritablement. Je m'attendais à devoir intervenir en urgence pour gérer une situation devenue critique, mais grâce à vous le pire a été évité. Bravo.

Elle lui sourit timidement avant de balayer le compliment.

— Je vous assure, j'ai simplement essayé de parer au plus pressé. Quand nous avons appris que vous ne seriez peut-être pas de retour avant plusieurs heures, j'ai fait prévenir le Dr Bentley et cet imbécile a refusé de se déplacer.

Une lueur irritée passa dans les yeux noirs.

— Et cet homme a le culot de se prétendre médecin ! ajouta-t-elle.

— Le Dr Bentley ne soigne pas n'importe qui.

Les gens qui n'avaient pas les moyens de le payer rubis sur l'ongle, par exemple, étaient immanquablement ignorés. Joe détestait cette façon de faire. Néanmoins, cela lui avait été bénéfique, d'une certaine façon. En effet, si Bentley avait été un bon médecin qui d'abord soignait et ensuite songeait à se faire payer, alors aucun habitant de Retford n'aurait donné sa chance à Joe. Comme lui ne refusait aucun patient et acceptait toute forme de paiement, il avait fini par être bien accueilli, ce qui au départ paraissait inespéré. Bien entendu, cela signifiait aussi qu'on lui donnait parfois des choses dont il n'avait aucun usage, comme ce joli peigne pour femmes qui avait été envoyé la veille à son cabinet par une vieille patiente qui se portait à merveille, mais pensait souffrir de toutes les maladies de la terre. En tout cas, rien de ce qu'il recevait n'aurait pu lui servir à payer un assistant. Il en aurait pourtant eu bien besoin, car sa charge de travail ne cessait de croître.

— Les médecins n'ont pas à sélectionner ou trier leurs patients, déclara Lady Isabella. Ignorer un enfant malade est un acte de cruauté. En fait, c'est même criminel !

— Ce n'est pourtant pas faute d'essayer de le raisonner et de l'inciter à agir avec davantage d'humanité.

Joe se garda de livrer le fond de sa pensée. Bentley était davantage motivé par l'argent que par le désir de soigner son prochain. En attendant, c'étaient les plus pauvres qui souffraient de cette coupable négligence, alors qu'ils avaient tout sauf besoin de cela. Cependant, connaissant les manières de faire archaïques et brutales de Bentley, Joe ne regrettait pas qu'il ne se montre pas plus charitable. Ses méthodes datées fonctionnaient rarement et empiraient même souvent les choses. Si d'aventure Joe se retrouvait un jour à se vider de son sang au beau milieu de la route, le Dr Bentley serait la dernière personne qu'il ferait appeler, car ses chances de survie seraient alors sans doute nulles.

— Je ne suis pas sûre qu'il y ait une once d'humanité en lui. Il m'a fait mauvaise impression la première fois que je l'ai vu et je le respecte encore moins désormais. J'ai du mal à croire qu'il soit encore toléré par les habitants alors que son attitude envers les malades est si consternante.

— Le Dr Bentley exerce la médecine dans cette ville depuis aussi longtemps que je me souvienne. Les gens continuent à lui faire aveuglément confiance après tant d'années de services rendus.

Et, bien entendu, qu'il ne porte pas le nom honni de Warriner jouait en sa faveur.

— Vous parlez de *services rendus* ?

Elle était si outrée qu'elle en oublia de murmurer.

— Je n'appelle pas « services » le fait de laisser un enfant malade risquer la mort !

La virulence de Lady Isabella l'amusa et rappela à Joe le regard noir que Bentley avait lancé à la jeune femme l'autre jour. De toute évidence, elle cachait un tempérament bien trempé derrière ses extérieurs silencieux et méfiants, et il était agréable, pour une fois, de ne pas être l'objet de son dédain. Son emportement était tel qu'elle en oubliait de parler tout bas. Le bruit de la conversation réveilla leur patient, qui gémit faiblement. Il s'opéra en elle un changement instantané.

— Oh ! je suis désolée, Tom.

Elle lui caressa la tête d'un geste affectueux.

— Le Dr Warriner est ici. Il a pu constater que tu allais bien mieux, et il en est très heureux. Voudrais-tu boire quelque chose ?

L'enfant acquiesça et elle s'affaira autour de lui. Rien en elle n'évoquait la femme froide, guindée et austère pour laquelle il l'avait prise depuis le début. Être restée ici parce qu'un orphelin était malade et s'occuper de lui comme si elle se souciait vraiment de son sort était tout bonnement admirable, et ce n'était pas du tout ce à quoi il se serait attendu venant d'elle. Elle s'écarta pour le laisser ausculter le garçonnet. Pendant qu'il sortait son stéthoscope de son sac et s'en servait pour écouter ce qui se passait dans la poitrine de Tom, elle l'observa avec un intérêt à peine dissimulé depuis son endroit favori – juste à côté de la porte.

— Ses poumons sont bien dégagés. Le sifflement provient de sa gorge, pas de sa poitrine.

— Vous pouvez dire cela rien qu'en écoutant ?

— Oui, tout à fait. Avec ce merveilleux instrument, je peux entendre des choses qu'il n'était pas possible de percevoir auparavant.

— Est-ce le stéthoscope de Laennec ?

Elle avança de deux pas. Devant son apparente fascination, il lui tendit l'instrument afin qu'elle l'examine. Elle fit un autre pas en avant, le prit avec empressement et observa les deux extrémités du cylindre de bois en le tenant comme s'il s'agissait du Saint-Graal.

— J'ai lu son ouvrage l'année dernière, mais c'est la première fois que je vois quelqu'un utiliser son stéthoscope.

Décidément, elle ne cessait de le surprendre.

— Vous avez lu son *Traité du diagnostic des maladies des poumons et du cœur* ?

— Je n'ai pas tout compris, répondit-elle en tenant le stéthoscope comme un télescope et en regardant par le trou, mais son exposé sur les bruits émis par la cage thoracique et les différentes maladies qu'ils permettent de diagnostiquer était très intéressant.

Lady Isabella était la première personne de sa connaissance à avoir lu le traité exceptionnel du Dr Laennec. Il s'agissait d'un choix de lecture bien surprenant pour une jeune lady. Mais, si elle avait bien étudié cet énorme ouvrage scientifique, cela prouvait que ses connaissances étaient tout sauf superficielles ou même juste empiriques.

— Je m'en suis procuré un, en tout point conforme au modèle imaginé par Laennec, dès qu'il a publié les premiers résultats, positifs, de ses expérimentations. Son stéthoscope s'est révélé précieux pour diagnostiquer de nombreux cas de tuberculose. Je sais que quelques autres médecins ont commencé à se servir d'un stéthoscope au lieu de ne se fier qu'à leurs oreilles, mais cela reste une invention relativement récente. Tous ceux qui l'essayent ne jurent que par lui. La netteté avec laquelle on peut entendre une congestion pulmonaire ou une anomalie du rythme cardiaque est impressionnante. Évidemment, cela facilite le diagnostic de ces dangereuses pathologies et permet de les traiter plus vite. Quand des poumons sont atteints, sans une intervention rapide le patient peut développer une pleurésie ou une pneumonie. Cela fait deux ans que je l'utilise, et depuis ce temps ce stéthoscope que vous tenez entre vos mains a sauvé quelques vies ici à Retford.

En fait, il s'agissait de l'équipement le plus essentiel de Joe… en plus de ses lunettes. Sans elles, il ne pouvait rien lire ni rien voir de près.

— Je fais des expérimentations avec le stéthoscope sur les femmes enceintes. Dès les premiers stades de la grossesse, il est également possible d'entendre le cœur du fœtus.

Était-il approprié d'évoquer ce genre de choses devant une jeune lady ? Probablement pas, cependant les yeux de celle-ci s'étaient éclairés et elle avait lu Laennec, après tout. Alors…

— Comment pouvez-vous être sûr que ce n'est pas le cœur de la mère que vous entendez ?

— Parce que j'entends les deux clairement, battant de façon distincte. Celui de la mère est plus sonore, ce qui est normal pour un organe ayant atteint son plein développement. Celui du bébé émet un bruit plus doux et bat beaucoup plus vite. La première fois, cette rapidité m'a stupéfié, mais c'est le plus merveilleux des bruits.

— Le cœur des bébés bat vite ? Comme c'est fascinant. Entendre la vie à un stade si précoce de développement ! Est-ce un instrument facile à utiliser ?

— Je suis sûr que notre petit Tom ne protestera pas si vous écoutez son cœur. Pourquoi n'essayez-vous pas par vous-même ?

Il n'y eut aucune hésitation cette fois. Aucune réticence. Lady Isabella plaça une extrémité de l'instrument sur le sternum de l'enfant, très légèrement à gauche sans qu'il soit besoin de lui rappeler que le cœur ne se trouvait pas en plein milieu de la poitrine, et posa l'oreille sur l'autre extrémité. Au bout de quelques secondes, elle se mit à sourire.

— Seigneur Dieu ! Je l'entends aussi nettement qu'une cloche.

Puis elle émit un petit rire, un bruit chaud et délicieux qui produisit un effet bizarre sur le propre cœur de Joe. Il se trouva bien ridicule, mais ne put s'empêcher d'ôter ses lunettes et de se passer la main dans les cheveux pour tenter de discipliner ses mèches rebelles.

— J'entends aussi ton ventre gargouiller, jeune homme. Il y a tellement de bruits à l'intérieur de ton corps qu'on a l'impression qu'un orchestre est en train de jouer une symphonie avec tes organes.

Une symphonie d'organes. Quelle belle image.

— Continuez d'écouter pendant que Tom prend une grande inspiration. Entendez-vous le moindre sifflement dans ses poumons ?

Elle pencha de nouveau la tête et écouta avec attention pendant presque une demi-minute avant de se redresser.

— Vous avez raison. Ses poumons ne sont pas du tout congestionnés. La seule respiration laborieuse que j'entends se situe au niveau de sa gorge, qui est enflée.

Devançant son geste, elle lui tendit l'abaisse-langue posé sur la table de nuit afin qu'il puisse mieux inspecter l'intérieur de la bouche du petit malade, puis elle approcha la bougie de façon à éclairer le bon endroit. Comme elle l'avait dit, les amygdales n'avaient pas très bel aspect, mais Joe avait déjà vu bien pire.

— Allez-vous devoir lui retirer les amygdales, docteur ?

Le petit Tom écarquilla les yeux et Joe lui adressa un clin d'œil tout en secouant la tête.

— Seulement si elles continuent à faire des leurs. D'après mon expérience, les angines à répétition sont une phase par laquelle passent beaucoup d'enfants, et quand ils grandissent cela finit généralement par disparaître. J'ai tendance à penser que, si l'on est né avec un organe, c'est qu'il a une utilité dans le corps, et qu'il ne faut le retirer qu'en dernier recours. Pour l'instant, les amygdales de Tom sont très bien là où elles se trouvent.

L'enfant bâilla et elle fronça aussitôt les sourcils d'un air préoccupé.

— C'est l'heure de reprendre ton médicament, et ensuite il faudra te rendormir.

— C'est vrai, dit Joe. Une bonne nuit de sommeil fait des merveilles, cher petit monsieur. Presque autant que la potion miracle de Lady Isabella.

Elle se leva et se mit à boitiller vers la porte pour aller chercher sa tisane. Joe se souvint alors qu'elle était blessée.

— Je peux très bien m'en occuper moi-même. Vous devriez être chez vous, en train de vous reposer et de ménager votre cheville. Votre voiture vous attend-elle ou bien voulez-vous que je demande que l'on vous l'envoie ?

Il n'osa pas lui proposer de la raccompagner après sa réaction de la dernière fois.

— Non, je vous remercie, docteur Warriner. Je vais rester jusqu'au matin. J'ai déjà prévenu ma famille. La voiture viendra me chercher à 6 heures, à l'heure où arrive Mrs Giles.

Une domestique choisit ce moment précis pour revenir avec la cafetière remplie, que Lady Isabella regarda avec une évidente désapprobation.

— Du café à minuit ? Est-ce vraiment sage ? Si quelqu'un a besoin de repos, c'est certainement vous, pas moi. Vous avez de nombreux patients à voir demain, dont Tom, tandis que je pourrai dormir toute la journée si je le souhaite. Je pense que votre lit vous sera bien plus utile que le café. Je suis tout à fait capable de me débrouiller seule ici, comme vous avez pu le constater, et si le danger est passé rien ne vous empêche de profiter d'un peu de repos bien mérité. Une bonne nuit de sommeil fait des merveilles, après tout.

Puisqu'il ne pouvait remettre en question son propre conseil, il fit exactement ce qu'elle lui suggérait.

Chapitre 5

La salle de bal de Retford était petite selon les standards londoniens, mais elle était néanmoins très remplie. Depuis son arrivée une heure plus tôt, Bella avait trouvé un groupe de femmes mariées avec lesquelles elle se sentait suffisamment à l'aise pour converser. Elle avait évité les invitations à danser en fusillant du regard tous les hommes assez stupides pour s'approcher. Comme des sentinelles, ses parents tournaient autour d'elle en montant la garde, ce qui la rassurait énormément. Clarissa, comme d'habitude, était maintenue à distance par un bataillon d'hommes s'extasiant à chacun de ses mots. De toute évidence, elle trouvait délectable d'être ainsi au centre de l'attention de cette foule d'admirateurs. Pour l'instant le beau docteur n'en faisait pas partie, mais c'était sans doute uniquement parce qu'il n'était pas encore arrivé, songea Bella avec une pointe d'amertume.

Elle ne l'avait pas revu depuis la nuit passée au chevet du petit Tom et elle ne savait pas si elle devait le déplorer ou s'en réjouir. Les visites du docteur à l'infirmerie n'avaient pas coïncidé avec les siennes, bien qu'elle se soit rendue à l'orphelinat tous les jours depuis que le garçonnet était tombé malade. Elle s'était en quelque sorte sentie responsable du sort de l'enfant, étant donné que c'était elle qui, la première, lui avait administré un traitement et que ce dernier n'avait pas été modifié par le médecin. Elle était très fière d'avoir joué un rôle actif dans sa guérison. Tom était clairement tiré d'affaire à présent et Bella ne pouvait s'empêcher de se congratuler pour cette victoire. Quand le Dr Warriner l'avait félicitée, et ce sans la moindre condescendance, elle s'était sentie transportée de joie. Et en plus ils avaient parlé de médecine ! Cela avait été si instructif de pouvoir discuter de choses qu'elle n'avait fait que lire. Depuis qu'elle avait pu utiliser le stéthoscope, elle avait des centaines de questions à propos des maladies des poumons et du cœur. Des questions que la vraie Bella était déterminée à poser. Peut-être trouverait-elle le courage de les aborder ce soir ? Si le docteur faisait son apparition, bien sûr, et s'il pouvait se détacher un instant de sa sœur.

Les trois frères de ce dernier étaient là. Ils lui ressemblaient tous énormément, mais aucun n'était aussi beau que lui malgré des traits et des silhouettes quasi identiques. C'était sans doute son attitude d'homme de science qui faisait de lui le plus séduisant des Warriner.

Et ses lunettes.

Il ne les portait pourtant pas si souvent, mais quand c'était le cas Bella sentait sa bouche devenir curieusement sèche. Elles mettaient en valeur ses iris cobalt en les faisant paraître plus bleus et plus perçants. Et, quand il regardait à travers elles, elles servaient aussi à mettre en valeur la puissance de son intelligence. C'était sans doute cela qui attirait Bella. Cela ne pouvait être rien d'autre. Ce n'était que son esprit scientifique qui l'attirait. Sa raison, sa logique, son sens de l'observation, ses qualités d'analyse et de réflexion. Même si elle ne pouvait pas s'empêcher d'admirer ses beaux yeux bleus. Et, peut-être, la façon dont ses larges épaules emplissaient sa veste sombre et austère…

Elle était perdue dans ses réflexions étranges concernant le bon docteur lorsqu'il entra, magnifique. Pour l'occasion, il avait troqué le veston qu'il portait d'habitude pour un autre de soie bleue, qui faisait merveille avec ses yeux. Elle ne put s'empêcher d'admirer son torse, où s'attarda son regard, car la vraie Bella avait envie de regarder et elle n'avait pas la force de s'y opposer.

Il s'arrêta à la porte, balaya la foule du regard. Bella vit ses yeux se poser sur sa sœur, avant qu'il ne crispe les mâchoires. Il regarda Clarissa en train de minauder devant son armée de prétendants pendant quelques secondes, puis il sembla soupirer. De résignation, de déception, voire d'agacement… Bella n'aurait su trancher, mais le résultat fut le même : cela lui serra le cœur. Puis le docteur se tourna et se dirigea vers sa famille.

Pendant une heure, elle l'observa subrepticement. Il y avait chez lui une décontraction qu'elle lui enviait. Il se sentait de toute évidence à l'aise, bien dans sa peau de médecin, et semblait apprécier la compagnie de sa turbulente famille. À un moment, Bella accompagna sa mère au vestiaire, et lorsqu'elle revint elle vit qu'il était en train de danser avec l'une de ses belles-sœurs. Bella avait été brièvement présentée à Mrs Cassie Warriner et cette dernière lui avait tout de suite plu. Elle n'avait pas eu l'occasion de discuter avec son mari, mais elle avait remarqué son boitement prononcé la première fois où elle l'avait vu. Il ne devait pas pouvoir danser, et c'était probablement pour cela que son frère le remplaçait. Comprendre pourquoi le docteur dansait avec une jolie femme – jolie et manifestement enceinte – rendait la chose plus supportable. Non pas que Bella *veuille* danser avec lui, bien entendu. Danser aurait signifié se toucher, et à cette seule pensée elle était prise de panique.

Elle ne voulait plus *jamais* que quiconque la touche.

À la fin de la danse, elle le perdit de vue. Elle était en train de balayer la foule des yeux à la recherche de sa tête brune lorsqu'il apparut à ses côtés.

— Je constate que votre cheville va mieux.

Instinctivement elle sursauta et recula d'un pas, même s'il ne se trouvait pas si proche d'elle que cela.

— Elle va mieux, en effet… mais pas encore suffisamment bien pour danser.

Pourquoi s'était-elle sentie obligée d'ajouter cela alors qu'il ne l'avait pas invitée ?

Espèce d'idiote. Lui qui danse si bien, en plus. Et danser me manque tellement.

Sa voix intérieure soupirait. C'était tout à fait déstabilisant.

— Tom se porte bien, enchaîna-t-elle.

Un sujet plus sûr, et qui ne donnait pas de palpitations à Bella.

— L'inflammation a presque disparu et il n'a pas eu de température de toute la journée, ajouta-t-elle.

— Je pense que nous devrions le garder à l'infirmerie encore une journée au moins. Les maladies se transmettent facilement dans les dortoirs et, si nous pouvons éviter d'avoir à traiter d'autres cas d'angines, c'est aussi bien, non ?

Nous.

Il ne cessait de se référer au jeune patient comme étant « le leur », comme s'ils partageaient la responsabilité de son traitement, et cela faisait chaud au cœur à Bella. Le docteur était conscient du rôle qu'elle avait joué dans la guérison de Tom et ne remettait pas en question sa place à l'infirmerie. Il s'agissait clairement d'une reconnaissance qui valait validation.

— J'irai l'examiner lundi, et si son état continue de s'améliorer nous pourrons le renvoyer retrouver ses amis.

— Il s'ennuie beaucoup.

À présent que la crise était passée, Tom aurait voulu que l'on s'occupe de lui continuellement. Bella lui avait lu tous les livres que contenait la petite bibliothèque. Certains même deux fois.

— Excellente nouvelle. C'est très bon signe de s'ennuyer. Les personnes très malades s'ennuient rarement. Elles sont trop occupées à être malades. Seuls les gens bien portants s'ennuient.

Tu t'ennuies, lui rappela sa voix intérieure. *C'est bon signe de s'ennuyer. Il vient de le dire. Te souviens-tu de la période où tu étais trop terrifiée pour t'ennuyer ? Si ce n'est pas un progrès, qu'est-ce donc, alors ?*

— Docteur Warriner !

La mère de Bella ne mit pas longtemps à venir les interrompre, suivie de près par son mari.

— Vous ne connaissez pas encore mon époux, n'est-ce pas ?

— Monsieur le comte.

Le docteur inclina la tête avec politesse.

— C'est un plaisir de faire enfin votre connaissance, poursuivit-il.

— J'étais curieux de rencontrer l'homme régnant sur l'infirmerie où ma fille semble avoir pris résidence.

Le père de Bella regarda le Dr Warriner de haut en bas, d'un œil critique et pas spécialement convaincu par ce qu'il voyait.

— Je vous dois des remerciements : c'est très aimable à vous de vous être porté à son secours l'autre jour. Bella n'a pas de mots assez forts pour vanter vos talents de médecin.

— Vraiment ?

Les insondables yeux bleus la considérèrent avec amusement et Bella devint écarlate des pieds à la tête. La subtilité n'avait jamais été le fort de son père. À l'entendre, l'on aurait pu croire qu'elle passait son temps à chanter les louanges du bon docteur, ce qu'elle n'avait fait qu'une fois ou deux, au moment où elle racontait ses journées au reste de la famille à table le soir.

— J'ai parlé des amygdales de Tom à mes parents et…

Mieux valait-il, peut-être, ne pas essayer de s'expliquer et se contenter de glisser sur la remarque de son père. Mais, paralysée par le sourire que le docteur continuait de lui adresser, elle fut incapable de faire preuve de suffisamment de nonchalance pour cela. Alors elle préféra se taire.

Avec sa bienveillance habituelle, le Dr Warriner finit sa phrase à sa place.

— Et j'espère que vous leur avez aussi raconté comment votre intervention rapide et pleine de bon sens lui a sauvé la vie. J'étais retenu auprès d'une patiente et votre fille, sans l'aide de personne, a réussi à faire tomber la fièvre de ce pauvre enfant. Quand je suis arrivé, la crise était passée et il était déjà en bonne voie de guérison.

Ses parents la regardèrent tous les deux bouche bée.

— Tu as fait cela ? Vraiment ?

Il avait été un temps où sa présence d'esprit leur aurait semblé naturelle. Qu'ils soient tous les deux abasourdis et pathétiquement heureux de constater que celle qui avait été jusqu'à l'an passé une fille sans problème n'avait pas complètement disparu n'était qu'une preuve supplémentaire de la profondeur des abîmes dans lesquels elle était tombée. Cela ne fit qu'accroître le sentiment de gêne que Bella éprouvait.

— Je n'ai fait que préparer une infusion d'écorce de saule.

— Je crains de devoir vous contredire, milady.

Les gentils yeux bleus étaient de plus en plus amusés.

— Elle a demandé qu'on aille chercher à mon cabinet une liste très précise d'ingrédients afin de traiter les symptômes de l'enfant. J'ai été extrêmement impressionné par sa connaissance de la médecine.

Sa mère était à présent transportée de joie. Cette réaction était totalement disproportionnée. Comme si être capable de se souvenir du nom et des propriétés de quelques herbes allait la faire redevenir celle qu'elle avait été. Quant à son père, il fronçait les sourcils d'un air désapprobateur. Elle aurait donné n'importe quoi pour qu'ils cessent de la regarder.

— Bella a toujours eu l'esprit très scientifique. Si elle avait été un garçon, je suis certain qu'elle aurait fait de studieuses et brillantes études.

Son père s'opposait à ce qu'il qualifiait de « hobby », mais il l'avait autorisé à Retford le temps de sa « convalescence », non sans avoir déclaré que les filles des comtes n'étaient pas censées se salir les mains. Il était néanmoins disposé à la laisser faire à sa guise durant l'été, alors qu'elle était en quelque sorte cachée à Retford, afin de voir si s'occuper était un remède plus efficace que les bains froids et les saignées.

— Si je puis me permettre, milord, votre fille *est* une étudiante studieuse et brillante. Quiconque est familier avec les derniers travaux du Dr Laennec possède une connaissance de la médecine qui dépasse celle du profane.

Son père avait dû être ravi d'entendre cela...

Le Dr Warriner se mit à fouiller dans la poche de sa veste.

— À ce propos... je vous ai apporté ceci, Lady Isabella.

Il lui tendit un stéthoscope en bois.

— C'est le premier que j'aie confectionné, mais il est beaucoup trop petit pour mes grosses mains et j'ai pensé qu'il vous plairait peut-être.

La plupart des jeunes filles se pâmeraient si un homme leur offrait des fleurs, songea Bella, mais pour elle cet instrument médical merveilleusement bien réalisé était un présent bien plus magnifique qu'un millier de roses rouges. Elle sentit comme un tressautement dans son ventre et son cœur se mit à battre si vite et si fort qu'un stéthoscope n'aurait pas été nécessaire pour l'entendre.

— Je ne sais que dire... Merci... Je vais le conserver précieusement, comme un trésor.

Ses parents échangèrent un regard entendu qui donna à Bella l'envie que le sol s'ouvre sous ses pieds et l'engloutisse tout entière. Son père devait être aussi inquiet qu'horrifié. De cet innocent échange, ils déduisaient des choses qui n'avaient pas lieu d'être. Le Dr Warriner se montrait gentil et saluait son esprit scientifique. Tout comme elle saluait le sien... sauf que bien d'autres choses commençaient à lui plaire chez lui.

— Mais vous êtes là, docteur Warriner !

Clarissa mit le cap sur eux et les yeux du médecin se tournèrent automatiquement. Elle passa le bras sous le sien de façon autoritaire et possessive.

— Vous aviez bien promis de danser avec moi, n'est-ce pas ?

— En effet.

Apparemment, Bella était oubliée, ce qui était sans doute aussi bien. Il était inutile de continuer à nourrir de fantasques pensées à propos d'un homme quand l'idée de se retrouver seule avec l'un d'eux la terrifiait et que celle d'être touchée lui répugnait. Même si à proprement parler elle n'avait pas trouvé les contacts qu'elle avait eus avec le Dr Warriner répugnants. Au contraire.

— Je vous ai inscrit sur mon carnet pour la valse, qui s'avère être la prochaine danse. N'est-ce pas merveilleux que je vous aie trouvé à temps ?

Alors qu'elle l'emmenait au loin, accrochée à lui telle une bernacle à la coque d'un bateau, Clarissa se retourna brièvement en souriant, pour informer Bella que le beau docteur avait été « volé » à dessein – car, oui, elle pouvait le voler, lui ou n'importe quel autre homme d'ailleurs. Depuis qu'elle avait remporté le titre d'« Incomparable » au cours de la Saison précédente, Clarissa était très soucieuse de son pouvoir de séduction. Il fallait toujours qu'elle soit la plus jolie femme de la pièce et que les hommes beaux, même ceux qui n'étaient pas nobles, aient envie de tomber à ses gracieux pieds. Le Dr Warriner était une nouvelle conquête parmi tant d'autres, ce que Bella trouva tout à coup agaçant.

Son père semblait prêt à exploser.

— Je vais avoir une petite conversation avec Clarissa. Je n'approuve pas du tout qu'elle danse avec cet homme. J'ai entendu des histoires abominables au sujet de cette famille, et nous connaissons déjà les frasques londoniennes de son frère. Jacob Warriner est un dépravé, et s'il faut en croire les habitants de Retford ses deux aînés ne valent guère mieux. Ils ont tous les deux contraint d'innocentes jeunes filles au mariage. Le révérend Reeves a perdu l'une de ses filles après que l'un des frères Warriner l'eut séduite. Le père et la fille n'ont plus aucun contact depuis, car le cruel mari les empêche de se voir. C'est lui-même qui me l'a dit il y a quelques minutes à peine.

Le prêtre, sec et raide comme un bâton, se tenait pieusement dans un coin et serrait contre lui sa bible usée, condamnant en silence mais de manière évidente les danseurs.

— Il se dit aussi que l'aîné aurait enlevé sa femme pour faire main basse sur sa fortune. Comment, sinon, un tel individu aurait-il pu épouser l'héritière de l'Empire du Thé ?

Bella regarda à l'autre extrémité de la salle, vers le groupe formé par l'exubérante famille Warriner. Les femmes semblaient très heureuses en compagnie de leurs maris. Les deux couples n'auraient pas pu sembler plus épris, et après que le Dr Bentley eut scandaleusement refusé de soigner Tom Bella était plus encline à se ranger du côté des Warriner que de l'austère révérend.

— Beaucoup d'habitants de Retford vous diraient que les Warriner sont des gens bien. Le cabinet du Dr Warriner est très fréquenté et l'orphelinat où je travaille appartient à la comtesse de Markham.

— C'est possible mais, tant que je n'aurai pas la preuve que ces gens ne sont pas infréquentables, je préfère que mes filles gardent leurs distances. Y compris avec le Dr Warriner.

Bella eut aussitôt envie de le défendre, même si elle était déçue que ce dernier préfère sa sœur narcissique.

— Le Dr Warriner est un brillant scientifique, papa.

— Hmm…

Ses yeux sévères suivirent sa fille aînée sur la piste de danse.

— Je doute que tu sois à ce point stupide, Bella, mais s'il t'invite à danser ce soir fais en sorte de refuser.

— Je ne souhaite pas danser avec lui, ni avec quiconque, papa.

La vraie Bella mourait d'envie de danser avec le docteur. De virevolter entre ses bras et de le regarder dans les yeux à travers ses lunettes.

Mais d'où sors-tu cela ?

— Il est néanmoins très beau.

Cette remarque valut à sa mère, qui en était l'auteure, un regard noir de la part de son mari. Elle l'ignora.

— Et il semble avoir un faible pour toi, ajouta-t-elle.

— Seriez-vous aveugle, mon épouse ? Ce scélérat a clairement des vues sur *Clarissa.* Ou peut-être, à l'instar de son frère aîné, est-il attiré par sa dot ?

— Le Dr Warriner est un homme de science, pas un coureur de dot, protesta Bella, outrée.

— Si tu crois une telle absurdité, c'est qu'il t'a déjà embobinée ! Es-tu en train de me dire que ce médecin te plaît à toi aussi ?

— La seule chose qui m'intéresse chez le Dr Warriner, c'est son cerveau.

Menteuse.

— Clarissa peut prendre tout le reste si cela lui chante.

Seigneur, épargnez-moi la vue de ma sœur et du docteur tous les deux ensemble.

— Est-il possible de rentrer bientôt ?

Ce fut un miracle, mais Joe put passer une nuit entière sans être interrompu une seule fois dans son sommeil. Jack et Letty avaient insisté pour qu'il vienne dormir chez eux et passe la journée du dimanche en leur compagnie, parce qu'il avait l'air fatigué et qu'il avait besoin de s'accorder une pause, même brève, hors de chez lui et de son cabinet. Sachant qu'ils avaient raison, il n'avait pas discuté. Mrs Patterson savait très bien où le trouver et elle n'aurait pas hésité à le déranger en cas d'urgence. Néanmoins aucun messager nocturne n'était venu troubler son repos, Dieu merci. Joe émergea de lui-même, réveillé par la douce lumière du jour et par la délicieuse odeur du petit déjeuner, que, pour la première fois depuis des mois, il allait prendre chaud.

Il se sentait aussi plutôt content de lui. Il avait dansé deux fois avec la délicieuse Clarissa, et l'une de ces deux danses avait été la seule valse de la soirée. Pendant qu'il la faisait virevolter sur la piste, il avait surpris plusieurs paires d'yeux jaloux, toutes en train de convoiter le précieux trésor qu'il tenait entre les bras. Non seulement la femme de ses rêves avait dansé avec lui, mais elle lui avait aussi accordé son attention durant une bonne partie de la soirée. Après la valse, ils avaient discuté autour d'un verre, puis elle avait insisté pour qu'il se joigne au cercle de ses admirateurs, avant de le rattraper chaque fois qu'il essayait de s'éloigner. Clarissa n'était peut-être pas tombée follement amoureuse de lui – elle n'était sans doute même pas tombée amoureuse de lui *du tout* –, mais au moins elle savait à présent qu'il existait. Son pauvre cœur se gonfla de joie à cette idée et il ignora la voix intérieure qui lui demandait avec insistance pourquoi il n'avait rien ressenti lorsqu'il avait touché sa main et l'avait serrée contre lui.

Joe se rasa et s'habilla sans se hâter, bien décidé à profiter de ce luxe inouï consistant à avoir du temps devant soi. Lorsqu'il pénétra dans la salle du petit déjeuner, il se sentait plus frais et dispos que jamais. Son plus jeune frère, Jake, était le seul présent. Il était en train de lire le journal, assis avec décontraction, les jambes posées sur une autre chaise.

— Bonjour.

La tête hilare de Jake apparut au-dessus de son journal.

— Pour toi, ce doit être un bon jour, en effet ! Jamais je n'aurais pensé voir mon frère si sérieux en train de courtiser deux femmes à la fois.

— Deux ? demanda Joe, stupéfait. Qu'as-tu bu hier soir pour te faire voir double ?

— Rien qui puisse m'empêcher de sentir le délicieux frisson qui flottait dans l'air. Mais fais attention, mon cher docteur Sensible, même si courtiser deux femmes à la fois est un passe-temps que j'approuve, le fait qu'elles soient sœurs va immanquablement t'exposer à toutes sortes de complications. Jongler entre les deux Beaumont risque de ne pas être simple. Surtout avec leur père, qui te surveille d'un œil d'aigle.

— Très drôle, répondit Joe en commençant à remplir son assiette. Mais comme d'habitude tu te trompes.

Il disposa deux tranches de bacon grillé sur une montagne d'œufs brouillés et coinça un toast entre ses dents pour l'emporter jusqu'à la table.

— Bien sûr que non. J'ai des yeux.

— Des yeux qui sont trompeurs si tu crois que je jongle entre les deux sœurs Beaumont.

Jake savait y faire avec les femmes, et des quatre frères c'étaient eux deux qui étaient les plus proches en âge. Joe ne put donc s'empêcher de solliciter son avis.

— Que penses-tu de Lady Clarissa ?

Son frère haussa les épaules.

— Très jolie. Très en vue à Londres et très convoitée. Ce qu'elle ne sait que trop, si tu veux mon opinion. Pour ma part, je connais suffisamment ce genre de femmes pour ne pas tomber dans leurs pièges. Pièges, ai-je remarqué, dans lesquels elle a réussi à t'attirer.

— Des pièges ? Quels pièges ? demanda Joe sans très bien articuler, car il était en train de savourer sa première bouchée d'œufs.

Mrs Patterson était bonne cuisinière, mais le chef que sa belle-sœur Letty avait ramené avec elle de Mayfair était un génie culinaire. Qui aurait pu penser que de simples œufs puissent avoir un goût si exquis ?

— Eh bien, par exemple, la façon subtile et prétendument spontanée dont elle n'a pas arrêté de te toucher le bras. Son rire léger et mélodieux. Ses battements de cils continus et charmeurs.

— Ah oui ?

À vrai dire, rien de tout cela n'avait échappé à Joe, et il

y avait même pris un immense plaisir. Il n'était néanmoins pas prêt à l'admettre.

— Je pensais qu'elle avait une légère conjonctivite.

— Ah, c'est donc pour cela que tu semblais si attentif. C'était l'œil du médecin ! Mille excuses…

Jake releva son journal devant son visage.

— Toutefois, cela n'explique pas ta fascination pour *l'autre* Beaumont, la hautaine, qui, soit dit en passant, me paraît bien plus intéressante.

— Bella !

D'où Jake sortait-il cette idée saugrenue ?

— Je ne suis pas fasciné par Bella.

— Ah, elle s'appelle Bella… Pardonne-moi.

Joe était certain que son frère souriait derrière son écran de papier. Comme toujours, sa suffisance était insupportable.

— Donc je suppose que tous les regards insistants que j'ai surpris n'étaient pas insistants du tout.

— Bella ne me regardait pas de façon insistante. Elle a passé la soirée le nez dans son livre.

Jake éclata de rire.

— Je ne parle pas d'elle, idiot ! C'est *toi* qui étais l'auteur de ces regards insistants. Comment saurais-tu, sinon, qu'elle avait le nez dans son livre ? C'est *toi* qui la regardais. C'est *toi* qui n'as pas arrêté de la fixer. Même pendant que tu dansais avec Clarissa la manipulatrice, tu cherchais des yeux sa jolie sœur.

C'était la vérité, même si son frère se méprenait sur les causes de cette attention. S'il avait cherché Bella des yeux, c'était seulement parce qu'il s'inquiétait pour elle. Cela lui avait fait mal pour elle de la voir en train de faire tapisserie, essayant de toutes ses forces de se fondre dans le décor. Rien de plus.

— Elle s'est blessée à la cheville il y a quelques jours et je l'ai soignée. Je voulais juste m'assurer qu'elle ne souffrait pas.

— Bien sûr ! J'ai toujours confondu ton expression de

médecin consciencieux et ton air languissant. Et je suppose qu'offrir un cadeau à cette demoiselle était également thérapeutique ? Je t'ai vu lui donner cette espèce de trompette.

— C'était un stéthoscope ! Lady Isabella s'intéresse aux sciences et elle nous aide à l'orphelinat.

Jake cessa de faire semblant de lire le journal et le posa sur ses genoux.

— De mieux en mieux ! Vous lancez-vous des œillades enflammées par-dessus vos patients ?

Il soupira avec exagération et se posa la main sur le cœur.

— Comme c'est romantique…

Joe commençait à en avoir assez.

— Mes rapports avec Bella sont… professionnels, dirons-nous. Un petit garçon souffrait d'une angine et *nous* l'avons soigné. Bella est quelqu'un de très brillant…

Il fit la moue en entendant son frère ricaner.

— Mais si tu veux tout savoir je préfère sa sœur.

Ce n'était pas tout à fait vrai. Joe commençait à apprécier Bella aussi. Elle était intelligente et pleine de ressource, et il était désormais convaincu qu'elle était plus timide que hautaine. Et, bien sûr, elle avait de magnifiques jambes, et puis il y avait ces curieux picotements…

— Je vois. Donc, tu trouves Clarissa *séduisante* et Bella *intéressante.*

— Clarissa aussi est intéressante.

Pour être honnête, leur conversation de la veille avait été un peu décevante. Mais il fallait s'attendre à ces sujets terre à terre tels que les fleurs ou les couleurs favorites quand l'on venait à peine de faire connaissance. Par ailleurs, Lady Clarissa n'était pas exactement le genre de femme à se passionner pour les stéthoscopes ou les scies à os. Qu'il ait éprouvé des difficultés à écouter jusqu'au bout le récit des soirées fastueuses auxquelles elle assistait à Londres prouvait qu'il travaillait trop et qu'il ne savait plus s'amuser. Quand ils se connaîtraient mieux, ils se découvriraient de nombreux points communs. Joe en était absolument certain. Il n'était pas du tout significatif qu'il ait essayé de lui faire faux bond à deux ou trois reprises, ni qu'il se soit plusieurs fois surpris à chercher sa sœur des yeux. Il ne s'était pas senti à l'aise parmi la foule de ses admirateurs et n'avait pas eu envie d'en faire partie.

Son idiot de frère n'avait pas besoin de savoir qu'il avait caressé l'idée d'inviter également Bella à danser. Avant de se souvenir qu'elle ne le pouvait pas. Elle avait clairement fait savoir que sa cheville n'était pas suffisamment remise. Malgré cela, elle marchait sans difficulté, avait-il remarqué. Chaque fois qu'il l'avait vue se déplacer, elle avait semblé le faire sans effort et sans signe visible de boitement, avec, au contraire, une très gracieuse et charmante ondulation du bassin. Malgré lui, vers la fin de la soirée, ses pas l'avaient de nouveau mené vers elle. La très savante Bella apprécierait peut-être sa conversation, s'était-il dit à un moment où il en avait eu particulièrement assez de parler de tout et de rien avec des personnes faisant clairement des efforts pour tolérer la présence d'un Warriner à leurs côtés. Il avait eu envie de connaître son avis sur les travaux de Laennec, ou peut-être de poursuivre la discussion sur la médecine égyptienne, qu'ils avaient commencée quelques jours plus tôt. Même l'état des amygdales du petit Tom semblait un sujet plus palpitant que les derniers cancans ou les nouvelles tendances en matière de mode. Il avait réussi à faire quelques pas de côté quand l'éthérée Clarissa avait surgi de nulle part et lui avait réclamé une deuxième danse. Puis l'opportunité ne s'était plus présentée. La calèche des Beaumont était arrivée peu de temps après et les deux sœurs avaient été emmenées par leur père, qui visiblement en avait soupé pour la soirée de la société provinciale.

— J'ai vraiment beaucoup apprécié la compagnie de Clarissa.

— Et la jolie Bella ?

— Honnêtement, elle me laisse perplexe. À un moment donné c'est « qui s'y frotte s'y pique », et l'instant d'après elle est…

Comment l'expliquer ? Joe fronça les sourcils et réfléchit quelques secondes.

— Bella est de toute évidence très intelligente, et son engagement et son dévouement à l'infirmerie sont surprenants pour une jeune femme de son milieu. Elle est très douée, très instruite… et en même temps très fermée. Parfois elle est carrément brusque, même si je la soupçonne d'être surtout timide. Et puis, paf ! elle s'anime sans prévenir et se passionne pour un sujet. Elle me déconcerte tant que la plupart du temps je ne sais comment réagir.

Jake s'était penché en avant et écoutait avec attention.

— Elle est une énigme.

— Oui, sans doute.

— Tu as toujours aimé les énigmes. Elles stimulent ton cerveau démesuré.

Il ricana, avec cet air de canaille qu'il était.

— Avoue-le ! Tu trouves la mystérieuse Bella passionnante.

— Je trouve *sa sœur* passionnante, et Bella intéressante.

Jake lui adressa un regard perçant, qui rappela à Joe à quel point ce frère taquin était plus perspicace qu'il aimait le laisser croire.

— Tu mens. Je t'ai vu essayer de prendre la poudre d'escampette quand elle était entourée par ses autres prétendants. Je t'ai vu regarder ta montre, le mur, sa sœur… Tu t'ennuyais à mourir avec Clarissa !

— J'adore Clarissa. C'est un ange. Un diamant…

— Seigneur, voilà que tu recommences ! Écoute-toi parler un peu… Un diamant. Un ange ! Pourquoi est-ce que dès que tu fixes ton dévolu sur une jeune femme elle devient cette créature éthérée qu'il faut vénérer de loin ? Une femme d'une perfection aussi étincelante est intouchable et sans faille.

— Je ne vois pas ce que tu veux dire.

Ce qui était faux, bien entendu. C'était une fâcheuse manie chez lui, et les deux frères le savaient bien. Dans son esprit, Joe construisait de la femme dont il était amoureux une image très éloignée de la réalité. Habituellement, tout se terminait – mal – quand la femme en question révélait son vrai visage, ce qui ne manquait jamais de briser le cœur de Joe.

— Tu rêves, tu imagines, et tu ne vois jamais les défauts. C'est notre mère, toujours et encore. Je suis surpris que quelqu'un d'aussi intelligent que toi ne parvienne pas à faire le lien. Tu t'inventes la femme parfaite et tu attribues ces caractéristiques à toutes celles qui attirent ton regard. Clarissa, par exemple, est une coquette et une séductrice, pas un ange, mon cher frère.

Elle était aussi légèrement égocentrique mais, cela, Joe ne voulait pas l'avouer à Jake alors que lui-même avait du mal à passer outre.

— Je sais faire la différence entre rêve et réalité. Et je porte un regard très lucide sur les gens.

Jake secouant la tête en ricanant.

— Ton regard est tout sauf lucide, et tu es toujours bien trop gentil avec les gens. À tel point que cela te joue souvent des tours.

Malheureusement, Jake disait sans doute vrai. Mais, cette vérité, Joe préférait l'ignorer. Il enfourna une bouchée de bacon et s'empara du journal que lisait son frère, pour faire semblant d'être captivé par sa lecture. Jake ne se laissa pas abuser et revint à la charge.

— Te souviens-tu de la veuve Talbot ?

Comment aurait-il pu oublier ? La belle et jeune veuve avait été la première femme à briser le tendre cœur de Joe.

— Cette louve était une prédatrice qui ne voulait que t'ajouter à son tableau de chasse. Mais tu croyais dur comme fer avoir trouvé ton âme sœur bien qu'elle ait vingt ans de plus que toi et une solide réputation de croqueuse d'hommes. Et nous t'avions tous mis en garde contre elle.

— Je n'ai jamais cru avoir trouvé mon âme sœur.

Et pourtant si. Il avait cru que l'intérêt de la belle veuve pour sa personne n'était pas que charnel. Il s'était cruellement trompé, ce qui, avec le recul, expliquait pourquoi il ne s'était pas douté de qui elle était vraiment. Il l'avait artificiellement parée de toutes les qualités, ignorant sa vraie personnalité, jusqu'à ce que cette dernière s'impose à lui avec brutalité. Ses rêves stupides et immatures s'étaient effondrés quand elle avait suggéré qu'à leur prochain rendez-vous il vienne accompagné… de l'un de ses frères, afin qu'ils puissent s'occuper d'elle chacun leur tour. Joe s'en voulait encore de n'avoir pas vu la vérité plus tôt.

— Et puis il y a eu cette Miss Simkins.

De toute évidence, Jake avait l'intention d'énumérer toutes les erreurs de Joe.

— Cette fille dont tu te prétendais amoureux pendant tes études de médecine. La femme la plus intéressée de la terre. Même un aveugle aurait vu que, ce qui lui plaisait chez toi, c'était l'argent de Letty ! Quelle somme as-tu dépensée en cadeaux pour elle ?

À peu près tout son argent, jusqu'à ce qu'elle s'entiche d'un plus riche que lui. Un vrai héritier.

— Un regard lucide sur les gens ? Bon sang, Joe, tu es le seul à continuer de croire qu'il y avait du bon chez notre père !

— Il est possible qu'il se soit mis à boire parce que notre mère lui a brisé le cœur.

Jake reprit son journal et s'en servit pour taper sur la tête de Joe.

— C'était déjà un ivrogne bien avant qu'elle se jette dans la rivière. Et tu commets une grave erreur d'analyse : pour avoir le cœur brisé, il aurait fallu qu'il en possède un. Or nous savons tous que ce n'était pas le cas. Mais pourquoi est-ce que je me donne autant de mal ? Tu n'écoutes jamais. Vas-y. Jette-toi aux pieds de Clarissa et laisse-la te briser le cœur. Perds-toi dans tes rêves et ignore la réalité.

— Tu te trompes, figure-toi. Tout ce que je peux espérer d'elle, c'est au mieux un léger flirt. Les diamants comme Clarissa ne sont pas faits pour les hommes comme nous. Ces femmes veulent des titres, des richesses, le niveau de vie qui va avec, et elles ne voudront surtout jamais entendre parler des fils cadets de comtes déchus.

C'était si déprimant de formuler cela à voix haute que Joe en eut l'appétit coupé.

— Si elle est bien l'ange pour lequel tu la prends, alors ton absence de titre et de richesses ne la dérangera pas. Courtise-la. Apprends vraiment à la connaître. Fais-la descendre du piédestal sur lequel tu l'as placée et compte-lui fleurette dans le foin.

Jake remua ses sourcils noirs de façon suggestive.

— D'après mon expérience, les jeunes ladies bien comme il faut adorent s'encanailler avec les coquins de notre espèce. Mais tu peux également jeter ton dévolu sur sa sœur. Celle que tu dévores des yeux avec tant d'intensité. L'énigme. Je parie qu'elle n'accorde aucune importance aux futilités que sont les titres. Elle est beaucoup trop intelligente pour cela.

— Et toi tu es un idiot.

Joe se leva et posa sa serviette sur la table. Son appétit ne reviendrait pas, il en était certain.

— Oh ! c'est moi l'idiot ? Ce n'est pas moi qui suis épris d'une femme considérant comme un dû d'être adorée de tous. Et ce n'est pas moi non plus qui suis trop placide ou trop peureux pour avoir le courage de mes sentiments. Si tu veux cette fille, fais ce qu'il faut pour l'obtenir. Cesse de courir après un rêve et fais un plongeon salutaire dans la réalité. Mais peut-être as-tu trop peur que la réalité ne vienne écorner l'image angélique que tu t'es faite de Clarissa dans ton énorme cerveau malade…

Chapitre 6

— Le Dr Warriner est ici, monsieur le comte.

Sa mère semblait enchantée d'apprendre la nouvelle. Clarissa affichait un air triomphant. Bella quant à elle était incapable de mettre un mot sur ce qu'elle ressentait. De l'appréhension, une légère déception, et une joie ridicule, tout cela mélangé. Des émotions conflictuelles qui lui donnèrent une légère nausée.

— Je crois lui avoir fait forte impression hier soir. Il me semble mordu, le pauvre homme. Comment sont mes cheveux ? minauda Clarissa.

Après s'être pincé les joues plusieurs fois pour leur donner l'éclat idéal et s'être humecté les lèvres pour les rendre brillantes, sa sœur tapota sa coiffure.

— Tu sais très bien qu'il n'y a pas une seule mèche qui ne soit pas en place, rétorqua Bella avec une pointe de sarcasme. Tu te regardes suffisamment souvent dans le miroir.

En famille, la vanité et la coquetterie de Clarissa étaient facilement sources de plaisanteries. Bella n'avait jamais compris pourquoi sa sœur tenait tant à soigner son apparence alors que celle-ci ne faisait rien pour son esprit. Cependant, cette fois, Bella ressentit elle aussi le besoin de vérifier sa coiffure. Elle s'en abstint néanmoins. Elle ne voulait pas s'exposer aux moqueries de Clarissa ni confirmer les soupçons ridicules de son père concernant ses prétendues vues sur le beau docteur, alors qu'il était de toute évidence très épris de sa sœur. Ses cheveux étant raides comme des baguettes et rétifs aux plus incendiaires des fers à boucler, elle se contentait de les attacher en un simple chignon durant la journée, qu'elle agrémentait de tresses plus élaborées pour les occasions spéciales.

Les cheveux de Clarissa, eux, se soumettaient toujours à toutes les volontés et à tous les caprices de leur propriétaire. Elle n'apparaissait jamais sans les jolies boucles qui lui encadraient artistiquement le visage. Pour cela, elle devait dormir avec un nombre considérable de rouleaux sur la tête, ce qui ne devait pas être très confortable. Qu'importe… Le Dr Warriner apprécierait sans doute le résultat. Après la soirée de la veille, Bella ne pouvait s'empêcher de ressentir une légère animosité vis-à-vis de lui. Un homme de science n'aurait pas dû tourner autour d'une jeune femme frivole et coquette comme Clarissa.

Il devrait tourner autour de moi !

— Dites-lui que nous sommes sortis, ordonna son père, sur un ton ne souffrant pas la discussion.

— Mais papa ! protesta Clarissa. S'il est à la porte, il nous entend certainement. Cette maison est si ridiculement petite… Par ailleurs, il est à peine plus de midi. Personne ne s'absente de chez soi à cette heure-là, surtout pas un dimanche, juste après le retour de la messe.

— Cela m'est égal qu'il puisse nous entendre.

Son père se tourna vers le majordome et le congédia d'un geste de la main.

— Nous ne sommes pas là.

Le domestique hocha la tête et referma la porte derrière lui. Quelques secondes plus tard, ils entendirent des bribes de voix étouffées, signe que le message était en train d'être passé, puis le bruit de la porte d'entrée se refermant.

— Il n'a même pas le droit de venir prendre une tasse de thé ?

— Non. Après tes écarts de conduite d'hier soir, Clarissa,

j'ai approfondi mon enquête au sujet de la famille Warriner, et du docteur en particulier, et après avoir examiné les faits…

Il regarda Bella à son tour d'un œil sévère.

— J'ai décidé que nous devons cesser de le fréquenter. Sa présence ici aujourd'hui confirme ce que je pensais : il a des vues sur Clarissa. Il est hors de question que je le laisse se servir de toi, Bella, pour approcher plus facilement ta sœur et parvenir à ses fins. Par conséquent, vous avez toutes deux l'interdiction formelle d'adresser la parole à un quelconque membre de la famille Warriner.

Ce qui signifiait que les visites de Bella à l'infirmerie étaient aussi interdites.

— Mais, papa…

Il leva la main.

— Il est de mon devoir de protéger mes filles, et je ne peux pas, en toute conscience, vous laisser sympathiser avec lui. Je sais que tu as apprécié tes journées passées à l'orphelinat et j'ai été heureux de voir les changements rapides qui se sont opérés en toi, Bella. Cependant, une telle occupation ne sied pas à la fille d'un comte. Cela n'a jamais été le cas, et il est temps que cela cesse. Ce caprice a duré trop longtemps. Je suis sûr que tu trouveras à t'occuper autrement. Et sans avoir à fréquenter la famille la plus décriée de la ville. Le révérend Reeves œuvre beaucoup pour la paroisse, et il y a plusieurs groupes de femmes qui tricotent des chaussettes et toutes sortes de choses pour les pauvres. Tu pourrais te joindre à elles.

— Mais au moins laissez-moi terminer mon travail. Mon patient… Le petit Tom compte sur moi et m'attend… et j'aimerais être là quand il quittera l'infirmerie, totalement guéri.

— C'est hors de question.

La voyant contrariée, Clarissa ne put s'empêcher d'enfoncer le clou.

— Je suppose que c'est aussi bien ainsi. Certes, le Dr Warriner est bel homme, mais il n'a pas le statut social pour prétendre faire la cour à la fille d'un comte. Si j'ai dansé avec lui hier soir, c'était uniquement pour échapper à l'ennui mortel de cette sinistre soirée. Je ne lui adresserai plus la parole, papa. Je vous le promets. Et je suis très heureuse que vous reconnaissiez enfin que Bella a été trop gâtée. J'en avais tellement assez de l'accompagner en ville, surtout si tôt le matin. C'était très injuste vis-à-vis de moi, mais cela ne semblait déranger personne que j'en souffre. Je vais enfin pouvoir avoir les traits reposés, et je ne serai plus obligée de jouer continuellement les nounous. C'est assez ironique d'ailleurs, n'est-ce pas ? Puisque, une nounou, c'est exactement ce que Bella était pour les jeunes patients du Dr Warriner.

Il était évident que son père et sa mère avaient eu une discussion. Une discussion tendue et animée, à en juger par l'expression de sa mère. Mais cette dernière était aussi inquiète au sujet de Bella, qui avait quitté le salon en pleurs et avait refusé de descendre pour le dîner. C'était puéril et excessif, mais Bella s'en moquait. Son père avait interdit la seule chose à laquelle elle tenait. La seule chose qui lui permettait de ne pas avoir l'impression d'être folle à lier, mais celle qu'elle avait été par le passé. Grâce à ses activités à l'infirmerie, elle avait osé quitter la maison seule et avait réussi l'exploit de passer plusieurs heures sans se sentir vulnérable ni terrorisée. Elle s'était sentie *normale*. Ou presque normale, et c'était merveilleux. Sans ce but qui donnait un sens à sa vie, tout ce qui lui restait, c'était un sentiment d'absurdité, de vide et d'ennui total. Et tout le temps qu'il fallait pour ressasser de douloureux souvenirs et se laisser assaillir par l'angoisse.

— Il ne changera pas d'avis.

Sa mère était assise sur son lit et lui caressait les cheveux.

— J'ai essayé de lui faire entendre raison, mais il est resté inflexible.

— Mais j'ai fait de tels progrès !

De nouveau, les larmes. Des larmes de colère et d'amertume, causées par la frustration, le sentiment d'injustice et l'apitoiement sur elle-même.

— J'ai tellement peur de régresser. Et si cela se produisait…

C'était trop douloureux pour elle d'évoquer les traitements dont l'avaient menacée tous les médecins qu'elle avait consultés. Des traitements cruels, invasifs, humiliants… prônés par des hommes contre lesquels Bella ne pouvait rien. Un jour, elle s'était retrouvée attachée à une chaise par des liens de cuir et immergée dans un bain d'eau glacée. Terrorisée. Pétrifiée. La peur des soins s'était mêlée à la peur qui ne la quittait plus depuis « l'incident » et l'avait laissée totalement impuissante, avant de la transformer en quelques semaines en une véritable loque. Il lui avait fallu des mois pour s'en remettre. Revivre une chose pareille, et même pire, était une perspective trop atroce. Le seul fait d'y penser lui donnait des palpitations. Sa peur devait se lire sur son visage, car sa mère s'agita à son tour.

— Cela ne se produira pas. Tu ne régresseras pas. Nous te trouverons d'autres occupations, ma chérie. Ton père a raison : il y a beaucoup de bonnes actions menées au sein de la paroisse. Tu trouveras peut-être une cause pour laquelle tu voudras t'engager. Les réunions auxquelles je participe sont fort plaisantes, et nous ne faisons pas que tricoter des chaussettes pour les pauvres. Nous confectionnons des paniers, nous rendons visite aux nécessiteux… Tu pourrais m'accompagner. Je pourrais essayer d'y participer plus activement.

Sa mère voulait bien faire, mais elles savaient toutes les deux qu'en tant que femme de comte elle avait trop de responsabilités pour consacrer plus de quelques matinées par semaine aux œuvres de bienfaisance. Par ailleurs, fabriquer des paniers n'était pas exactement le type d'engagement qui faisait vibrer Bella.

Sa situation était donc redevenue désespérée, quel que soit l'angle sous lequel elle la considérait.

— J'apprenais tant de choses sur la médecine à l'infirmerie.

Sans réfléchir, Bella chercha le stéthoscope caché sous son oreiller et le serra de toutes ses forces dans son poing.

— C'était merveilleux.

— J'ai pris un immense plaisir à t'observer ces dernières semaines. Chaque jour, j'ai vu un petit bout de ma fille me revenir. Tu t'es toujours montrée si tenace. Si soucieuse du bien-être d'autrui et désireuse d'aider ton prochain. J'ai été si fière d'apprendre de quelle façon tu avais sauvé ce petit garçon.

— Je ne l'ai pas vraiment sauvé. J'ai juste fait en sorte que sa fièvre baisse.

— La fièvre tue, ma chérie. Qui sait ce qui aurait pu arriver à cet enfant si tu n'avais pas été là ?

C'était en effet une question que Bella s'était souvent posée, il ne fallait pas le nier.

— Peut-être est-ce cela que je devrais dire à papa… Que se passera-t-il la prochaine fois qu'un enfant sera en danger ? Le Dr Warriner est très sollicité et il ne peut pas être partout. Entre tricoter des chaussettes et sauver des vies, quelle est ma préférence d'après papa ? Il veut que j'aille mieux. Il ne cesse de répéter qu'il est prêt à faire n'importe quoi pour m'aider à aller mieux… et que fait-il ? J'ai déployé tellement d'efforts pour me montrer logique et sensée plutôt qu'irrationnelle… ce n'est pas juste.

— Non, ce n'est pas juste.

Sa mère se leva et marcha jusqu'à la fenêtre, les bras croisés sur la poitrine.

— Les hommes croient toujours savoir ce qui est le mieux pour nous.

— Qu'on m'interdise de mettre les pieds à l'infirmerie n'est *pas* le mieux pour moi.

— Non, mais c'est ce qu'il pense. Il croit te protéger.

Sa mère soupira, puis se tourna vers elle en plissant les yeux.

— Il vaut peut-être mieux que nous le laissions continuer

de *penser* qu'il te protège. S'il *pense* que tu es en train de tricoter des chaussettes ou de tresser des paniers, il sera satisfait de savoir qu'il a fait ce qu'il fallait.

— Et ce que je ressens ne compte pas ?

Un léger sourire commença à naître sur le visage de sa mère.

— Tu ressembles tant à ton père. Pour vous deux, tout est toujours si clair et si net. Les choses sont soit bonnes, soit mauvaises, sans entre-deux possible. Heureusement, à l'instar de ta sœur, j'ai une propension à voir les choses sous un angle un peu différent. Je ne te suggère pas de tricoter des chaussettes. Je te suggère de *laisser croire* à ton père que tu tricotes des chaussettes. Il est tellement occupé par ses affaires et par ses allers et retours incessants à Londres qu'il n'ira pas vérifier. Si je lui dis que je t'ai enrôlée dans mon groupe de paroissiennes, il me croira sur parole et il est peu probable que Clarissa veuille se joindre à nous. Elle déteste tout ce qui est œuvre de bienfaisance, donc elle aura tout intérêt à se faire discrète. Du moment que tu te montres prudente, je ne vois pas pourquoi tu ne pourrais pas continuer tes visites à l'infirmerie. Le personnel et le Dr Warriner devront jurer de ne pas révéler le pot aux roses, bien sûr, mais étant donné les fiers services que tu leur rends je suis certaine que cela ne posera aucun problème.

— Vous mentiriez à papa pour moi ?

Tout à coup, le monde ne lui semblait plus aussi triste.

— Cela fait des années que je mens à ton père, à propos de tout et de rien. La plupart des épouses font comme moi, je t'assure. Du moment que ton père entend ce qu'il veut entendre, il sera pleinement satisfait.

Sa mère passa les bras autour de ses épaules.

— Penses-tu réussir à te rendre à l'infirmerie seule ? Clarissa risque de se douter de quelque chose si tu lui demandes de t'accompagner, et ton cher papa aime que je sois à la maison.

Bella aurait marché sur des charbons ardents si cela s'était avéré nécessaire !

— Je me débrouillerai.

Elle n'avait qu'à traverser la place, et désormais elle savait qu'il fallait faire attention aux légumes fugueurs.

— Merci, maman !

Son lundi était en train de filer à toute allure. Après une matinée très occupée au cabinet et deux appels en urgence à deux extrémités du village, qui s'étaient ajoutés à la longue liste des visites prévues à l'avance, il était 15 heures passées lorsque Joe arriva à l'orphelinat pour examiner Tom. Il grimpa les marches quatre à quatre et traversa le couloir au pas de course. Si Tom était suffisamment rétabli pour quitter l'infirmerie, cela le libérerait au moins de cette obligation pour le reste de la semaine, dont le programme déjà très lourdement chargé se remplissait à vue d'œil. Joe avait vraiment besoin d'un assistant, ce qui signifiait qu'il allait devoir insister pour être plus souvent payé en espèces sonnantes et trébuchantes. C'était soit cela, soit il se coupait en deux. Il n'y avait pas d'autre moyen. Il n'aurait pas dû s'autoriser une journée entière de détente la veille et il n'aurait surtout pas dû perdre son temps à aller rendre visite à Lady Clarissa. S'entendre dire que la famille était absente alors que les bruits de conversation provenant du salon prouvaient le contraire avait été une cuisante humiliation.

En même temps, c'était prévisible, et sans doute mieux ainsi. L'hostilité que le comte de Braxton lui avait témoignée lors de la soirée du samedi ne lui avait pas échappé. Joe s'égarait, il en avait conscience. Ce n'était pas du tout une bonne idée de se laisser dicter par son frère une conduite qui, par sa témérité, ne lui ressemblait pas. Heureusement d'ailleurs que l'irascible Jake ignorait qu'il s'était rendu chez les Beaumont et qu'ils avaient refusé de le recevoir, car il n'aurait jamais laissé passer un affront de cette taille. Une telle mésaventure n'aurait jamais pu lui arriver à lui, l'irrésistible, le conquérant. Joe se revoyait devant la porte, en train de tordre son chapeau entre ses mains tout en se désolant d'être ce placide Warriner que son frère l'avait accusé d'être. À ce souvenir, il réprima une moue de dégoût.

Placide ! Autant dire fade et sans personnalité… Ce n'était pas en se montrant placide qu'il obtiendrait la main de la belle demoiselle, que, soit dit en passant, il n'avait jamais sérieusement espéré pouvoir obtenir. Avec du recul, il se rendait compte qu'il n'aurait dû écouter que lui-même et continuer à l'adorer de loin. Grâce aux conseils « avisés » de son frère, les *deux* sœurs Beaumont savaient désormais qu'il avait été chassé sans ménagement de chez elles pour la simple raison qu'il n'était pas assez bien pour qu'elles aient le droit de le fréquenter. Joe en frémit d'horreur. Pourquoi diable avait-il écouté Jake ?

Arrivé à l'infirmerie, il s'arrêta brusquement devant la porte ouverte et regarda à l'intérieur de la salle. Comme il s'en doutait, Tom semblait en grande forme. Il était également blotti entre les bras de la plus jeune des Beaumont, qui riait tout en lui faisant la lecture.

Joe fit un rapide pas de côté pour ne pas être vu et pouvoir observer cette scène surprenante. Lady Isabella était si animée. Enjouée, même. Ce rire était trop sonore pour être celui d'une jeune femme vraiment timide. Le petit Tom semblait conquis par ce sourire lumineux et riait en même temps qu'elle. Ce qui était plus stupéfiant encore, c'était que la très calme, très posée et très sérieuse Lady Isabella se glissait dans la peau des personnages de l'histoire en utilisant différentes voix.

Sous le soleil de la mi—journée, le coutelas du capitaine Galaad lançait d'aveuglants éclairs tout autour de lui.

— Rends-toi, Sulphure ! Libère Miss Taches-de-Son !

— Jamais !

Le dragon rugit et d'ardentes flammes sortirent de ses naseaux.

— Elle est ma prisonnière et elle restera avec moi pour toujours !

— Alors tu ne me laisses pas le choix...

Sa voix s'éteignit d'elle-même lorsqu'elle se sentit épiée, puis ses yeux se plantèrent avec méfiance dans ceux de Joe. Le petit garçon tira sur sa robe d'un geste impatient.

— Et ensuite, Bella, qu'est-ce qui se passe ?

Quelle décontraction et quelle aisance...

C'était aussi surprenant qu'intéressant.

Dès que ce dernier mot se forma dans son esprit, Joe se souvint que Jake l'avait taquiné parce que, selon lui, il préférait Bella. Pour se prouver que son frère se trompait au moins sur ce point, il essaya de convoquer l'image de Clarissa. Avec la brune Isabella en face de lui, avec les picotements qui lui parcouraient de nouveau la peau, avec les images obsédantes et érotiques de ses jolies jambes qui s'imposaient à lui, cela se révéla étonnamment difficile.

Elle avait aussi changé de coiffure. Celle-ci était plus lâche. Moins sévère. De fines mèches étaient prises dans de plus gros rouleaux et disposées de façon à mettre en valeur la forme féline de ses yeux.

Très jolie.

Très *belle,* même.

De nouveaux picotements.

— Nous continuerons l'histoire plus tard, Tom. Le Dr Warriner est ici pour t'examiner.

Elle se dépêcha de réinstaller l'enfant au lit, bien bordé sous les couvertures, alors qu'il insistait pour avoir droit au reste de l'histoire. Lorsqu'elle se redressa, elle était redevenue sérieuse et austère, et son joli sourire avait disparu. Elle était aussi, remarqua-t-il, en train de reculer légèrement vers la porte comme si elle voulait se fondre dans le décor ou bien échapper à un ennemi invisible. Il se dirigea vers le lit en souriant à l'enfant, dans le but de la rassurer elle aussi.

— Comme vous sentez-vous, cher monsieur Thomas ?

— Je me sentirais bien mieux si Bella finissait l'histoire.

— Je suis sûr que tout va très bien se terminer, comme dans tous les livres de cette série. À moins que le dragon ne dévore l'héroïne… Quoi qu'il en soit, tu vas devoir attendre pour savoir.

En essayant de se montrer le plus doux possible, il examina l'intérieur de la gorge de Tom. Joe n'avait pas besoin de voir les amygdales de l'enfant pour savoir qu'il allait très bien. Si bien qu'il était presque en train de sauter sur le lit à cause d'un trop-plein d'énergie.

— Tire un peu la langue, espèce de petite canaille, et dis « ah ».

Entre deux bonds, Tom réussit à obéir. Les amygdales qui étaient rouge foncé et tachetées une semaine plus tôt avaient repris une apparence presque normale.

— Est-ce que cela te fait mal quand tu avales ?

L'enfant secoua la tête.

— Plus tellement. Depuis que j'ai mangé de la crème glacée, ma gorge ne me pique plus.

— De la crème glacée ?

Joe adressa un regard inquisiteur à la statue muette qui se tenait à côté de lui et la vit cligner des yeux d'un air coupable.

— J'ai pensé que le froid permettrait à sa gorge de désenfler.

— Et où, dites-moi donc, trouve-t-on de la crème glacée à Retford ?

Tom répondit pour elle.

— C'est la cuisinière de Bella qui l'a préparée. Elle en a apporté ce matin exprès pour moi et en plus elle l'a nappée de miel.

— Vraiment ? Comme elle t'a gâté ! Est-ce qu'il en reste ?

— Non, docteur. J'ai tout mangé après avoir pris mon remède.

— Eh bien, de toute évidence, la crème glacée de Bella a vraiment été d'un grand secours pour hâter ta convalescence, et je m'incline devant son génie.

Pour rire, Joe exécuta une révérence exagérée et la vit cligner de nouveau des yeux, puis fixer ses mains. Était-elle gênée qu'il ait été chassé de chez elle ? Il était évident qu'il n'allait pas évoquer le sujet. L'humiliation était beaucoup trop fraîche et trop cuisante. Il en fulminait encore, même si, comme toujours, il ravalait sa colère. Il préférait faire comme si rien ne s'était passé plutôt que céder à la tentation de livrer le fond de sa pensée quant à ce père si méprisant. Joe faisait le plus souvent tout pour se maîtriser, mais les rares fois où il perdait son calme cela donnait lieu à des explosions très spectaculaires.

— Quand a-t-il pris son remède pour la dernière fois, *Bella* ?

C'était une petite provocation et il aimait beaucoup la façon dont ses yeux s'écarquillaient légèrement chaque fois qu'il prononçait le diminutif de son prénom.

— Il est l'heure qu'il le reprenne, docteur.

— Je ne le prendrai pas sans crème glacée ! Et je veux que tu la nappes de miel.

— Bella n'est pas ton esclave, jeune homme. Excuse-toi tout de suite.

Elle tressaillit, plissa son nez parfaitement droit et refusa de le regarder dans les yeux.

— C'est ma faute. J'ai utilisé la crème glacée comme récompense pour qu'il prenne son remède tout à l'heure, parce que sinon il était compliqué de le lui faire avaler. Juste avant que vous arriviez, il a promis de prendre son médicament… dès que j'aurai fini l'histoire.

— Mon cher Tom, tu devrais avoir honte ! Tu deviens un patient très capricieux. Pauvre Bella. Si j'étais elle, je te plaquerais sur ton lit et je te le ferais avaler de force. Et je refuserais de te lire le reste de l'histoire.

Le garçonnet pouffa.

— Pas grave. Elle me l'a déjà lue en entier ce matin.

— Une raison supplémentaire pour avoir honte de ton comportement.

L'air de rien, Joe prit le flacon et réussit à faire ingurgiter une cuillerée de potion à l'enfant bondissant.

— Et as-tu découvert si le capitaine Galaad avait sauvé Miss Taches-de-Son des griffes du dragon ?

— Oui, docteur, il l'a sauvée. Ils se sont battus, à coups d'épée et de flammes. C'est le capitaine Galaad qui a gagné.

L'enfant fit la grimace.

— Ensuite l'histoire est devenue un peu trop sentimentale à mon goût. Le capitaine a demandé la main de Miss Taches-de-Son et ils ont disparu au galop sous le soleil couchant.

— Cela ne me surprend pas. Tous les livres de cette collection se finissent bien, comme je l'ai déjà dit.

Joe adressa un petit sourire à Bella tout en ébouriffant la tête de l'enfant. Il vit les joues de celle-ci se colorer joliment.

— Je pense que vous avez raison, Bella. Vous pouvez renvoyer ce galopin retrouver ses amis dès cet après-midi. Il est devenu bien trop gourmand et bien trop gâté.

— Hourra ! hurla l'enfant en se remettant à sauter. Enfin je vais pouvoir enlever cette horrible chemise de nuit !

Le vêtement incriminé fut retiré en un éclair, sous l'œil consterné de la garde-malade.

— Tom ! s'exclama-t-elle. Attends au moins que je t'aie apporté tes vêtements !

Mais l'enfant était déjà hors du lit et courait en cercles, les bras écartés. Il ne s'attendait pas à ce que Joe s'empare de lui et soulève dans les airs son corps qui se tortillait. Pour qu'il se calme, Joe le maintint fermement sous un bras.

— Oh ! avoir six ans et se moquer d'être tout nu !

Joe tendit à Bella le petit paquet qui pouffait et remuait toujours.

— Monsieur Tom, il y a une lady dans cette pièce. Cachez

au moins votre derrière. Un gentleman ne doit jamais montrer ses fesses. C'est très mal élevé.

La preuve : Bella était écarlate. Avec autorité et dextérité, une culotte courte et une large et confortable tunique à smocks, qui étaient l'uniforme des plus jeunes garçons de l'orphelinat, furent enfilées à Tom. Ensuite, il fut impossible de l'arrêter. Il fila rejoindre ses amis au moment même où ses petits pieds touchèrent le sol, laissant Joe et Bella seuls tous les deux.

— Je suis vraiment désolée, docteur Warriner.

Les pommettes roses et l'embarras lui allaient aussi bien que sa jolie coiffure.

— Un médecin voit toutes sortes de choses dans l'exercice de sa profession, et ce n'est pas votre faute s'il a décidé de se déshabiller. Son exubérance n'est que la preuve de sa guérison rapide. Guérison à laquelle vous avez largement et significativement contribué. Votre prodigalité en matière de crème glacée a fait des merveilles, d'ailleurs, et c'est un remède que je vous emprunterai sans vergogne à l'avenir. Je cherche toujours à m'améliorer, voyez-vous.

Elle lui adressa un bref sourire, puis elle se tourna pour ôter les draps du lit.

— Je m'excuse également pour l'attitude de mon père hier… quand vous avez voulu nous rendre visite. Il a écouté les mauvaises langues, j'en ai bien peur.

Chapitre 7

— Ne vous tracassez surtout pas pour cela.

Il sourit avec gentillesse.

— Nous les Warriner sommes habitués à ce genre de réactions. La faute en revient à mon grand-père. Il traitait ses fermiers de façon abominable et il escroquait tous les marchands de la région. Comme son père l'avait fait avant lui. Et puis, bien entendu, il y avait aussi mon cher papa, qui était un ivrogne notoire toujours prêt à se battre, et endetté jusqu'au cou. Il a aussi, s'il faut en croire les racontars, poussé sa femme au suicide. Mais ma mère était, paraît-il, égoïste par nature et tragédienne par goût. Ce doit être d'ailleurs pour cela qu'elle a épousé mon père. Alors que toutes ces canailles dorment six pieds sous terre, leurs descendants payent pour leurs péchés. Les ragots qui courent sur mes trois frères et moi-même valent également le détour. J'imagine que vous avez entendu dire que mon frère aîné Jack avait enlevé une riche héritière et l'avait compromise afin d'obtenir sa main ? Chaque fois que j'entends cette histoire, elle a encore été enrichie et embellie. Les aventures de mon frère James valent également leur pesant de scandale. Il a séduit et corrompu la fille du vicaire, puis il est allé la chercher chez elle et l'a enlevée de force après avoir violemment frappé son père. C'est ce que j'ai entendu dire en tout cas. Évidemment, tout cela n'est qu'un tissu de mensonges, mais qui s'en soucie quand les ragots sont si délicieux ? Je ne suis pas surpris que votre père m'ait congédié : je suis un danger pour la société. Honnêtement, je suis étonné qu'il vous ait autorisée à revenir ici, alors que je suis le diable en personne.

Il masquait une pointe d'amertume derrière une façade amusée, mais ses yeux le trahissaient. Il était contrarié par ces commérages, et à juste titre. Bella craignait désormais de lui révéler la vérité.

— En fait…

La honte lui fit baisser la tête, et un silence pesant s'installa.

— Ah… je vois, dit-il au bout d'un petit moment. Si j'ai bien compris, il ne sait pas que vous êtes ici.

— Il pense que je suis en train de tricoter des chaussettes avec d'autres paroissiennes.

Il avait tourné la tête pour regarder par la fenêtre, donc Bella ne put juger sa réaction.

— Et quand il découvrira la vérité ?

— Nous verrons en temps voulu. Mais rien ne dit qu'il la découvrira un jour. Ma mère est persuadée qu'il va la croire sur parole.

Elle vit ses épaules se raidir. D'une main il se prit le menton et elle eut la distincte impression qu'il était en colère. Pourtant, quand il se tourna vers elle, son expression était indéchiffrable.

— Si son épouse et sa fille lui mentent conjointement, il faut espérer qu'il restera béatement dans l'erreur.

Il croisa les bras sur la poitrine et lui adressa un regard perçant.

— Dites-moi… pourquoi êtes-vous ici, Lady Isabella ? Est-ce une forme de rébellion ou une façon de vous démarquer de votre père ? Vous êtes en quête d'aventure et de frissons, peut-être ?

L'accusation la heurta de plein fouet.

— Je ne suis pas à ce point frivole, docteur Warriner, et vos sous-entendus me blessent.

— Vous avez raison, et je retire ce que j'ai dit. Néanmoins, il doit bien y avoir une raison qui vous pousse à le défier et à venir ici, malgré son interdiction expresse. Et si vous voulez que je mente pour vous couvrir, ce qui doit être le cas, j'aimerais pouvoir être sûr de le faire pour une bonne raison. Après tout, je serai certainement la première personne que votre père incriminera s'il découvre votre duplicité, et le cas échéant il n'aura sans doute pas envie de se montrer particulièrement clément à mon égard. Pas avec ma réputation.

Elle savait que si elle lui mentait il refuserait de la soutenir, et Bella avait besoin de son appui pour pouvoir rester.

— Depuis que je suis toute petite, j'ai un penchant naturel pour les sciences en général, et pour la médecine en particulier. Être ici, aider ces enfants, cela m'intéresse et cela me plaît.

Il inclina la tête d'un côté et la scruta, comme pour chercher si elle lui avait dit la vérité. Elle essaya de soutenir son regard, mais sans y parvenir.

— Et c'est tout ?

Pour la première fois, il n'était pas cet homme affable et détendu qu'elle avait toujours vu. L'homme qui se trouvait face à elle serrait les mâchoires d'un air buté et parlait sur un ton glacial. Il était vexé et suspicieux. Son irritation évidente était démentie par son apparence calme, pourtant le contrôle strict qu'il exerçait sur ses émotions la rassurait, d'une certaine façon. Même s'il était en colère, elle savait qu'il ne lui ferait aucun mal et elle le savait sans être obligée de se le répéter en boucle pour y croire.

— Oui, c'est tout, répondit-elle, même si elle se savait déjà rouge de honte.

— Vous mentez.

— Ce n'est pas un mensonge !

Au mieux, c'était une version édulcorée de la vérité. Une version édulcorée qui passait sous silence un certain nombre de détails aussi pertinents qu'humiliants.

— Vous êtes prête à déchaîner la colère de votre père parce que vous vous êtes toujours intéressée à la médecine, et *moi* je risquerais d'en subir les conséquences pour *votre* bon plaisir ? Je pense qu'il vaut mieux que vous rentriez chez vous, milady. Je n'ai nulle envie d'être accusé de vous avoir poussée à désobéir à votre père, et tout cela pour que vous puissiez continuer en toute tranquillité votre agréable petit passe-temps.

Il se dirigea vers la porte, et il l'avait presque franchie lorsque, prise de panique, la voix intérieure de Bella se fit entendre.

— Je vous en supplie, ne me renvoyez pas chez moi. Mon travail à l'infirmerie a été tout pour moi ces dernières semaines… Je ne peux pas revenir en arrière. Pas maintenant.

Bella avait envie de pleurer et il l'entendit.

Il s'arrêta et se tourna lentement vers elle.

— Revenir en arrière ?

Ses yeux bleus l'observaient avec intensité, ce qui lui rappela que cet homme était plus intelligent que tous ceux qu'elle avait rencontrés auparavant. Pour une fois, elle avait de la concurrence.

— Revenir en arrière par rapport à quoi ?

Si elle lui expliquait tout, la croirait-il folle comme tous les autres docteurs ? La vraie Bella était tentée de lui faire confiance, car il était très différent des autres médecins chez qui on l'avait envoyée, mais elle avait trop à perdre. Une femme déclarée folle n'avait pas sa place auprès d'enfants malades. Plus d'un docteur londonien avait dit à sa famille qu'il fallait qu'elle vive recluse, loin de Londres, car son esprit était trop atteint. Un bel endroit à la campagne lui aurait davantage convenu, avec des gens pour l'entourer et prendre soin d'elle. Des gens qui avaient connaissance de son état mental et le comprenaient. Car les fous, au cas où ils auraient été contagieux, devaient vivre cachés s'ils refusaient d'être traités.

Bella essaya de contrôler sa respiration et la panique qui altérait sa voix.

— J'ai davantage qu'un intérêt passager pour la médecine… Je l'ai toujours étudiée. Mais une carrière de médecin n'est pas envisageable pour une femme. Nous les femmes sommes censées broder, peindre, confectionner des herbiers, et non pas lire des traités d'anatomie ou comparer différents modèles de stéthoscopes. Cette infirmerie est le seul endroit où je peux mettre en pratique tout ce que j'ai lu et approfondir mes connaissances.

Le docteur affichait à présent un visage plus curieux qu'hostile.

— J'ai déjà tant appris, en vous observant et en soignant moi-même les enfants. Si on me retire cela…

Les larmes lui montèrent de nouveau aux yeux à la perspective de voir se succéder d'interminables journées faites d'ennui et d'angoisse.

— Je vous en supplie, gardez-moi ici. Juste quelques semaines. Je prendrai toutes les précautions nécessaires pour que mon père n'en sache rien.

Joe avait été agacé par la théorie de son frère Jake selon laquelle les jeunes filles de bonne famille adoraient s'encanailler en fréquentant des hommes à la réputation douteuse comme les Warriner. Même s'il était pratiquement certain de ne pas avoir de vues sur Bella, l'idée que celle-ci puisse se servir de lui pour s'amuser ou pour défier son père lui était désagréable. Il n'avait aucune envie d'être un divertissement pour jeune lady désœuvrée ni de fournir aux mauvaises langues une cause de commérage supplémentaire au sujet de sa famille. Cela n'aurait pas été très judicieux au moment où il essayait d'asseoir son activité et de défendre sa réputation déjà bien écornée.

Mais son instinct lui soufflait que le désarroi de Bella était sincère. Joe comprenait très bien le désir brûlant d'apprendre et la détresse d'être contrecarré dans cet élan. Pendant des années, il n'avait pas pu étudier la médecine comme il l'aurait souhaité, car sa famille n'était pas assez riche pour l'envoyer à l'école. Il n'en avait jamais voulu à son frère aîné Jack. Ce dernier avait essayé comme il le pouvait de l'aider à réaliser son rêve d'obtenir un diplôme de médecine. Ce n'était qu'après que Jack eut épousé Letty que Joe avait pu concrétiser ses ambitions. La satisfaction qu'il avait alors éprouvée avait été immense. Il avait enfin accompli son rêve et son destin. Voir la détresse de Bella, et prendre conscience du fait que, malgré la richesse de sa famille, elle n'aurait pas la même chance que lui pour la simple raison qu'elle était une femme, l'ébranla. C'était un obstacle qu'il n'avait pas eu à surmonter. Il n'y avait même jamais pensé, pour être tout à fait honnête. En tant qu'homme – même pauvre et portant le nom honni de Warriner – il jouissait par rapport à la moitié de la population d'avantages qu'il avait totalement ignorés jusque-là. Il en avait à présent un peu honte.

Bella était clairement une jeune femme très intelligente possédant un don inné pour la médecine. Elle avait énormément lu. Bon sang, elle connaissait Laennec, c'était dire ! Le petit Tom était la preuve vivante de son savoir et de son dévouement. Elle avait veillé toute la nuit pour faire baisser sa fièvre et, depuis, elle était venue à son chevet tous les jours. Peut-être n'était-ce pas qu'un simple intérêt passager, finalement… Dans ses yeux sombres se lisait son désespoir de perdre ce qu'il pouvait quant à lui considérer comme acquis depuis longtemps.

Elle le regardait fixement, et attendait qu'il rende son verdict. Une grosse larme perla sur ses cils inférieurs, et sans réfléchir il posa la main sur sa joue afin de pouvoir l'essuyer du pouce. Les picotements nés au bout de ses doigts se propagèrent directement jusqu'à son cœur. Au même moment, elle retint son souffle. Il l'entendit, car lui-même ne respirait plus. Elle cligna des yeux. Ce fut son seul mouvement, car son corps était pétrifié comme celui d'une statue, mais alors qu'il avait la rigidité du marbre sa peau avait la douceur du velours. Ses grands yeux noirs se plantèrent dans les siens qui semblaient comme aimantés par ces sombres prunelles.

— Ne pleurez pas. Je garderai votre secret.

— Merci.

Elle déglutit nerveusement et il se rendit compte qu'il avait laissé la paume sur sa joue. Il l'ôta, en se sentant embarrassé et curieusement ému. Tout à coup, il ne sut que faire de ses mains, et comme aucune solution immédiate ne se présentait à lui il décida de les croiser fermement dans son dos tandis qu'il s'éloignait et retournait regarder par la fenêtre. Ce qui venait de se passer entre eux était à la fois inhabituel et un peu déstabilisant. C'était quelque chose qui méritait de plus amples analyses. Lady Isabella n'avait pas fait la coquette ni n'avait battu des cils une seule fois. Elle n'avait pas usé des subterfuges dont sa sœur était coutumière pour séduire les hommes, et pourtant il éprouvait le besoin soudain de l'embrasser. Comment cela se faisait-il ? Il était censé être amoureux de sa sœur. Comment pouvait-il être désespérément épris de Clarissa s'il nourrissait ces pensées saugrenues au sujet de Bella ?

Dans son dos, il entendit le bruissement de ses jupons. Cela lui rappela ses jambes et l'inexplicable besoin de l'embrasser se transforma de quelque chose de doux et de tendre en quelque chose de chaud et d'impérieux. Quelque chose de physique.

Du désir.

Joe en connaissait les symptômes aussi bien que tout homme et les comprenait mieux que la plupart. Un besoin basique commun à toutes les créatures, à l'instar du besoin d'air ou de nourriture, sauf que cette fois il prenait naissance dans son cerveau plutôt que dans ses reins. Ou bien était-ce la vue de cette larme féminine qui avait déclenché chez lui une réaction masculine un peu particulière ? Il se tourna pour voir si son désir avait tendance à diminuer ou bien à croître en la regardant. Elle lui tournait le dos à présent et était en train de retirer les draps du lit, sans doute pour se donner une contenance, car depuis qu'il l'avait touchée l'atmosphère était devenue étrange.

Il aurait probablement dû s'excuser ou, mieux encore, afficher son habituel détachement professionnel et faire comme si tout était normal, alors même que son cœur cognait à tout rompre dans sa poitrine et qu'il avait complètement oublié à quoi ressemblait la sœur de Bella. Pendant des semaines, il avait été convaincu qu'il était attiré par l'éthérée et inatteignable Clarissa. Pourtant en cet instant il ne se souvenait ni de son visage, ni de sa voix, ni de son odeur. Trois choses qui avaient résolument occupé son esprit pendant de longues semaines venaient de s'envoler en fumée après un bref contact avec sa sœur timide et déconcertante.

Avec l'Énigme.

À court de mots, Joe resta debout sans bouger, et se surprit à contempler le postérieur de Bella alors qu'elle s'activait. Tout comme ses jambes, il était absolument charmant, rond, féminin. Des hanches joliment pleines soulignées par une taille très fine. C'était étrange qu'il n'ait pas remarqué ces attributs plus tôt. Son désir redoubla.

C'était aussi inattendu que malvenu.

Tout à coup Mrs Giles fit irruption dans la pièce, l'air affolé, et les sauva tous les deux d'une tentative d'explication qui aurait pu se révéler pénible.

— Oh ! Dieu merci, vous êtes encore ici, docteur Warriner. L'une des petites a eu un accident !

Au visage de Mrs Giles, Joe comprit que c'était sérieux. Il la suivit jusqu'au jardin.

Quand sa belle-sœur Letty avait fondé l'orphelinat, elle avait insisté pour que les jeunes pensionnaires aient un endroit bien aménagé pour jouer. Une petite troupe d'enfants inquiets s'était formée près de la balançoire en corde suspendue au plus vigoureux des arbres. Comme c'était souvent le cas, ils s'éloignèrent dès qu'ils l'aperçurent, afin de le laisser intervenir.

La blessée était une enfant d'une douzaine d'années. Il se souvenait qu'elle s'appelait Molly, car il l'avait soignée pour malnutrition quand elle était arrivée à l'orphelinat deux ans plus tôt. Elle était allongée sur le dos, le visage tordu par la douleur. Sa jambe droite était pliée et dessinait un angle inquiétant. Même dans les situations les plus préoccupantes, Joe faisait toujours très attention à ne pas laisser voir ses craintes à ses patients. Il s'agenouilla auprès de l'enfant et sourit.

— J'aurais dû me douter qu'il s'agissait de toi, Molly. Tu étais encore en train de te balancer trop fort et trop vite, c'est cela ? Quand j'étais petit, avec mes frères, nous essayions toujours, sur notre balançoire, d'aller à une hauteur suffisante pour donner des coups de pied aux nuages. Nous n'avons jamais réussi, bien sûr, mais cela ne nous a pas empêchés d'essayer, encore et encore.

Joe poursuivit son petit bavardage pendant qu'il soulevait le bas de la jupe de Molly pour évaluer les dégâts. Il comprit aussitôt qu'elle avait la jambe cassée, et que la fracture était particulièrement vilaine. Son bas de laine était déjà taché de sang et il voyait un petit bout d'os sortir de la plaie. La pauvre enfant devait souffrir terriblement et la déplacer allait être très compliqué.

— Les garçons, pouvez-vous aller chercher des draps propres à l'infirmerie ?

Il entendit les instructions de Bella dans son dos. Lorsqu'il se retourna, il la vit d'abord sourire à la petite fille. Ensuite, elle le regarda.

— J'ai pensé que nous pourrions glisser un drap sous elle en faisant très attention, et nous en servir comme brancard de fortune.

C'était une bonne idée. Sachant qu'elle s'était déjà montrée éminemment compétente pour gérer une autre situation de crise, Joe n'hésita pas à lui faire confiance.

— La porter jusqu'à l'étage risque de se révéler ardu. Pouvez-vous installer mes affaires au réfectoire ? Je l'examinerai sur l'une des tables.

Bella hocha la tête et s'en alla vite, emmenant quelques enfants afin qu'ils l'aident. Joe retira sa cravate et, en faisant très attention, lia les deux chevilles de Molly ensemble, en espérant que sa jambe valide soutiendrait celle qui était cassée quand ils la soulèveraient. Avant qu'il ne le remette en place, moins l'os serait sollicité mieux ce serait.

Bella revint vite avec les draps, qu'elle avait très intelligemment pliés en accordéon. À deux, ils réussirent à glisser le tissu sous la taille de l'enfant, puis ils purent déployer le drap sous elle. Plusieurs commerçants du marché, parmi les plus robustes, avaient été sollicités. Ainsi, tandis que Bella supervisait les opérations et donnait d'utiles instructions, Joe et les autres hommes purent porter l'enfant sans trop la remuer et l'emmener à l'intérieur.

Le réfectoire avait rapidement été transformé en salle d'examen. La plupart des meubles avaient été poussés et la plus grande des tables était recouverte d'un drap propre. Sur un côté, Bella avait également approché une plus petite table pour y installer son matériel, qui était prêt à être utilisé, ainsi que des bandages et un bol d'eau bouillante. Il sentit l'odeur caractéristique du gin et fut impressionné par la diligence et l'esprit d'initiative de la jeune femme. Elle l'avait écouté et, sans hésitation, elle avait mis en pratique ce qu'elle avait parfaitement bien compris.

— La glace va arriver, et j'ai demandé au jardinier de confectionner des attelles. Je suppose que vous allez remettre l'os en place.

Avec beaucoup de tact, elle s'était approchée de lui et parlait doucement pour ne pas inquiéter l'enfant.

— L'os a transpercé la peau, expliqua-t-il à voix basse.

Cette opération va être très douloureuse. J'espère que la fracture est nette, mais le fait qu'elle soit ouverte est préoccupant. Ce type de lésion se gangrène facilement et finit souvent en amputation.

— Un peu de laudanum serait peut-être le bienvenu, avant que vous ne commenciez ? Une dose suffisante pour rendre la douleur supportable.

Joe acquiesça. C'était une pratique courante que d'opérer pendant que le patient était lucide, mais Molly n'était qu'une enfant et il voulait l'épargner au maximum. Ils firent sortir tout le monde de la salle, à l'exception de quelques personnes. Ils gardèrent deux hommes solides pour maintenir la blessée et l'empêcher de se débattre si nécessaire et, à l'initiative de Bella, la meilleure amie de Molly. Bella donna à la jeune blessée quelques gouttes de laudanum, lui caressa les cheveux et tenta de l'apaiser. Alors que les paupières de Molly commençaient à s'abaisser, Bella se redressa et demanda à l'autre enfant de prendre sa place.

— Évite de regarder ce que fait le docteur, Daisy. Ton travail consiste à parler à Molly pour la distraire. Si elle se réveille, je veux qu'elle voie un visage familier pour la rassurer.

Tout à coup, et sans qu'il ait besoin de le lui demander, elle tendit des ciseaux à Joe. Il découpa le bas de laine et ses pires craintes furent confirmées. Cinq bons centimètres d'os sortaient de la plaie, mais au premier examen il apparut que l'os s'était brisé net et non en plusieurs petits morceaux. C'était une maigre consolation. Pendant le temps qu'avait nécessité le transport de Molly jusqu'au réfectoire, les muscles de sa jambe s'étaient contractés de manière significative. Il faudrait donc les étirer pour que l'os puisse reprendre sa place. Dans des moments comme celui-ci, il remerciait toujours le ciel d'avoir eu à travailler dans les champs, sur les terres familiales. Même si la pauvreté avait été dure à vivre, elle lui avait donné un dos large et une robuste paire de bras, deux choses essentielles pour soigner les jambes cassées.

Une fois de plus, Bella anticipa ses besoins sans qu'il doive lui dire quoi que ce soit. Elle approcha l'eau chaude et des compresses, et l'aida à nettoyer la plaie. La blessure, très vilaine et très impressionnante à voir, n'était certainement pas faite pour les âmes sensibles. Pourtant, à aucun moment Bella ne défaillit, ni même ne frémit. Les attelles arrivèrent. Deux solides bouts de bois accrochés l'un à l'autre à une extrémité par un plus petit, de la largeur d'un pied d'enfant. Comment avait-elle eu l'idée de faire fabriquer cela, alors que beaucoup de médecins se contentaient d'attelles basiques ? Il se souvint alors qu'elle avait lu bien plus que beaucoup de médecins. Ces attelles rigides maintiendraient l'os bien droit et permettraient à Molly de marcher. Bella disposa des bandes sous la jambe de l'enfant, afin de perdre le moins de temps possible, puis, avec les hommes, elle maintint la fillette immobile pendant que Joe reprenait son souffle avant de s'attaquer à la jambe blessée.

— Dès que j'aurai remis l'os bien dans l'axe, pourriez-vous vous occuper de bloquer les attelles à l'aide des bandes ?

Elle hocha la tête, l'air très concentré, et Joe se mit au travail. Malgré le laudanum, l'enfant se mit à crier. Néanmoins Bella impressionna Joe par sa capacité à ignorer ces hurlements et à faire ce qu'il y avait à faire. Après ce qui sembla être une éternité, l'os fut enfin remis en place, mais comme les muscles de Molly étaient à présent très contractés Joe dut user de toute sa force pour qu'il ne sorte pas de nouveau. Sans attendre, Bella, qui serrait les dents tant elle était absorbée, sécurisa la pose de l'attelle en l'entourant de bandes bien ajustées. Quand elle eut fini, Molly était inconsciente, et c'était sans doute mieux ainsi. Sa jambe était parfaitement droite et il aurait fallu plus qu'une simple paire de ciseaux pour détruire leur travail.

— Nous devrions la transporter à l'infirmerie maintenant, avant que les effets du laudanum ne se dissipent.

Bella donnait peu d'ordres, mais ils étaient tous très sensés, nota Joe. À l'aide du drap disposé sur la table et d'instructions simples et concises, les hommes présents purent transférer Molly sur un brancard et la conduire à l'infirmerie sans incident. Joe, tout à coup désœuvré, se retrouva avec un bol d'eau chaude et du savon entre les mains, ainsi qu'avec une tasse de café. C'était Mrs Giles qui lui avait apporté tout cela, mais il savait que l'initiative en revenait à Bella.

— Lady Isabella boit-elle du thé ou du café ?

— Du thé, docteur Warriner.

— Alors préparez-lui-en une tasse, s'il vous plaît, et je la lui monterai.

Ils avaient tous les deux travaillé dur et ils avaient besoin de se restaurer. D'autant plus qu'ils étaient loin d'en avoir terminé.

— Et voyez si vous pouvez trouver quelques biscuits. Je sais qu'elle en est friande.

Pour ce qui était de l'orphelinat, il semblait au moins avoir trouvé une assistante. Pour le reste, il valait sans doute mieux qu'il ignore toute autre pensée concernant Bella.

Chapitre 8

Les trois semaines écoulées avaient été parmi les plus belles jamais vécues par Bella. Elle avait réussi à passer plusieurs heures à l'infirmerie presque tous les jours sans éveiller les soupçons de son père. Ce dernier semblait au contraire ravi de la voir si occupée et si pleine d'allant. Bien entendu, il croyait qu'elle aidait les nécessiteux en compagnie des femmes de la paroisse, et non qu'elle soignait les malades à l'orphelinat. Par conséquent, elle faisait bien attention à ne rien laisser paraître lorsqu'il était question de la famille Warriner lors des discussions familiales.

Mais le Dr Warriner, non content de l'avoir autorisée à continuer de venir, avait commencé à lui enseigner des choses et lui avait entièrement confié certains patients. C'était merveilleux. Sous son tutorat, elle apprenait à identifier les différents sons émis à l'intérieur du corps humain à l'aide du stéthoscope, à faire ses propres diagnostics et à envisager les traitements adéquats. Et pas plus tard que la veille – quand elle avait prétendu être allée acheter des rubans – il l'avait laissée recoudre une petite plaie sous sa supervision. Elle avait trouvé cela aussi intimidant que galvanisant, pourtant le sentiment d'accomplissement qu'elle avait éprouvé après avoir terminé lui avait presque fait oublier « l'incident » et le fait d'avoir passé toute une journée à proximité immédiate d'un homme.

Le dimanche était le seul jour posant problème. Son père

insistait pour qu'ils aillent tous à l'église, puis pour qu'ils passent la journée ensemble en famille. Bella n'avait donc rien d'autre à faire que se tourner les pouces et ressasser de sombres pensées. Dès qu'elle le pouvait, elle allait se réfugier dans sa chambre pour dévorer l'une des revues scientifiques que le Dr Warriner lui avait prêtées. Mais cela ne remplaçait pas la pratique de la médecine.

Ni le fait de le voir.

Non pas qu'elle le voie tous les jours. Parfois, le programme chargé du docteur l'empêchait de passer à l'infirmerie avant la tombée de la nuit, à une heure où Bella était déjà rentrée chez elle. Souvent il lui laissait des petites notes où il lui disait ce qu'il voulait qu'elle fasse, des instructions détaillées rédigées de ses pattes de mouche caractéristiques. Ses billets étaient souvent couverts de taches d'encre et de bavures, signe qu'il devait écrire à la hâte sans prendre le temps d'essuyer sa plume. Néanmoins, elle ne pouvait s'empêcher d'admirer sa piètre calligraphie. Celle-ci prouvait qu'il était bien trop occupé et dévoué à son travail pour se soucier de telles futilités. Quoi qu'il en soit, Bella commençait à réussir à le déchiffrer sans problème, et en lisant chaque billet elle avait l'impression d'entendre sa voix grave, calme et patiente comme s'il était assis à côté d'elle.

Lorsqu'il se tenait auprès d'elle, pour lui apprendre une nouvelle technique ou pour discuter de leurs patients autour d'une boisson chaude lors des courtes mais bienfaisantes pauses qu'ils s'accordaient, Bella avait une conscience aiguë de sa présence. Elle ne ressentait jamais cela avec d'autres hommes. Le Dr Warriner était devenu à la fois un mentor et un ami – ou presque – depuis ce moment étrange survenu quelques semaines plus tôt. Alors qu'elle demeurait convaincue qu'il l'avait touchée et avait essuyé ses larmes par simple gentillesse et par sollicitude, l'épisode revêtait pour elle une signification particulière. En une année, c'était la première fois qu'un homme la touchait sans qu'elle tressaille, soit prise de panique ou veuille s'enfuir.

Il avait posé la main sur sa joue, il avait planté ses yeux intelligents dans les siens, puis la peau de Bella s'était réchauffée sous ses doigts et son cœur s'était emballé. Il y avait eu, elle en était certaine, un moment de clarté parfaite quand elle avait eu la certitude que jamais il ne lui ferait le moindre mal et qu'elle lui faisait confiance. Mais ce n'était pas tout. Elle se sentait physiquement attirée par lui. Par son esprit, par ses yeux bleus insondables, par ses larges épaules, par ses grandes mains endurcies par le travail et par ses lunettes. La vraie Bella, enfouie en elle, n'avait pas eu besoin de le lui dire, parce qu'à ce moment précis elle avait été la *vraie* Bella. Pendant quelques courts instants, elle était sortie de sa cachette pour faire face au Dr Joseph Warriner. Par la suite, il y avait eu à deux ou trois reprises des moments similaires, mais plus de gestes tendres.

Jusqu'à aujourd'hui. Sa famille était arrivée à l'église pour assister à l'office du dimanche et elle l'avait vu devant le porche avec ses frères et ses belles-sœurs. Elle détestait cela, mais ils s'étaient ignorés pendant qu'ils faisaient la queue pour entrer. Cependant, quand elle était passée près de lui, leurs regards s'étaient croisés et il lui avait adressé un clin d'œil. Cela avait été si bref et discret que personne d'autre n'avait remarqué, mais cela avait rappelé à Bella qu'il y avait quelque chose entre eux, même si ce n'était pas tout à fait ce que la vraie Bella voulait que ce soit.

Les bancs de la famille Warriner se trouvaient aux tout premiers rangs de l'église, car le comte de Markham, malgré la mauvaise réputation de la famille, était l'aristocrate le plus important de la région. Un rang avait été réservé sur le côté pour le père de Bella, eu égard à son titre. Cet emplacement permettait à Bella d'observer le Dr Joseph Warriner pendant l'office tout en faisant semblant d'écouter avec attention le bourdonnement malveillant du révérend Reeves.

C'était une occasion unique de découvrir l'homme qu'il était quand il n'était pas le brillant médecin. Dans un contexte autre que professionnel, il était donc un frère dévoué toujours prêt à plaisanter avec le reste de la fratrie et un oncle attentionné divertissant ses cinq jeunes et remuants neveux et nièces. Les deux garçons étaient les enfants du comte et de la comtesse, les trois jolies petites filles celles du capitaine James Warriner et de son épouse Cassie, la fille « perdue » du prêtre. Comme tous les frères Warriner, les enfants avaient d'épais cheveux noirs et des yeux bleus perçants. Aujourd'hui, Joe était assis à côté de son plus jeune frère, Jacob, et à la grande consternation du révérend les deux hommes… jouaient aux cartes sans chercher à se cacher.

Bella y vit un acte de rébellion muette, et cette attitude semblait amuser la plupart des fidèles. Dans son sermon, le révérend vitupérait contre les Warriner et leurs proches, qu'il accusait d'être des suppôts de Satan. Cependant, mis à part le revêche capitaine, qui fixait son beau-père d'un air menaçant, la famille demeurait imperturbable sous cette pluie d'insultes. Le comte – Jack – et son épouse Letty étaient assis main dans la main et se souriaient comme si ce terrible sermon n'était qu'une vaste plaisanterie. La femme du capitaine, Cassie, berçait sa plus jeune fille afin qu'elle s'endorme sur ses genoux. Perdue dans ses pensées, elle semblait ignorer totalement les virulentes imprécations proférées par son propre père. Et Joe et son frère semblaient jouer à *speculation*[1], bien que Bella n'en soit pas tout à fait sûre. Elle avait été témoin d'autres versions à peu près semblables de cet acte de rébellion tous les dimanches depuis son arrivée à Retford et elle se souvenait que le docteur avait plaisanté au sujet de la réputation familiale. Il participait à ce

1. Jeu de cartes très en vogue dans l'Angleterre de la fin du XVIIIe s. et du début du XIXe s. Il en est souvent question dans les romans de Jane Austen notamment.

rituel, mais ces accusations le contrariaient. Elle se sentait privilégiée d'être l'une des rares personnes à l'avoir compris.

Le benjamin des Warriner gémit en abaissant ses cartes et le beau docteur ricana d'un air suffisant. Ce petit rire lui valut une attaque personnelle du prêtre.

— « Vous avez pour père le diable, et vous voulez accomplir les désirs de votre père ! »

Le révérend Reeves pointa un doigt tremblant vers lui.

— Jean chapitre 8, verset 44.

Jacob Warriner tapa dans le dos de son frère : on aurait dit qu'il voulait le féliciter d'avoir accompli un exploit. Jack sourit à sa femme, avec l'air de trouver la plaisanterie toujours aussi drôle, et le capitaine jeta de noires œillades à son beau-père. Comme s'il sentait qu'elle le regardait, Joe tourna lentement ses yeux bleus vers Bella. Il la fixa un instant, puis il lui adressa un nouveau clin d'œil, qu'elle ressentit jusque dans les orteils. Cette réaction nerveuse, quelle qu'elle soit, était agréable, pleine de chaleur… et étrangement excitante. Bella résista à l'envie de sourire timidement en guise de réponse. Au lieu de cela, elle se mordilla la lèvre inférieure et garda les yeux fixés sur son livre de prières pendant le reste de cet interminable office.

Son père poussa le reste de la famille hors de l'église dès que la messe fut dite. D'habitude, ils prenaient le temps de se mêler aux paroissiens, mais le comte devait se rendre à Londres pour affaires dans l'après-midi. Mieux encore, sa sœur, après avoir supplié ses parents pendant des jours, l'accompagnait. Cela signifiait que Bella avait devant elle au moins deux délicieuses semaines durant lesquelles elle ne serait pas obligée de mentir, de se cacher pour sortir, ni de faire attention à ne pas se trahir. Avec un peu de chance, elle aurait même bien plus que deux semaines. Elle avait l'intention de fêter cela en se rendant à l'infirmerie dès que le cocher ferait claquer son fouet et que des nuages de poussière s'élèveraient dans l'allée.

— Avez-vous vu ces gredins en train de jouer aux cartes ? demanda son père d'une voix incrédule. Avez-vous déjà vu un spectacle pareil ?

— Le révérend Reeves a dit du mal des pauvres Warriner pendant tout son sermon, papa, répondit Clarissa. Dans de pareilles circonstances, j'ai trouvé leur réaction très drôle. Et très… originale.

Par moments, sa sœur oubliait d'être égoïste, mais avec le temps cela devenait de plus en plus rare. De telles paroles réchauffèrent le cœur de Bella.

— Choquante, tu veux dire, répliqua son père.

— Pas du tout. Ce qui était choquant, c'est quand le Dr Warriner a adressé un brûlant clin d'œil à Bella.

Le fugitif sentiment d'amour sororal qui avait étreint Bella se dissipa d'un coup.

— Pardon ? fit son père, livide. Qu'a-t-il fait ? J'ai bien envie de faire demi-tour illico pour aller dire à ce scélérat ce que je pense de ses manières !

— Je l'ai vu moi aussi faire un clin d'œil…, intervint sa mère, qui semblait contrariée. Et je pense que tu te méprends, Clarissa. Le clin d'œil était destiné à son frère, qu'il narguait après avoir gagné la partie de cartes.

Son mensonge parvint à calmer son époux.

— Eh bien… quoi qu'il en soit, jouer aux cartes dans la maison de Dieu, et ricaner, et faire des clins d'œil comme un malappris, ce ne sont pas des comportements appropriés pour un homme qui se prétend médecin. La comparaison entre ce jeune homme et le Dr Bentley ce matin à l'office est tout à fait éloquente. Voilà un médecin qui sait se comporter dignement en toutes circonstances, et en particulier à l'église. Jamais on ne verrait le Dr Bentley en train de ricaner et de faire des clins d'œil.

— C'est parce que le Dr Bentley est un vieil idiot qui

serait bien incapable de distinguer l'extrémité d'un stéthoscope de l'autre.

Un seul regard au visage ébahi de son père suffit à Bella pour comprendre que sa voix intérieure venait de s'exprimer tout haut. Depuis « l'incident », c'était la première fois qu'elle se montrait si franche et si catégorique face à son père, et, fière d'elle, elle ne put s'empêcher de rire sous cape.

— Le Dr Bentley est un praticien reconnu, en plus d'être un paroissien dévoué, jeune fille. J'ajoute qu'il t'a proposé son aide de façon répétée, aide que tu as sèchement refusée !

La rébellion en elle n'était pas encore éteinte. Avec animation, elle répondit :

— Le Dr Bentley est un pingre, un imbécile et un charlatan. Bien sûr que j'ai refusé ses propositions de soins. Les traitements archaïques et draconiens n'ont pas leur place dans la médecine moderne. Savez-vous qu'il refuse de traiter les gens, même très malades, s'ils ne peuvent pas le payer tout de suite ?

— C'est son droit : il faut bien qu'il gagne sa vie.

— Diriez-vous la même chose s'il refusait de vous soigner ? Imaginez que vous soyez un étranger de passage ayant eu un accident de la route ou bien que vous ayez été détroussé par des bandits. Vous seriez en droit d'espérer que le médecin local soit un bon Samaritain autant qu'un homme d'affaires avisé. C'est le Dr Warriner qui soigne à lui tout seul tous les pauvres de la paroisse, car le Dr Bentley refuse de le faire. C'est sa belle-sœur qui a fondé et qui finance l'établissement où sont hébergés, nourris et soignés les orphelins sans ressources. Ce ne sont pas là des comportements de mauvaises personnes. Cependant, le Dr Bentley a refusé d'aider le petit Tom parce qu'il avait l'audace d'avoir été recueilli par la généreuse et décriée famille Warriner. Il a pourtant le culot de s'asseoir pieusement à l'église comme s'il avait le droit de juger de bonnes personnes, bien plus généreuses en actes et en pensées que lui. Église, je dois le souligner, où officie un homme n'ayant jamais voulu reconnaître l'existence de ses trois petites-filles, alors même qu'elles sont assises tous les dimanches juste en face de lui ! Vous rendez-vous compte : de pauvres enfants innocentes ?

La bouche de son père s'ouvrit comme s'il voulait parler, mais Bella eut l'impression qu'il peinait à trouver de solides arguments à lui opposer. En ce qui la concernait, sa propre indignation était trop forte pour qu'elle attende sa réponse.

— Par le passé, vous n'étiez pas si méprisant, papa. Avant que ce monstre ne se jette sur moi à Vauxhall Gardens, vous vous flattiez de juger les hommes pour ce qu'ils sont vraiment, et non en vous fiant aux commérages et aux on-dit.

À présent toute la famille se taisait et dans la calèche régnait un silence abasourdi. Personne ne faisait jamais allusion à « l'incident », encore moins Bella, et pourtant elle venait de le faire sans ressentir la peur invalidante dont s'était toujours accompagné ce souvenir. Elle était aussi stupéfaite que sa famille et cherchait dans son esprit les signes de son habituelle terreur. Elle ne les trouva pas.

Ce fut Clarissa qui prit la parole la première.

— Je vois que Bella a retrouvé sa langue bien pendue et son mordant. En ce qui me concerne, cela m'avait manqué. Permets-moi de te le dire : tu as été sinistre durant ces derniers mois, ma très chère sœur.

Le sourire qu'elle adressa à Bella était sincère et les liens de l'amour sororal se resserrèrent, plus solides que jamais. Clarissa était peut-être centrée sur elle-même et un peu superficielle parfois, mais elle ne manquait pas d'humour et avait toujours apprécié la causticité de Bella.

— Cela me ravit moi aussi, ma chérie.

Sa mère se pencha vers elle pour lui tapoter la main.

— Il y a toujours eu un feu en toi, et je suis heureuse de constater qu'il s'est remis à brûler. Le Dr Bentley congédie-t-il vraiment les malades incapables de le payer ? C'est vraiment affreux et très peu chrétien de sa part…

En un claquement de doigts, ils étaient redevenus une famille harmonieuse et l'allusion au clin d'œil aussi inattendu qu'émoustillant du Dr Warriner n'était plus de mise.

Deux heures plus tard, Bella grimpait quatre à quatre l'escalier menant à l'infirmerie, forte de la certitude que son père trop protecteur et que sa sœur fouineuse faisaient route pour Londres. Portée par le retour soudain de sa repartie légendaire et de ses avis bien tranchés, elle avait presque réussi à traverser la place du marché déserte sans cette désagréable sensation de malaise, et lorsque celle-ci avait tout de même fini par venir il lui avait suffi de prendre une grande inspiration pour garder son sang-froid. Satisfaisant progrès, constata-t-elle, grandement rassurée.

Après avoir accroché son chapeau de paille et son châle au portemanteau de l'entrée, elle se dirigea directement vers la salle réservée aux filles pour vérifier comment se portait Molly. Heureusement, sans doute grâce aux lavages réguliers au gin, sa plaie avait guéri relativement vite sans montrer le moindre signe d'infection. Immobilisée et condamnée au repos forcé, la pauvre petite s'ennuyait horriblement loin de ses amies.

— Je t'ai apporté de quoi faire de la peinture.

Le coûteux assortiment d'aquarelles que son père lui avait acheté pour lui occuper l'esprit prenait la poussière dans la chambre de Bella. Elle n'avait pas la patience nécessaire aux activités artistiques, auxquelles elle avait toujours préféré la lecture.

— J'ai pensé que tu pourrais peut-être égayer un peu cet endroit avec de jolis dessins.

Molly reçut le paquet des mains de Bella avec reconnaissance et déchira la toile enduite dans laquelle cette dernière l'avait enveloppé. Elle avait apporté les peintures, mais aussi les pinceaux et le papier.

— Est-ce que je peux me mettre à peindre dès maintenant ?

— Bien sûr. Et si j'installais une table près de la fenêtre ? Tu y verrais plus clair.

Bella alla chercher un petit bureau à l'autre bout de la pièce, et elle s'apprêtait à soulever une chaise lourde mais stable quand elle sentit, plus qu'elle ne le vit, le Dr Warriner arriver.

— Laissez-moi faire.

Il s'approcha et porta le siège sans le moindre effort apparent. Une fois la chaise en place, il se tourna et lui adressa un sourire éblouissant.

— Je ne m'attendais pas à vous revoir aujourd'hui.

— La chance m'a souri. Mon père est parti à Londres pour ses affaires. Il a emmené Clarissa avec lui.

Elle l'observa attentivement pour voir s'il semblait contrarié par la nouvelle du départ de sa sœur. Elle fut heureuse de constater que non.

— J'imagine dans ce cas que je vais vous croiser ici encore plus souvent.

— En effet.

— Et comment se portent nos patients, aujourd'hui ?

— Comme vous pouvez le constater, Molly est en bonne forme. Je viens juste d'arriver, donc je n'ai pas encore pu aller voir les garçons.

Une épidémie de varicelle se propageait comme une traînée de poudre dans le dortoir des plus jeunes garçons, ce qui signifiait que l'on assistait depuis une semaine dans la salle de l'infirmerie réservée aux garçons à un défilé de petits anges couverts de plaques rouges et prurigineuses. Le Dr Warriner avait passé beaucoup de temps à examiner les boutons de chacun d'entre eux. Il était satisfait qu'ils soient bien ronds et bombés plutôt que creusés en leur centre, car c'était le signe qu'il s'agissait de la forme la plus fréquente et la plus bénigne de la maladie. Elle était néanmoins très contagieuse et s'accompagnait d'une légère fièvre et d'une sensation de malaise généralisé. Bella et Mrs Giles avaient donc passé la semaine à préparer des cataplasmes à l'avoine et à les appliquer sur les malades, les couvrant de la tête aux pieds.

— Alors installons Molly et allons rendre visite aux garçons ensemble.

Il aida l'enfant à se lever et lui tendit les béquilles qu'il avait fait confectionner juste à sa taille. Le Dr Warriner estimait essentiel qu'elle fasse de l'exercice malgré sa jambe cassée. D'après lui, quand l'attelle lui serait retirée, son rétablissement serait plus rapide si la fonte musculaire n'était pas trop importante. Bella trouvait ce jugement très sensé, même si ce genre de conseils ne figurait pas dans les livres qu'elle avait lus, et elle encourageait Molly à aller manger en compagnie de ses amis et à prendre l'air tous les jours dans le jardin.

Il ne restait que deux garçons dans l'autre salle, et tous les deux étaient presque guéris de leur varicelle. Après que Bella les eut auscultés au stéthoscope sous la supervision du docteur, ce dernier déclara qu'ils étaient suffisamment rétablis pour quitter l'infirmerie à l'instant même. Par conséquent, elle se retrouva sans rien d'autre à faire que tenir compagnie à Molly. Il dut comprendre que l'absence de nouveaux patients la laissait désœuvrée, car il précisa :

— D'après mon expérience, il faut savourer les moments d'accalmie ; ils durent rarement longtemps. Généralement, j'en profite pour rattraper mon retard dans mes lectures et pour faire l'inventaire du contenu de mes armoires à pharmacie. C'est d'ailleurs ce que je m'apprête à faire. Presque toutes mes réserves de médicaments sont basses et le dimanche est le jour idéal pour préparer des potions. Pour une raison obscure et mystérieuse, je suis rarement appelé en urgence le dimanche à Retford. J'aime à penser que cela est dû à l'intervention du Tout-Puissant, qui souhaite ainsi apporter un contrepoint aux horribles sermons du révérend Reeves.

— Je pourrais vous aider, si vous n'y voyez pas d'inconvénient.

Dès que Bella eut prononcé ces mots, elle se sentit partagée. Une partie d'elle-même était terrorisée à l'idée qu'il accepte et qu'ils se retrouvent seuls tous les deux dans un environnement inconnu. L'autre souhaitait à tout prix approfondir son apprentissage.

— Étant donné que tout est calme ici et que rien ne m'oblige à rentrer tout de suite chez moi, déclara la vraie Bella, ce serait l'occasion idéale d'apprendre de nouvelles choses.

De toute évidence, c'était l'étudiante acharnée plutôt que la jeune femme terrifiée qui avait remporté le duel.

— Même si mon père était le diable en personne ?

À présent il souriait, et ce sourire la fit se sentir toute chose.

— Quel abominable sermon.

— Ce n'était pas l'un de ses meilleurs, je vous l'accorde. Les plus marquants sont ceux qui tissent avec un art consommé du crescendo des parallèles entre le manoir de Markham, la demeure de ma famille et Sodome et Gomorrhe. Quand, peu à peu, le révérend s'anime, cela devient un spectacle captivant. Il devient cramoisi, et de l'écume lui vient même parfois à la bouche.

— Pensez-vous que j'aurai droit à un tel morceau de bravoure avant l'été ? Je serais triste de manquer cela.

— Le dernier remonte à un certain temps. Cela ne devrait donc pas tarder.

Alors qu'ils se dirigeaient tous les deux vers le portemanteau de l'entrée, Bella supposa que le docteur était d'accord pour qu'elle l'accompagne. Lorsqu'il lui tendit son chapeau de paille, elle ressentit une brève panique, avant de se dire qu'elle était ridicule. Sa gouvernante serait forcément là, et il leur était souvent arrivé de passer plusieurs heures ensemble, seuls à l'infirmerie ou presque, puisqu'ils étaient la plupart du temps avec leurs patients. Préparer des remèdes en mélangeant les produits serait un excellent exercice pratique, d'autant plus que les livres en parlaient très peu, et cette perspective l'emplissait de joie.

Dehors, pour traverser la place déserte, il lui proposa son bras et, tremblante, elle l'accepta. Il ne faisait que se montrer galant et poli, comme tout gentleman qui se respectait. Sous le tissu de sa veste, elle sentit son avant-bras ferme et solide. Pendant qu'ils marchaient, leurs hanches se frôlèrent de temps en temps, mais il ne sembla pas s'en préoccuper ni même s'en rendre compte. L'orphelinat et son cabinet étaient très proches : au bout de quelques minutes à peine, il la fit entrer et l'aida à se débarrasser de son châle, avant de la conduire dans une petite pièce située derrière sa salle de consultation. La maison semblait vraiment très tranquille, et ce silence prit Bella de court.

— Où se trouve Mrs Patterson ?

— Je lui laisse toujours ses dimanches après-midi libres.

Bella déglutit avec peine et prit une grande inspiration.

Il n'a pas l'intention de te faire le moindre mal.

— Maintenant que j'y pense, j'aurais dû vous le dire plus tôt. J'oublie parfois que vous êtes une jeune lady et que, en tant que telle, vous devez être chaperonnée en toute occasion. Dois-je vous reconduire à l'infirmerie ?

Chapitre 9

— Non. Non, bien sûr que non.

Elle ne semblait pas particulièrement convaincue et Joe s'en voulait énormément de sa négligence. Le problème était que plus il passait de temps en compagnie de Bella, plus ils parlaient remèdes, traitements et prophylaxie, plus il la considérait comme un collègue médecin, d'autant plus qu'elle possédait un esprit scientifique aiguisé. Enfin pas seulement... Il avait menti en disant qu'il avait oublié qu'elle était une jeune lady. Plus les jours passaient et plus il en avait conscience, au contraire. Il la regardait de plus en plus, l'observait. Sa façon de bouger, la façon dont ses longs cils bordaient ses yeux noirs, les petites pépites iridescentes et cuivrées qui parsemaient ses iris, sa moue quand elle était perdue dans ses pensées, la façon magnifique dont elle remplissait ses jupes. À l'instant, pendant qu'ils traversaient la place, Joe avait dû se faire violence pour ne pas gémir chaque fois que les hanches de Bella avaient effleuré sa cuisse.

Il avait été audacieux et un rien égoïste de l'inviter chez lui, mais il avait été enchanté de l'entendre lui proposer son aide, et peut-être même ravi à l'idée de passer un peu plus de temps avec elle. Jake avait peut-être raison, finalement. Peut-être préférait-il vraiment Bella à sa sœur. Au cours de la quinzaine écoulée, force était de constater qu'il n'avait pas beaucoup pensé à Clarissa. Ce matin, quand il l'avait vue à l'église, ses yeux avaient résolument cherché l'autre sœur Beaumont. En fait, pour être honnête, il n'avait pas du tout prêté attention à Clarissa. Ce qui semblait donner raison à Jake. Plus Joe apprenait à connaître Bella, plus elle occupait ses pensées. La femme dont il s'était cru amoureux ne l'intriguait et ne l'intéressait plus. Bella, au contraire, l'intriguait et l'intéressait au plus haut point, et ce depuis le moment où il avait essuyé ses larmes. Cette volte-face rapide de ses sentiments était déstabilisante. Était-ce elle la femme que son cœur désirait désormais ? Une vraie femme, faite de chair et d'os, plutôt qu'une créature éthérée et imaginaire. Joe n'était encore jamais tombé amoureux d'une « vraie » femme, d'une femme réelle. Il y avait beaucoup réfléchi dernièrement, et il avait quelque peu honte de lui à vrai dire. Mais les faits parlaient d'eux-mêmes. Il était en train de tomber amoureux de la très réelle Bella et en grave danger d'en tomber fou amoureux, même.

— J'ai toujours envie d'apprendre, docteur Warriner.

En disant cela, Bella lui avait rappelé que son intérêt pour lui était purement scientifique et qu'une fois de plus il s'égarait. Elle ne voulait pas davantage de lui que sa sœur. Elle désirait uniquement apprendre. Telle une éponge, elle était l'élève le plus réceptif et le plus demandeur qu'il ait jamais rencontré. Elle était dotée d'un esprit aiguisé et d'une mémoire plus aiguisée encore. À aucun moment il n'avait vu Bella prendre la moindre note, pourtant il n'avait jamais besoin de lui répéter quoi que ce soit. Lui qui ne partageait cette perle rare avec personne était un tuteur béni. De quoi se plaignait-il alors ?

Comme emprunté et gêné, tout à coup, Joe se mit à chercher des ingrédients sur ses étagères afin de préparer de la teinture de laudanum.

— Autant commencer par les bases. Il n'y a pas de réserve de médecin digne de ce nom sans laudanum. Il s'agit du plus puissant antalgique découvert à ce jour, et à de plus fortes doses c'est un somnifère efficace. Cependant, il doit être utilisé avec parcimonie et attention, et il faut cesser son administration dès que le patient montre des signes de guérison. Sa base opiacée génère une accoutumance dangereuse et les consommateurs réguliers finissent immanquablement par devenir fous.

Joe sortit son journal en cuir marron d'un tiroir et le tendit à Bella.

— Ceci est ma bible médicale. J'y ai noté toutes mes recettes, sans exception. Mais ce carnet est un vrai fouillis, je l'avoue. J'ai depuis longtemps l'intention d'en commencer un nouveau, mieux organisé… mais hélas je n'en trouve pas le temps. Au fil des années, avec l'expérience, j'ai modifié certaines formules. Si vous voyez une recette barrée d'une grosse croix, c'est que j'en ai noté une nouvelle version, meilleure, plus loin. La recette de laudanum que j'utilise désormais se trouve vers la fin.

Elle la trouva sans problème et se mit à lire.

— Il y a deux recettes différentes, constata-t-elle.

— Je réserve l'une d'elles aux enfants. Elle contient moins d'opium, proportionnellement à leur taille, et beaucoup de sucre, parce que la préparation est naturellement amère et qu'ils la prennent plus volontiers quand elle est sucrée.

— Et vous n'ajoutez pas de sucre pour les adultes ?

— Je veux que le goût reste désagréable parce que…

— Parce qu'ils auront moins tendance à devenir dépendants du produit s'il a un mauvais goût.

Elle avait une façon de sourire en remuant la tête quand elle avait compris quelque chose. Irrésistible…

— Laquelle dois-je préparer ?

— Les deux. Faites attention à ne pas approcher les doigts de la bouche quand vous aurez manipulé l'opium, sinon vous aurez la tête qui tourne.

Joe n'eut pas besoin de lui dire de peser et de mesurer méticuleusement les ingrédients. Il la connaissait déjà suffisamment bien pour savoir qu'elle vérifierait tous ses dosages au moins deux fois. Bella ne brûla pas les étapes et fit preuve de beaucoup de sérieux dans son approche. Elle réalisa le tout de façon logique et méthodique. Il se mit à préparer son baume au miel tout en la surveillant. À son grand amusement, elle humait tous les produits avant de les ajouter à la mixture. Son petit nez se plissa de dégoût sous les effluves puissants de la résine d'opium.

— Je ne comprends pas comment font certaines personnes pour prendre cette chose par plaisir. Vraiment, c'est un mystère…

— Pour moi aussi, même si je doute que cela leur cause beaucoup de plaisir quand elles deviennent dépendantes. Tout ce que j'ai pu constater et lire m'amène à penser que l'euphorie de l'opium est brève. Très rapidement, la substance plonge le corps dans un état de léthargie mélancolique, souvent si profond qu'il est difficile d'en sortir sans en cesser complètement la consommation. Mais, même là, il faut encore beaucoup plus de temps à l'esprit pour guérir.

— Pensez-vous que l'esprit puisse guérir ?

Elle cessa d'écraser la résine dans le mortier pour le regarder dans les yeux.

— S'il a volé en éclats, je veux dire, précisa-t-elle, et qu'il ne soit pas seulement abîmé par le laudanum. Je pense aux lunatiques, aux mélancoliques… aux hystériques.

— Voilà une question intéressante, à laquelle je ne suis pas sûr de pouvoir répondre.

— Mais si vous deviez formuler une hypothèse ?

Elle s'était penchée davantage vers lui, comme si son opinion lui importait énormément. Joe se mit à réfléchir, les sourcils froncés.

— Je suppose que tout dépend de la nature particulière du problème et du degré de gravité de la maladie. J'ai vu certains malheureux dans les asiles, et j'avoue que je ne saurais pas du tout comment les aider. Ils semblent emprisonnés dans leur propre tête et n'avoir ni conscience ni perception du monde qui les entoure. Ceux qui souffrent de maladies telles que la syphilis sont dans un état qui fait peine à voir, et je crains qu'il n'y ait aucun espoir pour eux. Quoi que fasse la maladie, elle semble altérer le cerveau et provoquer son lent et irréversible déclin, jusqu'à la folie.

— Et si, par exemple, la maladie était causée par un traumatisme ? Par quelque chose de suffisamment horrible pour changer la personne. J'ai lu des comptes rendus sur les effets dévastateurs de la guerre sur la santé mentale de certains soldats. Ces dégâts sont-ils réparables ou au contraire irréversibles ?

Cela, Joe avait eu l'occasion d'en juger par lui-même. Son frère Jamie était rentré du Continent changé et en proie à de violentes crises nocturnes. Néanmoins, parler du supplice vécu par son frère adoré avec quelqu'un d'étranger à la famille lui semblait déloyal, donc il fallait qu'il choisisse ses mots avec soin.

— Je crois que le cerveau est l'organe le plus puissant du corps humain. Et, comme tout autre organe, il peut être endommagé par des traumatismes dont il peut guérir par la suite. Je pense que l'esprit est capable d'échafauder des histoires horribles mais vraisemblables pour faire croire à son possesseur qu'elles sont réelles. Une personne peut construire dans son esprit des murs si gigantesques qu'ils l'emprisonnent. La clé de la guérison dans ces cas-là dépend du patient et de la nature des démons qui le hantent. Il faut que le patient trouve un moyen de contourner ou de démolir ces murs pour pouvoir voir le ciel au lieu de ses peurs.

Elle hochait la tête d'un air absent, comme si elle était soulagée d'apprendre cela.

— Faisons l'hypothèse que vous rencontriez un individu ayant horriblement souffert à cause d'un autre et qu'il se soit muré dans sa propre tête et construit une immense prison dans son esprit. Imaginez que cette personne ait une peur panique et irrationnelle de tout et de tous. Quels traitements prescririez-vous pour l'aider à abattre les murs de cette prison ?

Jamie avait eu besoin de temps, de patience et de bienveillance. Il avait aussi eu, semblait-il, besoin de l'amour d'une femme dévouée pour commencer à se pardonner d'être brisé. Il avait confié ses peurs les plus profondes et les plus sombres à Cassie et, ce faisant, il avait affronté ses démons. Cinq ans plus tard son frère ne se considérait plus comme un danger pour la société et il était heureux. Il faisait encore des cauchemars de temps en temps et avait toujours un pistolet caché quelque part dans sa chambre, mais au fond d'un placard plutôt que sous son oreiller.

— Je crois, pour commencer, que j'encouragerais le patient à parler à quelqu'un à qui il fait confiance.

— Parler ?

Cela sembla l'étonner au plus haut point.

— Eh bien, oui. Un problème partagé est un problème à demi résolu. Je crois que parler de ses peurs et de ses angoisses permet à celui qui en souffre de les extraire de lui-même et de les considérer pour ce qu'elles sont. De façon plus dépassionnée, peut-être. De les voir à travers les yeux d'autrui. Je crois que le premier pas consiste à regarder ses peurs en face dans le but de les contrôler.

— Je vois.

Elle reprit le pilon et se mit à réduire lentement la résine d'opium en poudre.

— Que pensez-vous de l'hydrothérapie pour traiter les troubles mentaux ?

Décidément, elle savait mettre ses connaissances à l'épreuve et elle était apparemment en grande forme ce dimanche.

— Encore une fois, je suppose que tout dépend des traitements choisis. Prendre les eaux, faire des bains de mer… tout ce qui relaxe le corps et l'esprit est toujours bénéfique. Tout ce qui peut apaiser un esprit tendu me paraît une bonne chose.

— J'ai lu que certains médecins prônaient des formes

d'hydrothérapie plus extrêmes. Des traitements à base d'eau froide, par exemple, qui sont censés provoquer un choc salutaire chez le patient atteint de troubles mentaux.

— Seigneur ! Cela se pratique encore ? Je n'ai pas beaucoup de troubles mentaux à soigner dans mon cabinet, mais j'imagine qu'attacher une pauvre âme et la plonger dans de l'eau glacée n'est pas loin de la torture. Je ne vois pas l'intérêt de traumatiser davantage un patient qui l'est déjà.

Cette réponse sembla lui plaire et elle lui adressa un sourire. Comme toujours quand elle souriait, cela transforma son joli visage en une image d'une beauté absolue. Il en eut le souffle coupé et ces satanés picotements le reprirent.

— Je suis heureuse que vous pensiez cela. Je trouve ces traitements barbares moi aussi.

Elle détourna alors les yeux pour vérifier la recette et un silence agréable et léger s'installa. Pendant quelques minutes ils travaillèrent côte à côte, sans ressentir le besoin de se dire quoi que ce soit.

Pendant que sa teinture de laudanum reposait, elle reprit la parole, sur un ton manquant peut-être d'assurance.

— Pensez-vous que les femmes atteintes de troubles mentaux devraient être traitées différemment des hommes ?

— Et pourquoi cela ?

— C'est une croyance communément admise que les femmes, à cause de leur physiologie, sont prédisposées à l'hystérie… un état qui a des répercussions sur leur état mental, et qui doit être traité… de façon particulière et appropriée ?

Il la regarda, stupéfait qu'elle ait envie d'aborder un sujet aussi délicat, et ne fut pas étonné qu'elle détourne les yeux. Ses joues s'étaient déjà empourprées et son cou de cygne se marbrait.

— Je… oui… en effet… j'ai lu des articles à ce propos.

Seigneur, allaient-ils vraiment parler de cela ? Il espérait que non. Joe s'efforça de se concentrer pleinement sur la préparation de son baume au miel, au cas où il se mettrait à rougir à son tour. Les hommes de science ne devraient pas rougir quand il était question de sujets scientifiques.

— Avez-vous déjà eu à traiter une patiente pour… pour hystérie ?

— Non.

Joe avait envie de se cacher le visage entre les mains. Ou bien de partir. Vite.

— Pensez-vous qu'un traitement contre l'hystérie soit quelque chose d'utile, docteur Warriner ?

La tentation de changer de sujet était immense, car les questions que Bella posaient auraient nécessité qu'ils discutent de parties du corps féminin qu'un gentleman n'était pas censé mentionner au cours d'une conversation normale. Néanmoins elle était aussi une scientifique. Une femme, indéniablement, mais d'abord une scientifique. S'il avait eu *un* assistant et que ce dernier lui eût posé la même question, Joe aurait volontiers débattu avec lui. Il aurait partagé ses connaissances sur l'anatomie féminine – à la fois en tant que médecin et en tant qu'homme – et il aurait ri de l'absurdité de la question, car toutes ces idées préconçues sur la physiologie féminine l'irritaient au plus haut point.

— Ah… eh bien…, se lança-t-il. Tout d'abord il faudrait que je souscrive à la théorie selon laquelle l'hystérie, en tant qu'affection médicale, existe réellement.

Et à la théorie selon laquelle le seul moyen de soigner une femme souffrant de ce mal serait de masser ces parties qu'il ne voulait vraiment pas mentionner. Il avait entendu des histoires ridicules à propos de médecins londoniens gagnant une fortune grâce à ces pratiques plus que douteuses.

— Et ce n'est pas le cas ?

Pour rendre la conversation moins pénible, il n'avait qu'une solution : s'en débarrasser le plus vite possible, et passer à autre chose. *Courage, Joe. Réponds à la question comme le scientifique posé, rationnel et détaché que tu te targues d'être.*

— Puis-je supposer, Bella, que les théories qui ont cours en ce moment sur l'hystérie et ses traitements ne vous sont pas inconnues ?

Parce que dans le cas contraire Joe n'allait certainement pas les lui exposer ! Un nouveau regard à la dérobée lui confirma qu'elle était désormais écarlate, comme il devait l'être lui aussi. Elle hocha rapidement la tête tout en fixant la table. La terrible gêne qu'elle semblait éprouver était bien la preuve qu'elle avait pleinement conscience de ce dont ils étaient sur le point de parler. La jouissance ! *La petite mort.* L'idée ridicule et néanmoins répandue selon laquelle les femmes devenaient hystériques et perdaient la raison par insatisfaction et frustration sexuelle.

— Je suis fermement convaincu qu'il s'agit d'un non-sens absolu. J'ai du mal à comprendre pourquoi une femme aurait besoin de recourir aux services, payants, d'un médecin pour obtenir de lui ce que n'importe quel amant pourrait lui prodiguer gratuitement.

Joe regretta ses mots dès qu'il les eut prononcés, et il pria intérieurement pour qu'elle ne lui demande pas de plus amples détails. Pour la devancer, il enchaîna :

— L'idée que la maladie mentale pourrait être soignée en traitant les… parties basses… à l'aide de vigoureux massages pelviens n'a aucune base scientifique de toute façon.

— Je vois, répondit-elle en refusant toujours de le regarder. C'est bon à savoir… Très bon à savoir… Je crois que mon laudanum est prêt à être mis en bouteille, docteur. Où rangez-vous vos bouteilles vides ?

Deux heures plus tard, les étagères du Dr Warriner, de nouveau pleines, faisaient plaisir à voir. Après la conclusion abrupte de la conversation difficile que Bella elle-même avait commencée, les choses avaient été compliquées pendant cinq bonnes minutes, avant que le docteur ne se mette à rire et que l'atmosphère se détende aussitôt.

— Je ne me souviens pas avoir déjà rougi à ce point, Bella. Vous savez vous y prendre pour mettre les hommes mal à l'aise, c'est certain.

— J'ai posé la question par simple curiosité.

Une curiosité qui la concernait de près, mais elle aurait eu trop honte de l'avouer.

— Je ne voulais pas vous embarrasser, précisa-t-il.

Il haussa les épaules tout en continuant à rire, ce qui la fit sourire à son tour.

— Si cela peut vous consoler, moi aussi, j'étais très gênée.

— Je vous ai vue rougir. C'était très impressionnant.

— J'ai toujours été très forte pour rougir. À mon grand dam.

— Cela vous va bien. Cela vous fait paraître moins impressionnante.

Pour plaisanter, il lui donna un petit coup de coude et lui adressa un clin d'œil derrière les verres de ses lunettes. Bella aurait aimé qu'il les ôte. Le spectacle qu'il offrait, à mi-chemin entre le génie détendu et l'homme diaboliquement beau, était si déstabilisant qu'elle avait du mal à se concentrer.

— Je suis tout sauf impressionnante.

— Au contraire. La première fois que je vous ai vue, je vous ai trouvée presque terrifiante. Très sérieuse. Très studieuse. Très inapprochable. Cependant, maintenant que je vous connais, je sais que vous n'êtes rien de tout cela. À part studieuse. Vous êtes même brillamment studieuse.

Sur le moment, le compliment la flatta, parce qu'il était absolument incroyable d'être considérée comme brillante par le Dr Warriner. Néanmoins, rougissant de nouveau, elle fut incapable de répondre. À la place, elle se lança dans une nouvelle discussion médicale jusqu'à ce que sa gêne se dissipe.

— Pourquoi avez-vous voulu devenir docteur ?

— Le besoin de réparer les choses, je pense. Mon frère cadet, Jake, se désespère, car il me trouve trop bon, mais c'est plus fort que moi. Si quelqu'un a besoin de mon aide, je ne peux pas m'empêcher de la lui apporter, même s'il ne la veut pas ou ne la mérite pas.

C'était quelque chose que Bella ne comprenait que trop bien et qui, dernièrement, lui avait joué un très mauvais tour.

— J'imagine qu'il aurait été plus facile d'ouvrir un cabinet ailleurs, n'importe où dans le pays, dans un endroit où le nom de Warriner ne dit rien à personne.

— Bien sûr. Mais apparemment j'aime aussi tendre le bâton pour me faire battre. Et puis j'essaye toujours de chercher ce qu'il y a de bon chez les gens.

— À quoi cela est-il dû à votre avis ?

Comme ils avaient parlé de la complexité de l'esprit humain, un sujet qu'elle était à présent déterminée à comprendre, Bella voulait savoir ce qui avait forgé son caractère à lui. Parce que c'étaient les événements qui forgeaient le caractère d'une personne, que ce soit de façon positive ou négative. En plus de la façon dont « l'incident » l'avait changée, elle avait également vu à quel point avoir été officiellement déclarée « Incomparable » lors de la Saison écoulée avait affecté sa sœur. Clarissa avait désormais besoin d'être constamment rassurée sur le fait qu'elle était bien toujours cet être incomparable et ne voyait pas à quel point cette étiquette était ridicule.

Joe s'immobilisa et sembla réfléchir sérieusement à la question, comme si c'était la première fois qu'il le faisait.

— Je suppose que cela trouve son origine dans le fait d'avoir eu un si piètre père. Je sais qu'il était une mauvaise personne et qu'il ne possédait presque aucune qualité susceptible de le racheter, mais, enfant, je ressentais le besoin de lui trouver des excuses. C'était un peu comme si j'avais voulu comprendre pourquoi il était si peu à la hauteur.

— Vous vouliez le « réparer », en quelque sorte ? Le changer, en mieux.

— Oui. Et je pense que je le veux encore. Même aujourd'hui, j'essaye de me convaincre que s'il buvait c'était parce que ma mère lui avait brisé le cœur. Cela irrite mes frères, car ils le détestent tous sans réserve.

— Mais, vous, vous ne le détestez pas ?

— Je n'y parviens pas. Ne vous méprenez pas, je ne l'aime pas non plus. Je choisis juste de croire qu'il y avait un être humain enfoui quelque part en lui. Perdu peut-être. Mais bien là.

C'était exactement ainsi que se voyait Bella.

— Et votre mère ?

— C'est une énigme. Je ne me souviens pas du tout d'elle.

— Quel âge aviez-vous quand elle est morte ?

Il répondit sans hésitation.

— Douze ans.

Puis il s'empressa d'attraper un pot, qu'il commença à remplir de baume au miel. Son attitude suggérait que sa mère n'était pas un sujet de conversation qui le mettait très à l'aise. Le contraste était étrange, car il parlait au contraire très librement de son père.

— Douze ans ? Et vous ne vous souvenez pas d'elle ?

S'il avait dit cinq, six ou même sept ans, elle aurait accepté son explication, mais douze ! Bella, pour sa part, avait des souvenirs très nets de cet âge de sa vie.

— Vous n'avez aucun souvenir d'elle du tout ?

— Je me souviens qu'elle était très belle. Elle avait de très jolis cheveux dorés, ce qui tranchait avec ceux du reste de la famille. Mes trois frères et moi ressemblons beaucoup à notre père. Elle était très gracieuse, très raffinée. Pas exactement le type de femme que l'on s'attend à trouver dans le Nottinghamshire profond.

Il ferma le dernier pot d'onguent au miel d'un geste un peu brusque et le poussa sur un côté.

— Votre laudanum est-il prêt ?

Avant qu'elle puisse répondre, il alla chercher de petites bouteilles à l'autre bout de la pièce.

— Il va falloir mesurer le dosage avec précision. Je fais

toujours attention à ce qu'il n'y ait jamais assez de produit dans une bouteille pour tuer quelqu'un.

Ce changement de conversation en disait long. Sa mère avait forgé son caractère bien plus qu'il n'en avait conscience.

Il était presque 18 heures quand Bella se rendit compte, à contrecœur, qu'elle devait rentrer chez elle.

— Je devrais faire venir la voiture. Ma mère va envoyer quelqu'un me chercher si je ne suis pas de retour avant le dîner.

— Pas besoin. Je peux vous ramener en carrick. Cela prendra moins de temps que d'envoyer un message et d'attendre que votre calèche arrive jusqu'ici.

Elle hésita, nerveuse tout à coup, et cela le fit rire. Il émit un son chaud et délicieux qu'elle ressentit dans tout son être.

— Allez-vous vous soucier des convenances alors que nous avons passé tout l'après-midi seuls, dans cette petite pièce ? Ou bien êtes-vous terrifiée à l'idée d'être vue en ma compagnie ?

Elle était terrifiée, oui, mais pas par cela. Il la regardait avec intensité, guettant sa réaction.

— Je vais vous rassurer, alors. Les rues seront désertes à cette heure un dimanche soir, et si j'emprunte le chemin qui passe derrière la place je doute que nous croisions âme qui vive. Ce sera très calme. Personne ne vous verra avec un vil Warriner.

Calme *et* désert. Et il était un homme. Trois excellentes raisons de dire non. La dernière fois qu'elle avait été traînée dans un coin calme et désert par un homme…

Bella prit une grande inspiration et se força à chasser ce souvenir de son esprit. Elle devait affronter ses peurs, et elle le ferait avec logique et raison. Refuser paraîtrait grossier et hostile alors qu'il lui avait généreusement offert de partager avec elle son temps et son savoir. Une partie d'elle-même commençait à penser qu'il avait vraiment décidé de lui enseigner la médecine et il venait juste de la qualifier d'étudiante brillante et studieuse. Il respectait son intelligence. Rien de plus.

Il n'a pas l'intention de te faire le moindre mal.

Les mots sages qu'il avait prononcés résonnaient encore dans sa tête. Il fallait vraiment qu'elle affronte ses peurs et être seule en voiture avec un homme sur un petit chemin de campagne serait idéal pour cela. Qu'avait-elle à craindre, exactement ? En toute logique elle savait que, si le Dr Warriner avait nourri la moindre intention de l'agresser, alors il aurait pu le faire à n'importe quel moment de l'après-midi, en étant assuré que personne ne viendrait se porter à son secours puisqu'ils étaient retranchés dans une petite pièce située au fond de sa maison. Tout seuls. Ce n'était pas un peu d'air frais et la vue de deux ou trois buissons qui allaient le transformer en monstre. Par ailleurs, il était si doux et gentil qu'il n'aurait pas fait de mal à une mouche. Elle le savait. Et au moins, s'il la ramenait chez elle, elle pourrait profiter un peu plus longtemps de sa merveilleuse intelligence pendant qu'elle accomplissait un nouveau pas sur le chemin de la guérison.

— Si cela ne vous dérange pas, j'accepte volontiers.

— Bien sûr que cela ne me dérange pas. Je dîne tous les dimanches soir à Markham Manor de toute façon, donc j'aurais eu besoin de mon carrick quoi qu'il en soit. Je vais aller le chercher et je vous attends devant la maison dans dix minutes.

Sur ce, il disparut, laissant Bella toute seule chez lui. Tout en espérant qu'elle n'allait pas regretter sa décision, elle rangea les dernières bouteilles ainsi que le reste du matériel, puis partit en quête de son chapeau, car elle avait décidé d'aller attendre le docteur devant la porte. Mais en chemin la curiosité fut la plus forte, et au lieu de quitter la maison Bella ne put s'empêcher de la visiter.

Le petit salon était chaleureux et empli de la présence de la famille du docteur. Des dessins d'enfants étaient posés sur le rebord de la cheminée : simples fleurs ou bonshommes-bâtons. Sur l'un de ces derniers était inscrit « Oncle Joe » en lettres irrégulières. Sur un autre mur, elle reconnut l'œuvre du frère de ce dernier. Une peinture représentant le « Dr Sensible » avec sa panoplie complète, des lunettes à la trousse médicale, en train de se précipiter au chevet d'un patient. Son diplôme était encadré juste à côté. Le premier jour où Bella était venue offrir ses services à l'orphelinat, la comtesse de Markham lui avait appris avec une pointe de fierté dans la voix qu'il avait terminé ses études premier de sa promotion en seulement deux années. Les Warriner formaient une famille très unie. Très aimante.

À côté d'un siège large et confortable étaient posées des revues médicales qui semblaient avoir été beaucoup feuilletées. Le docteur en avait même annoté certaines dans leurs marges, car elles portaient la trace de ses pattes de mouche caractéristiques. Bella en prit une et la feuilleta. Ce qu'elle vit la fit sourire. Le nom de l'auteur avait été barré, et à côté de la croix avait été écrit le mot « crétin », tandis que le titre de l'article avait été modifié, de sorte que « Comment soigner les enfants avec les sangsues » était devenu « Comment effrayer les enfants et les dégoûter des médecins à vie ».

Les idées du Dr Warriner en matière de médecine étaient scandaleusement modernes, mais cela les rendait encore plus précieuses aux yeux de Bella. En filigrane, cela dressait le portrait d'un homme qui refusait l'évidence et la facilité, n'oubliait jamais de réfléchir et rejetait la dictature de ceux qui étaient bien établis, comme le Dr Bentley, de ceux qui perpétuaient aveuglément les vieilles méthodes parce qu'ils étaient trop paresseux ou trop ignorants pour en apprendre de nouvelles. Joe Warriner était quelqu'un qui pourrait, si elle trouvait les mots pour se confier à lui, l'aider dans son combat pour redevenir normale. Pour abattre les murs qui avaient endommagé son esprit. Pour qu'enfin elle puisse revoir le ciel. Lui faisait-elle suffisamment confiance ? Monter dans la voiture de quelqu'un et lui avouer que l'on était pourri de l'intérieur étaient deux choses totalement différentes.

Pour le moment, il était sans doute plus prudent de ne pas brûler les étapes.

Chapitre 10

Lorsqu'elle entendit les chevaux, Bella se sentit en même temps coupable d'avoir fouiné chez le docteur et nerveuse à l'idée de ce qui l'attendait. Elle avait conscience qu'il s'agissait d'un grand pas. D'un tournant. Elle affronterait ses peurs avec détermination même si c'était avec un homme auquel son cœur faisait instinctivement confiance. Avant de laisser la moindre de ses craintes, le moindre de ses doutes, s'installer en elle, elle se dépêcha de sortir. Il se tenait à côté des chevaux et caressait d'un air absent la crinière de l'un d'eux.

— Je vous présente Withering. C'est un charmeur impénitent.

— Withering ? Quel nom curieux pour un cheval.

Il sourit alors qu'elle tendait le bras pour caresser l'animal.

— Je l'ai baptisé ainsi en hommage à William Withering, le médecin ayant découvert que la digitale commune pouvait…

Il lui adressa un regard empli d'expectative, comme s'il voulait tester ses connaissances.

— … soigner certaines maladies cardiaques. J'ai lu son travail. Puis-je supposer que l'autre cheval porte aussi le nom de l'un de vos héros médicaux ? Laennec, peut-être ?

— Non. Je ne connaissais pas encore les travaux de Laennec quand j'ai fait l'acquisition de ces deux chevaux. Celui-ci s'appelle Davy.

— Bien entendu, comme Humphry Davy. Le chimiste.

— Un grand scientifique. Ses recherches sur l'oxyde nitreux

me passionnent. L'idée selon laquelle les médecins pourraient utiliser ce gaz pendant les interventions chirurgicales pour atténuer la douleur… Imaginez un peu les possibilités que cela offrirait.

Son esprit était fascinant. Son visage, lorsqu'il formulait des hypothèses ou s'enthousiasmait pour telle ou telle théorie, était fascinant également. Un visage juvénile, transporté, diaboliquement irrésistible. Et il ne portait pas ses lunettes, nota-t-elle. Sans elles, il avait presque un air canaille, un mot que Bella n'aurait jamais pensé utiliser pour le caractériser jusqu'ici, mais qui lui allait extrêmement bien à ce moment précis. Le carrick de course bleu et blanc ajoutait à ce flamboyant tableau, même si là encore il s'agissait d'un véhicule auquel elle ne l'aurait pas spontanément associé.

— Votre carrick semble très rapide.

— Il l'est.

Il étouffa un rire, et le cœur de Bella s'emballa.

— Je l'ai acheté précisément pour sa vitesse. En cas d'urgence médicale, voyez-vous…

C'était un mensonge patent, s'il fallait en juger par son expression ravie.

— Et il est si pratique. J'ai fait modifier l'arrière pour y ranger mon matériel médical. J'ai davantage besoin de pansements et de bandages que d'un valet de pied.

Il y avait en effet une grosse malle, bleu et blanc elle aussi, coincée entre les roues arrière et fermée par un robuste cadenas.

— Cette magnifique machine est presque un hôpital mobile. Il n'y a rien que vous ne puissiez trouver dans cette malle. Un bon médecin devrait toujours être prêt à parer à toute éventualité.

— La taille de la malle ralentit-elle votre carrick ?

— Pas du tout. Elle pèse moins qu'un laquais moyen et ces chevaux sont rapides comme l'éclair. Si vous n'êtes pas trop nerveuse, nous galoperons à pleine vitesse quand nous serons sur une portion de route découverte. C'est le jour idéal pour cela.

— Je ne suis pas nerveuse.

Un beau mensonge, puisque depuis une année elle était nerveuse à longueur de journée. Néanmoins, l'idée de filer à toute allure sur une route de campagne avec lui était assez excitante et assez inattendue. C'était justement ce côté imprévu qui rendait la chose séduisante. Un peu de légèreté, de frivolité. Un peu de liberté. Bella trouvait la perspective si grisante que la tête lui tournait légèrement.

— Accepteriez-vous de me laisser conduire ? Juste un peu ?

— Pourquoi pas ? Parfois, d'ailleurs, il est préférable que je laisse les rênes à quelqu'un d'autre… Venez. Je vais vous aider à monter en voiture.

— Je vous remercie, docteur.

Avec assurance, Bella se rapprocha du carrick. Elle avait du mal à croire qu'il s'agissait bien d'elle. Elle était si courageuse et si audacieuse, comme celle qu'elle était avant. Il la saisit par la taille.

— Ne pensez-vous pas qu'il serait temps que nous en terminions avec certaines formalités ? Nous nous apprêtons à rouler *scandaleusement* vite. Ce serait peut-être le moment de m'appeler Joe.

Elle hocha la tête avec raideur, car il était en train de la toucher. Il avait de si grandes mains. Elles faisaient presque le tour de sa taille et elle sentait leur chaleur se diffuser en elle. C'était… plutôt agréable. Ses propres mains se posèrent automatiquement sur les épaules de son compagnon alors qu'il la soulevait sans effort apparent. Elles étaient très solides et elle sentit leurs muscles former une boule sous ses paumes alors qu'il la déposait avec précaution sur le siège. Tel un petit garçon fier de son nouveau jouet, il fit gaiement le tour du carrick et se hissa à côté d'elle. Son corps occupait une grande partie de l'espace, de sorte que ses larges épaules lui effleurèrent le bras lorsqu'il saisit les rênes. Puis, sans qu'elle ait le temps de penser à quoi que ce soit, ils démarrèrent, commençant par traverser la place au trot, avant d'emprunter l'allée qui quittait la ville.

Durant les premières minutes, il laissa les chevaux s'échauffer. Ensuite, il se tourna vers elle avec un grand sourire et des yeux bleus pleins de malice.

— Tenez bien votre chapeau, Bella. Cela me contrarierait que vous le perdiez.

Elle eut à peine le temps d'obéir. Les chevaux partirent au galop et le leste carrick rebondit sur ses ressorts. Elle laissa échapper un rire joyeux alors que Withering et Davy, filant sur la route déserte, allaient de plus en plus vite et semblaient apprécier cette course effrénée autant que leurs passagers.

— Il y aura bientôt un léger virage… Vous allez peut-être avoir envie de vous accrocher à quelque chose.

Sa voix rieuse et profonde parvenait à couvrir le fracas des roues.

— Parce que je n'ai pas l'intention de ralentir !

Bella retira une main de son chapeau pour saisir le garde-corps, avant de se dire que deux mains vaudraient mieux qu'une seule. La voiture adhéra très fort à la route pendant qu'ils viraient. Sous l'effet de la vitesse, le chapeau de Bella tomba dans son dos et fut heureusement retenu par les rubans noués à son cou. Elle sentait la force de la gravité agir sur sa coiffure. Le vent était trop puissant pour que les épingles tiennent dans ses cheveux lisses. Elle ne devait plus ressembler à rien, mais à vrai dire elle s'en moquait. C'était si excitant, si déraisonnable, et totalement et merveilleusement frivole. Depuis quand ne s'était-elle pas amusée à ce point ? Depuis trop longtemps, décréta-t-elle. D'ailleurs, elle ne voulait pas que cela s'arrête. C'était si drôle qu'elle pétillait intérieurement de mille petites bulles de joie qui naissaient dans son ventre pour finir en rire dans sa bouche.

C'était cela vivre, et cela lui avait manqué.

Quand tout à coup elle sentit le carrick ralentir, elle

réprima le léger frisson de panique qui s'emparait d'elle. Elle ne voulait surtout pas que son imagination fertile et toxique gâche la beauté de ce moment.

— Voulez-vous essayer ?

Joe stoppa les chevaux et lui tendit les rênes avec un grand sourire.

— Volontiers, mais je dois avouer que je n'ai jamais conduit de carrick auparavant.

C'était sans doute mieux de se montrer honnête, même si cela le faisait changer d'avis. Mais il ne se départit pas de son sourire.

— Ah. Une novice. C'est d'une simplicité enfantine, n'ayez crainte. Tenez, laissez-moi vous montrer.

Il lui passa les rênes, puis commença à lui expliquer comment contrôler les chevaux. Ses mains dirigeaient légèrement les siennes sur les fines lanières de cuir souple. Ils se cantonnaient pour l'instant à une allure qui aurait convenu à des octogénaires perclus de rhumatismes.

— Voilà. Très bien. Tenez les rênes un peu moins fermement. Plus vous les serrerez, moins les chevaux iront vite. Les pauvres Withering et Davy vont mourir d'ennui si nous n'accélérons pas un peu, et je suppose que vous voulez être chez vous avant minuit.

Peu à peu, Bella prit de l'assurance. C'était vraiment facile. C'était un peu comme faire du cheval, mais à distance, et les montures étaient merveilleusement réactives et obéissantes. Joe était à présent assis avec un bras étendu sur la partie supérieure du siège, juste derrière elle, au cas où elle aurait eu subitement besoin de son assistance. Il ne la touchait pas, mais entre eux la proximité les avait fait basculer dans l'intimité. Il lui donnait des conseils à l'occasion, mais cela ne semblait lui poser aucun problème de la laisser se débrouiller seule le reste du temps. Elle trouvait fantastique qu'il lui fasse suffisamment confiance pour lui déléguer une partie de ses pouvoirs. C'était quelque chose qu'il faisait souvent, qu'il s'agisse de préparer des potions, de soigner des amygdales ou de conduire son précieux carrick. En sa compagnie, Bella se sentait rarement idiote ou perturbée. L'attitude de Joe vis-à-vis d'elle l'aidait à se sentir plus puissante, plus « capable », et c'était une sensation très plaisante. Quand ils furent en vue de la dernière grande ligne droite proche de chez elle, Bella ne parvint pas à résister à la tentation. Il dut sentir son envie de vitesse, car il ajusta sa position afin de gagner en stabilité, en contractant ses cuisses puissantes et en s'appuyant plus solidement sur les pieds.

Il passa un bras autour de sa taille et posa l'autre doucement sur son coude. Il était très proche. Si proche qu'elle sentit son souffle chaud lui caresser les joues alors qu'il lui donnait ses instructions. Bella se raidit une seconde avant que l'inconcevable ne se produise. Au lieu d'avoir peur de se retrouver à la merci d'un homme, elle se sentait *en sécurité*. Protégée. En croyant en elle, Joe l'aidait à gagner en confiance. Lorsque les chevaux s'emballèrent, alors que les champs et les buissons tout autour ne formaient plus qu'une masse verte, brouillée et confuse, le corps de Bella fut projeté en arrière contre le siège et vers les bras de Joe.

Malgré elle, elle lâcha un vif éclat de rire, expression de pure euphorie. Pour la première fois depuis plus d'un an, elle se sentait complètement libre et sans entraves. Puissante et invincible. Jeune et insouciante. Les sabots tonitruants des chevaux faisaient écho aux battements de son cœur transporté de joie.

Joe l'aida à ralentir l'allure alors que la maison était en vue. Le torse et les bras de ce dernier enveloppèrent son dos et le sentiment de sécurité disparut. Tout à coup il n'était plus son protecteur, mais il n'était pas une menace non plus.

Il n'était qu'un homme.

Un homme très beau qui avait l'apparence du péché. Les cheveux ébouriffés par le vent, les yeux bleus et brillants, Joe était irrésistible, et pour la première fois de sa vie Bella n'était plus une élève studieuse, ni une fille obéissante, ni une jeune femme dans l'ombre de sa sœur. Elle n'était pas non plus un oiseau effrayé et blessé.

Elle était une femme.

Une femme qui faisait l'expérience de tiraillements nouveaux, dans lesquels elle crut reconnaître ce qu'on appelait le désir.

Grâce à ses lectures, elle en connaissait les symptômes. Les palpitations, la moiteur des paumes, le fourmillement des terminaisons nerveuses, et le besoin obsédant de s'humecter les lèvres... Cela ne pouvait être que cela. Alors que, précisément, elle se passait la langue sur les lèvres, le regard de Joe se posa sur sa bouche et il cligna des yeux. Il lâcha les rênes et s'écarta d'elle. L'exposition soudaine de son dos à la douce brise estivale lui donna la chair de poule. Ou bien était-ce Joe ? Bella n'en savait rien, pourtant cela ajoutait à cette curieuse sensation de fébrilité et de besoin.

Joe, quant à lui, avait déjà sauté à terre.

— J'imagine que vous ne souhaitez pas que je vous dépose plus près de chez vous, avec ce que votre père pense de moi...

Sans attendre sa réponse, il fit le tour du carrick pour venir jusqu'à elle et lui tendit les bras pour l'aider à descendre.

De nouveau, ses mains chaudes lui enserrèrent la taille. De nouveau, elle ne put faire autrement que sentir la force de ses impressionnantes épaules lorsqu'il la porta, même si elle lui paraissait encore plus significative à présent qu'elle avait cette conscience accrue de lui et d'elle-même. Quand ses pieds touchèrent le sol, elle était scandaleusement près de lui et elle s'en moquait. C'était bon d'être près de Joe. Leurs corps n'étaient qu'à quelques centimètres l'un de l'autre. Les mains de Bella avaient glissé jusqu'à son torse, qu'elle se plut à sentir sous le veston et la chemise. Ses mains à lui restèrent résolument posées autour de sa taille, comme si elles s'y trouvaient bien. Ni l'un ni l'autre ne prirent l'initiative de rompre ce contact. Aucun n'osa parler. Dans le cas de Bella c'était parce qu'elle ne voulait pas briser le charme, mais elle ignorait pourquoi Joe restait muet et immobile. Lorsque les yeux insondables de ce dernier se posèrent de nouveau sur ses lèvres, autour d'eux l'air se chargea. Bella eut tout à coup très chaud et elle se mit à respirer de façon saccadée. Même si elle n'avait aucune expérience des hommes, des hommes *bien,* elle sut avec certitude qu'il était sur le point de l'embrasser.

Bella sentit qu'elle se hissait sur la pointe des pieds. Elle sentit qu'il l'attirait à elle, elle sentit qu'il avait le cœur qui battait fort.

Elle fut alors prise d'un accès de panique.

La vraie Bella lui hurla d'avancer et de se laisser aller.

Savoure ce moment merveilleux, magique et imprévu.

Cette Bella voulait le baiser de Joe. L'autre, la Bella apeurée et brisée, le craignait.

Ce fut cette dernière qui l'emporta. Elle posa les mains à plat sur son torse et le repoussa fermement jusqu'à ce qu'il la lâche. Il semblait perplexe. Comme s'il était aussi perdu qu'elle. Il la fixa, les sourcils froncés. Il y avait dans ses yeux une question à laquelle elle ne voulait pas avoir à répondre.

Sa raideur habituelle la reprit, et par réflexe défensif elle enroula les bras autour de son corps et se mit à reculer comme une biche apeurée.

— Je ferais mieux d'y aller. Ma mère va s'inquiéter.

— Oui. Bien sûr.

Il fixa ses pieds un moment, avant de lever les yeux de nouveau. Elle entendait presque les rouages de son cerveau fonctionner à toute allure, et pourtant elle n'avait aucune idée de ce qu'il pouvait penser. Qu'elle était bizarre, probablement. Ce qui était vrai. Quand il avança d'un pas, elle tressaillit. Cela eut pour résultat de le figer sur place.

— Est-ce que tout va bien, Bella ?

— Oui. Oui, bien sûr.

Elle avait envie de s'enfuir en courant. Envie de pleurer. Une peur irrationnelle lui nouait le ventre.

— Merci de m'avoir ramenée chez moi.

Elle n'attendit pas la réponse. Si elle avait attendu, elle aurait dû s'expliquer, et les mots lui manquaient. Elle tourna les talons et se mit à marcher vers la maison. Bientôt la marche devint course effrénée. Sa fuite précipitée ne cessa que lorsqu'elle se trouva de l'autre côté de la grille qui ceignait la demeure louée par son père.

Après une nuit sans sommeil passée dans son ancienne chambre à coucher de Markham Manor, Joe avait la ferme intention d'expédier le plus vite possible ses visites à domicile afin d'arriver dans l'après-midi à l'orphelinat. En vérité, rien de pressant ne l'y attendait, mis à part l'énigmatique créature aux cheveux noirs qui occupait son esprit. C'était Bella qui était responsable de son insomnie. Ses pensées nocturnes avaient porté sur ses belles jambes, sur son séant joliment rond, sur son esprit brillant, mais également sur la terreur qu'il avait vue dans ses yeux avant qu'elle ne s'enfuie. Pourquoi diable avait-elle réagi ainsi ? Pourquoi avait-elle voulu lui échapper ?

La veille, elle avait travaillé chez lui en sa compagnie des heures durant, dans la détente et la bonne humeur. Puis elle l'avait subjugué pendant le court trajet en carrick. Ce rire contagieux quand il s'était mis à lancer ses chevaux à toute allure. L'émerveillement dans ses yeux quand ils s'étaient mis à filer comme le vent sur la route déserte. Le spectacle magnifique de ses cheveux retombant sur ses épaules comme un velours ébène… Tout cela avait fait tressauter son cœur dans sa poitrine et donné à son corps l'envie de la connaître mieux.

Et puis elle avait eu cette réaction terrible quand il avait failli l'embrasser. Il n'était pas près d'oublier la façon dont son corps s'était raidi et celle dont ses beaux yeux noirs étaient devenus méfiants, passant incessamment de la route à lui, comme si elle avait hâte de se débarrasser de lui. Ni ses petits poings serrés, prêts à le repousser s'il osait s'approcher.

C'était insultant.

Humiliant.

Et inquiétant, bon sang.

Cette volte-face soudaine qui l'avait fait passer de souriante assistante à femme apeurée le préoccupait plus qu'elle ne le mettait en colère, d'autant plus qu'elle était survenue après de longs moments de parfaite entente. Quand Bella s'était mise à courir vers sa maison, il avait eu l'impression d'être un barbare assoiffé de sang, un monstre terrifiant... Pourtant il n'avait rien fait pour cela. Ce n'était pas comme s'il l'avait embrassée. Il avait *failli* l'embrasser. Il avait eu désespérément envie de l'embrasser. Mais entre eux la distance ne s'était jamais retrouvée complètement abolie...

Jusqu'à preuve du contraire, il n'avait pas non plus essayé de profiter de la situation pour la séduire. Mais il avait été tenté de le faire. La ramener chez elle, partager ce moment d'intimité et de solitude avec elle... Tout cela évoquait un jeune couple commençant à se fréquenter, et pour une raison inexplicable il avait trouvé cette situation presque normale et naturelle. Néanmoins sa conscience – et une légère nervosité – l'avait fait renoncer. S'il avait réussi à résister à l'envie de la courtiser avec elle, il n'avait néanmoins pas résisté au besoin de la toucher. C'était peut-être cela qui avait déplu à Bella. Pendant la moitié du voyage, ses mains avaient savouré la chaleur de la peau de Bella pendant qu'il l'initiait à l'art subtil de la conduite d'un carrick. Un art pas si subtil que cela en réalité, mais il s'était montré un instructeur très attentif, recourant à tous les prétextes pour se rapprocher d'elle, jusqu'à la prendre presque sur ses genoux.

Cela l'avait peut-être dérangée, même si, sur le moment, elle n'avait pas eu l'air de s'en formaliser. Et puis, bien entendu, il ne fallait pas oublier que quelques semaines plus tôt il avait encore des vues sur sa sœur. Il n'avait jamais eu grand espoir quant à l'issue de cette passade, et il avait voulu manœuvrer en toute discrétion, sans se découvrir vraiment. Mais il craignait néanmoins que ses tentatives de rapprochement n'aient pas échappé à Bella, si vive, intelligente et observatrice. Qu'il ait l'air de s'intéresser tout à coup à elle, après s'être rendu compte qu'il ne parviendrait à rien avec sa sœur, lui avait peut-être paru cavalier et désinvolte. Peut-être le prenait-elle aussi pour quelqu'un d'intéressé, pour un chasseur de dot. Il courait des bruits désagréables en ville selon lesquels l'argent était tout ce qui intéressait les frères Warriner, et personne n'aurait pu nier que les sœurs Beaumont étaient de très beaux partis.

Bien entendu, s'il avait effectivement été animé par ce genre d'intentions, il aurait compris que Bella puisse être furieuse.

Il était pour sa part toujours furieux que Jake l'ait persuadé, ce funeste dimanche, d'aller rendre cette petite visite à la famille Beaumont, alors qu'il savait très bien qu'il s'agissait d'une erreur. Mais Joe était très en colère ce jour-là et il avait voulu prouver que Jake se trompait. Non, il ne faisait pas systématiquement les mauvais choix en matière de femmes, avait-il voulu démontrer à son frère. Il avait également voulu se convaincre que les sentiments qu'il nourrissait à l'égard de Clarissa étaient non seulement bien réels, mais qu'ils étaient aussi fondés sur des faits au lieu d'être le pur produit d'une construction mentale.

En fin de compte, il s'était avéré que Jake avait eu raison et, cela, c'était dur à accepter.

Clarissa, par exemple, n'avait jamais été un objet de fantasmes pour Joe. Pas une seule fois, dans ses rêveries les plus folles, il ne l'avait imaginée dévorée par les feux de la passion, ni abandonnée sur son lit. Dans son esprit stupide elle était trop parfaite pour qu'il laisse ses pensées prendre cette direction. Il ne la considérait pas du tout comme une vraie femme faite de chair et d'os. Clarissa, créature éthérée et quasi mythique, n'avait été qu'une illusion. Une ombre.

L'image d'un idéal fabriqué et inatteignable. Un rêve de perfection plutôt qu'une femme de chair et de sang et réellement susceptible de plaire à l'homme qu'il était.

S'il voulait être honnête vis-à-vis de lui-même, il devait se poser la question suivante : avait-il jamais trouvé Clarissa – la *vraie* Clarissa – intéressante ? Parler chiffons et soirées mondaines l'avait toujours profondément ennuyé et, par conséquent, les conversations de Clarissa avaient été loin de le passionner. Tout le contraire de celles de sa sœur, dont les questions et les observations le captivaient toujours. Par ailleurs, il lui était arrivé plus d'une fois de rêver des jambes nues de Bella. De ses jambes nues au milieu de ses draps froissés. La nuit passée, après avoir vu ses yeux sombres briller d'excitation et ses longs cheveux détachés, il s'était laissé submerger par des rêveries plus débridées que jamais. Il avait vu cette masse de cheveux noirs étalée sur son oreiller, emmêlée à force d'avoir été explorée et caressée. Ses lèvres roses gonflées à force d'avoir été embrassées. Ses beaux yeux sombres rendus plus sombres encore non pas par la méfiance, mais par la passion.

Au plus profond de lui-même, il brûlait de découvrir les trésors et les secrets que l'esprit aiguisé de Bella recelait. Quand il songeait à elle, il était dévoré par le désir et la curiosité. Il n'y avait qu'elle qui suscitait en lui des sentiments d'une telle intensité, et plus il la connaissait, plus elle l'intéressait et plus il la désirait.

Peut-être avait-elle vu cela la veille et peut-être avait-elle été effrayée par son désir mal dissimulé et mal contenu. Ce n'était pas impossible. Lui-même s'était surpris à la regarder plus d'une fois pendant qu'ils travaillaient ensemble. Il avait cherché des prétextes pour la toucher et la tenir contre lui. Il n'était pas exclu qu'à un moment il l'ait serrée trop fort et un peu trop longtemps. Et il lui avait demandé de l'appeler Joe, précisément parce qu'il voulait être Joe pour elle. L'homme plutôt que le médecin. Il avait intentionnellement retiré ses lunettes et il était allé chercher son beau carrick, dans un effort pathétique pour paraître moins sérieux et plus… Plus quoi ? Plus beau ? Plus séduisant ? Il en avait peut-être fait un peu trop. Peut-être, dans son enthousiasme, avait-il dépassé les limites, surtout si elle ne s'intéressait pas du tout à lui comme il s'intéressait à elle. C'était probable.

Devait-il s'excuser au cas où il l'aurait offensée et se serait mal conduit ? Devait-il jouer franc jeu et dire à Bella que sa passade pour Clarissa avait été aussi brève que stupide – comme l'étaient par définition toutes les passades – et qu'elle n'était plus du tout à l'ordre du jour ? Devait-il laisser entendre à Bella qu'il la préférait à présent qu'il avait appris à la connaître ? Seul un idiot aurait avoué une chose pareille. Outre le fait que cela le ferait passer pour quelqu'un d'inconstant et d'indécis, le père de Bella avait interdit à ses deux filles de fréquenter quelque membre de la famille Warriner que ce soit. Cela signifiait donc que ce penchant stupide était lui aussi condamné dès le départ et que Joe ferait mieux d'oublier tout de suite que Bella lui plaisait. C'était la seule chose sensée à faire. Néanmoins, il n'était pas tout à fait persuadé que les sentiments qu'il ressentait pour elle soient aussi superficiels que ceux qu'il avait nourris pour sa sœur ou pour les autres femmes l'ayant précédée dans son cœur. Cet engouement-là lui semblait différent, sans qu'il puisse expliquer ni pourquoi ni comment.

Bella avait ses défauts. Elle soufflait le chaud et le froid. Par exemple, l'attitude distante et réservée qu'elle prenait parfois était agaçante, surtout quand il n'avait rien fait pour mériter cela. Et elle pouvait se montrer cassante et franchement insultante quand l'envie lui en prenait. Il leur arrivait de plaisanter ensemble et puis, sans prévenir, elle sursautait, comme si elle avait peur de lui. De lui ! Le plus placide et le plus doux des Warriner. Cela n'avait aucun sens. Cependant, cela ne le faisait pas l'aimer moins. Ses autres attributs et qualités compensaient ses brusques changements d'humeur. Elle était intelligente, pleine de ressource, gentille et courageuse. Elle désobéissait activement à son père pour continuer à travailler avec lui, ce qui montrait qu'elle avait le courage de ses convictions et qu'elle se souciait vraiment de ses patients. Bella était quelqu'un de sûr. Elle était sérieuse. Curieuse d'esprit. Pragmatique et jamais à court d'idées. Elle avait un très beau sourire. Un rire merveilleusement canaille, de jolis yeux, et des jambes… des jambes… Tous ces attributs étaient bien réels, et non pas imaginaires. Quant à ses sentiments à lui, ils étaient plus humains et prosaïques que courtois.

Mais vains et inutiles.

Bella ne lui avait pas une seule fois donné l'impression de partager ses sentiments et il doutait sincèrement qu'elle se laisse aller à son sujet au même type de rêveries que lui. Après leur séparation tendue et abrupte de la veille au soir, il ignorait ce qu'elle pouvait penser. Néanmoins, il n'avait pas perdu l'envie de l'embrasser. Seigneur, cette envie de l'embrasser ! C'était comme une douleur, comme une rage de dents, quelque chose de constant, d'obsédant, de dévorant.

Le pire, c'était qu'il n'entrevoyait aucune perspective de soulagement !

Il poussa un lourd soupir, ce qui lui valut des regards curieux de la part de ses deux frères, assis face à lui à la table du petit déjeuner. Pour donner le change, il fit semblant d'être captivé par la lecture de son journal. Il tourna la page, et le regretta aussitôt.

Chapitre 11

Joe contempla le gros titre d'un œil aussi consterné que préoccupé. Une épidémie de variole sévissait à Nottingham. Même si cette cité était distante d'une soixantaine de kilomètres de Retford, c'était encore trop peu pour qu'il se sente totalement rassuré. Un grand axe routier reliait les deux villes, ce qui signifiait que la maladie pouvait très bien circuler et venir semer la désolation chez eux. C'était un problème suffisamment sérieux pour qu'il cesse de penser à la déconcertante Bella et aux ravages qu'elle causait dans son esprit.

— Tu en fais une tête ! On dirait que le ciel s'apprête à nous foudroyer, lança son frère aîné, Jack, qui reposa son propre journal pour le dévisager. Pourquoi est-ce que tu soupires et que tu fais la moue ? Tu es comme cela depuis le début de la matinée.

Joe tourna son journal de sorte qu'il puisse être lu par ses frères.

— La variole.

— Ah. Je vois. Ce n'est pas une bonne nouvelle.

Comme toujours, son frère essaya de le rassurer.

— Mais tu as tellement insisté pour que nous nous fassions vacciner que nous n'avons rien à craindre. Me trompé-je ?

— Non. Bien sûr que non. Dans cette maison, tout le monde est protégé contre la variole. Mais ce n'est pas pour nous que je m'inquiète. C'est pour tous les autres. Te souviens-tu du tapage que le Dr Bentley a fait quand j'ai voulu proposer la vaccination pour tous au moment où j'ai ouvert mon cabinet ? Il a fait naître la crainte de la vengeance divine dans le cœur de tous les habitants.

C'était la vérité, malheureusement. Dès que ce vieil imbécile avait appris que Joe avait l'intention de traiter tout Retford avec la variole de la vache – une maladie bénigne qui empêchait ceux qui l'avaient contractée de développer la « vraie » variole –, le Dr Bentley s'était insurgé contre ces pratiques qu'il jugeait scandaleuses et dénuées de tout fondement. Après tout, la variole de la vache était une maladie bovine affectant la peau et les pis du bétail, et par conséquent il ne s'agissait pas d'une maladie humaine. Vouloir infecter délibérément toute la paroisse avec une maladie bovine en espérant que cela la protégerait de la terrible variole était une idée choquante, alors que tout le monde savait que la meilleure façon d'empêcher la maladie était de soumettre les gens à une version affaiblie de la variole. Une maladie humaine pour des êtres humains.

Joe avait essayé de faire entendre raison à la population, en expliquant que ce nouveau procédé de vaccination était plus fiable et comprenait moins de risques, mais il n'était alors qu'un médecin tout juste diplômé, sans véritable expérience, et un Warriner pour couronner le tout. Son plaidoyer avait donc été très fraîchement accueilli.

Puis le révérend Reeves, ennemi de longue date de la famille, s'en était mêlé et avait prononcé un sermon enflammé en citant la première Épître aux Corinthiens. « Toute chair n'est pas la même chair ; mais autre est la chair des hommes, autre est la chair des animaux. »

À la fin du sermon, aucun doute n'était plus permis. Mélanger la chair d'une vache et celle d'un homme, de quelque façon que ce soit, était l'œuvre de Satan, et Joe lui-même comptait parmi ses suppôts.

Parmi la population de Retford, très peu nombreux avaient été ceux qui avaient accepté la proposition de vaccination gratuite de Joe. La plupart avaient préféré attendre que le Dr Bentley fasse venir son « inoculateur » de confiance, un homme qui traitait les patients à partir de vieux lambeaux de peau de victimes de la variole. Tout cela avec la bénédiction du révérend, car il s'agissait de matière humaine et donc sanctifiée par Dieu lui-même. Pour finir, l'inoculateur avait demandé une somme si exorbitante aux candidats à la vaccination que seuls les plus riches avaient pu bénéficier de ses services. La plupart des habitants de Retford n'étaient donc absolument pas protégés et, de fait, demeuraient très exposés et vulnérables en cas d'épidémie.

— À présent que la menace est proche, je devrais peut-être réessayer. J'ai une meilleure réputation dans certains milieux. Et vous aussi. Les gens nous écouteraient peut-être, cette fois.

Jake, qui avait jusque-là gardé le silence, renifla d'un air mi-sceptique, mi-hautain.

— Tu es trop bon, décidément, déclara-t-il. Si ces idiots attrapent la variole, ce sera bien fait pour eux. Ils regretteront de ne pas t'avoir écouté dès le départ.

Ce commentaire lui valut un regard consterné et sévère de la part de l'aîné des Warriner.

— Nous valons mieux que cela, Jacob. Nous ne sommes pas comme notre père.

Puis Jack regarda Joe d'un air préoccupé et sérieux, avant de poursuivre :

— Si tu penses que la situation l'exige, alors tu devrais renouveler ta proposition. Comme tu l'as fait remarquer, notre réputation s'est sensiblement améliorée aux yeux des gens du coin au cours de ces dernières années. Tes patients te font assez confiance pour suivre tes recommandations. Tu en as suffisamment sauvé ou aidé pour qu'ils te respectent. Si tu le souhaites, nous t'aiderons à faire passer le message, et Letty et moi-même couvrirons les frais occasionnés.

— Cela coûtera cher.

La vaccination à partir de la variole de la vache était le

fait d'un seul homme, le brillant Dr Edward Jenner, qui avait travaillé d'arrache-pied durant vingt ans pour mettre au point son procédé. Joe l'avait déjà rencontré une fois, et ils correspondaient occasionnellement.

— Et je vais devoir me rendre dans le Gloucestershire pour me procurer les doses nécessaires. Je ne suis pas certain de trouver le temps pour un si long voyage.

Organiser un tel déplacement – il était question d'environ cent cinquante kilomètres aller et retour – allait être très compliqué, compte tenu de la kyrielle de responsabilités qu'il avait à assumer. Il pouvait faire confiance à Bella pour qu'elle s'occupe de l'orphelinat en son absence, mais il restait tous ses autres patients, éparpillés sur l'ensemble du territoire de Retford. Certains d'entre eux avaient besoin d'un suivi régulier. Ce long voyage nécessiterait au moins cinq jours. Sans doute plus. Compliqué, donc, quand Joe disposait rarement de plus de cinq *minutes* devant lui.

— Je me serais volontiers proposé, répondit Jack, mais je ne veux pas laisser Letty.

Le troisième enfant de Jack n'était pas censé naître avant deux mois, mais le futur père ne lâchait pas sa femme d'une seule semelle, car elle avait une fâcheuse tendance à toujours vouloir en faire trop. Comme la grossesse de Cassie, l'épouse de Jamie, était bien avancée elle aussi, il était peu probable que ce dernier accepte de s'absenter pendant près d'une semaine. Jack et Joe se mirent alors à fixer le plus jeune des Warriner avec espoir et anxiété.

— Oh ! pour l'amour de Dieu ! J'irai !

Jake croisa les bras d'un air contrarié.

— Il devait être écrit quelque part que je ne pourrais pas passer mes vacances tranquillement à la maison.

— Ton existence tout entière n'est que vacances, petit frère.

Jake menait à Londres une vie quelque peu nébuleuse. C'était en tout cas une grande source d'inquiétude pour ses frères, et tous pensaient qu'il valait mieux que la vie dissipée censée être celle de leur cadet.

— Il serait peut-être temps de songer à exercer un métier comme Joe, renchérit Jack, au lieu de te pavaner partout dans Londres, guidé par la seule recherche des plaisirs.

— Certes, je me pavane, je ne le nierai pas, mais tout dans mon existence n'est pas *que* plaisir.

Il ricana avec insolence, l'air content de lui.

— Surtout quand vous me houspillez à tout bout de champ, *monsieur le comte* !

Jake se leva. Il ne semblait ni vexé ni en colère, mais il était évident qu'il ne souhaitait pas s'attarder sur le sujet.

— On dirait que vient de me prendre l'envie subite d'une petite excursion dans le Gloucestershire. Le soleil brille, les oiseaux chantent et la perspective de quelques jours sans essuyer ni critique ni sarcasme me ravit. C'est décidé, je pars dès cet après-midi. Combien de doses dois-je rapporter, mon cher docteur ?

Bella avait les nerfs à vif depuis le début de la journée. Cela se traduisait par des sursauts dès que se faisait entendre le moindre bruit dans l'infirmerie baignée de soleil et quasi déserte. Ce n'était ni la peur ni son angoisse habituelle qui causaient cet état. C'était la gêne. Après un après-midi agréable et instructif passé à préparer des remèdes, après un trajet en carrick fabuleux et intense, elle avait succombé à une peur panique parce qu'elle avait supposé que Joe voulait l'embrasser et qu'elle avait eu envie de l'embrasser elle aussi. Puis elle s'était enfuie.

Enfuie !

Exactement comme la jeune femme irrationnelle et stupide qu'elle ne voulait pas être. Avec le recul, elle se sentait mortifiée et honteuse. Elle était à présent persuadée que le Dr Warriner – *Joe* – n'avait jamais eu l'intention de l'embrasser. Elle avait vu de ses propres yeux la façon enamourée dont il avait si souvent regardé Clarissa. L'Incomparable. La charmante et belle Incomparable que tous les hommes lui préféraient. Avoir pu penser qu'il avait l'intention de l'embrasser, elle, la hautaine, la malade mentale… C'était risible, tout simplement risible, sauf que Bella ne trouvait pas cela drôle. Tout en sachant cela, elle avait eu envie de l'embrasser malgré tout. Elle avait même failli le faire, avant de se souvenir que l'idée d'un baiser la terrifiait.

Avec le recul, elle savait pourtant qu'elle n'aurait pas dû céder à la panique. Elle *savait* que le Dr Warriner était quelqu'un de bien. Un homme gentil, généreux, intelligent et adorable. Il n'avait rien fait pour qu'elle croie le contraire, puisqu'il s'était toujours comporté en sa présence en parfait gentleman. Il méritait au contraire des excuses, car elle l'avait traité comme s'il avait été un débauché et un mufle, alors qu'elle avait passé une excellente journée en sa compagnie. Le pauvre, il devait la prendre pour la plus impolie, la plus ingrate et la plus bizarre des femmes. Il devait la prendre pour une folle. Elle n'avait pas le choix : elle allait devoir lui expliquer pourquoi elle s'était comportée de manière aussi horrible. Cela faisait plusieurs heures qu'elle essayait tant bien que mal de préparer ce qu'elle allait lui dire, cherchant les bons mots pour excuser l'inexcusable. Elle craignait son arrivée tout en souhaitant en finir le plus vite possible avec cette épreuve. Dieu que cette attente était pénible !

— Bonjour, Mrs Giles.

Lorsqu'elle entendit la voix de Joe Warriner dans le couloir, elle faillit se trouver mal. Elle inspira et expira lentement pour tenter de calmer les battements erratiques de son cœur. Cela n'eut aucun effet, d'autant plus qu'elle ne se sentait pas prête à le revoir. Si seulement elle parvenait à trouver les mots pour exprimer ses regrets quant à sa conduite de la veille sans lui révéler l'humiliante vérité au sujet de son esprit malade… Rien de ce qu'elle avait préparé dans sa tête ne la satisfaisait. Quand il pénétra dans la salle déserte, plus beau que jamais, elle sembla également avoir perdu toute aptitude à formuler des phrases construites et intelligibles.

— Docteur… Joe… Bonjour.

Elle s'excuserait très bientôt, dès qu'elle saurait de nouveau parler.

Il s'immobilisa et la regarda d'un air méfiant.

— Bonjour, Lady Isabella. Comment se portent vos patients aujourd'hui ?

Il avait repris ses manières formelles. Qui aurait pu lui en vouloir alors qu'elle l'avait fui comme si elle avait le diable aux trousses, ou plutôt comme s'il avait été le diable en personne ? Pourtant cette froideur et cette distance lui fendirent le cœur.

— Comme vous pouvez le constater, tout est calme.

— Profitons-en, cela risque de ne pas durer. Avez-vous vu ceci ?

Il ouvrit son sac et en sortit un journal plié, qu'il lui tendit au passage. De toute évidence, ce n'était pas lui qui évoquerait ce qui s'était passé la veille. Il était trop bien éduqué pour cela. Ou trop énervé.

— La variole sévit à Nottingham.

Cette annonce très factuelle semblait vouloir dire qu'il préférait qu'entre eux les choses restent professionnelles et neutres, au grand désarroi de Bella. Contrairement à lui, elle ne voulait pas oublier toute la journée de la veille. Elle voulait juste en oublier la tragique conclusion.

C'était *maintenant* qu'elle devait s'excuser, afin d'en finir au plus vite.

— Nottingham est suffisamment loin pour que nous n'ayons rien à craindre, me semble-t-il. N'est-ce pas ?

Lâche ! Lâche ! Tu me rends malade à être aussi lâche.

En elle, la vraie Bella trépignait de rage et de frustration. Cependant, même si Bella avait très envie de lever le voile sur sa déplorable réaction et de dissiper le malaise ambiant, cela aurait impliqué des aveux de sa part. Il aurait fallu qu'elle avoue des choses embarrassantes. Des choses extrêmement personnelles. À cette seule pensée, ses orteils se recroquevillèrent dans ses chaussures.

— Au contraire, les épidémies de variole sont réputées pour se propager très vite et très loin. Je suis inquiet. Très inquiet, même. Selon mes estimations, seule la moitié de la population de Retford est protégée contre ce fléau. Et nous sommes en été. D'après ce que j'ai pu lire, c'est en cette saison que les maladies de ce type se transmettent le plus facilement. Étant donné la nature très virulente de la variole, il suffirait de un ou deux cas pour que se déclare une véritable épidémie.

À son expression, elle comprit qu'il n'exagérait pas, et sa préoccupation évidente l'inquiéta. Cela lui fournit aussi une pathétique excuse pour remettre ses explications à un peu plus tard.

— Vous jugez la situation à ce point dangereuse ?

— Pendant mes études à Édimbourg, j'ai été le témoin direct des ravages que peut causer la variole, surtout parmi les couches les plus pauvres de la population. Quoi que nous fassions, la maladie se transmettait de foyer en foyer en quelques jours à peine. Elle a tué des centaines de personnes sans que nous puissions rien faire pour arrêter cela. Je suis prêt à tout pour qu'une telle tragédie ne se reproduise pas ici.

— Comment procéder, alors ?

— Avec la variole, mieux vaut prévenir que guérir. Il faut que nous proposions la vaccination à tous les habitants.

— J'ai lu des articles à ce propos.

Bella savait aussi que la vaccination contre la variole était controversée et très peu populaire.

— Vous pensez que c'est le meilleur moyen de se protéger contre la maladie ?

— Absolument. J'ai déjà envoyé mon frère chez le Dr Jenner, afin qu'il rapporte assez de doses pour protéger toute la paroisse. À son retour, j'ai l'intention de vacciner le plus de monde possible. Nous commencerons ici, à l'orphelinat, car les enfants sont particulièrement exposés à la maladie. Certains adultes robustes peuvent survivre à la variole mais, comme beaucoup de fléaux de ce type, elle fait des ravages chez les plus âgés et les plus jeunes. Les enfants qui étaient déjà là il y a quelques années ont déjà été vaccinés. J'y ai personnellement veillé. L'ancienne méthode par inoculation est trop aléatoire et, même si elle fonctionne dans la majeure partie des cas, il y a moins de risques si l'on pratique la vaccination à partir de la variole de la vache, car cette maladie-là est inoffensive pour les humains. La plupart des personnes vaccinées ne souffrent d'aucun effet secondaire, d'ailleurs. L'ancienne méthode qui consiste à infecter le patient avec la « vraie » variole, même s'il s'agit d'une forme affaiblie de la maladie, est trop risquée. Certains patients développent la maladie au lieu d'apprendre à la combattre, souvent avec des conséquences désastreuses. Je ne veux pas un seul cas de variole. *Pas un seul*. Par conséquent, la seule façon certaine de protéger Retford est de recourir à la nouvelle vaccination, et sans attendre.

Joe la regarda en fronçant les sourcils, et Bella sut que cette moue était le résultat de ce qui s'était passé la veille et pas du tout de la menace d'une épidémie. Il pinça les lèvres et détourna les yeux, peut-être par dégoût, et le poids de la honte se mit à peser très lourd sur les épaules de Bella.

— Mrs Giles doit avoir une liste quelque part.

Il était déjà en train de s'affairer et s'était mis à parcourir les notes du jour. C'était une façon de la congédier, mais Bella n'était pas prête à se laisser renvoyer. D'abord, elle devait s'excuser.

— Quand elle aura trouvé la liste, je la vérifierai scrupuleusement, déclara-t-elle, puis j'en dresserai une nouvelle, où j'inscrirai le nom de tous les enfants ayant besoin de se faire vacciner. Je suppose que vous souhaiteriez aussi que je me renseigne auprès de toutes les personnes qui travaillent ici, pour savoir si elles sont vaccinées ou non.

Mais parle, enfin ! Cesse de repousser l'échéance. Dissipe cette tension atroce.

— En effet, répondit-il sans lever les yeux. Insistez bien sur le fait que toute personne non protégée met en danger la vie des enfants.

Bella sentait bien qu'il n'avait pas envie de prolonger la conversation. Son ton était sec. Cassant. Qui aurait pu lui en vouloir ? Il s'attendait sans doute à des excuses, et le fait qu'elle n'en ait toujours formulé aucune devait l'agacer davantage.

— Je vais devoir me faire vacciner.

Il leva brusquement la tête et lui adressa un regard perçant.

— Vous n'avez pas été inoculée ?

— Ni moi ni personne de ma famille… docteur.

Cette distance formelle lui était insupportable. Ce mur de tension érigé entre eux lui faisait horreur. Cela avait suffisamment duré, décida-t-elle.

— Je m'excuse pour hier. M'enfuir comme cela… Je…

Affronte tes peurs, Bella, et parle-lui.

— J'ai paniqué… Voyez-vous…

Elle n'était pas prête à parler de ce qui s'était passé à Vauxhall Gardens. Ce mur qui bouchait son esprit était trop haut pour qu'elle le démolisse en un jour.

— Je ne suis pas très douée avec les hommes.

La goulée d'air qu'elle n'avait pas conscience d'avoir emprisonnée se libéra d'un coup, en un long et bruyant soupir. Il la regarda en clignant à peine des paupières. Ses yeux intelligents semblaient plus beaux encore à travers les verres de ses lunettes. Au bout de quelques secondes, Bella se rendit compte qu'il attendait qu'elle continue et qu'elle explique les raisons de son comportement. La nervosité la fit bégayer.

— Je… J'ai paniqué. Je… Je m'excuse… Je… J'ai cru que vous alliez m'embrasser…

Oh ! Seigneur, jamais elle n'aurait dû dire cela.

— Je sais, c'est prétentieux de ma part, et ridicule… puisque vous préférez Clarissa, et de loin… quand notre relation est purement amicale et professionnelle. Ce qui nous unit, c'est notre passion commune pour la science… notre dévouement pour les orphelins que nous soignons. Comme je l'ai déjà dit, je m'excuse.

Il cligna de nouveau des yeux et leva la tête.

— Pour les orphelins. Oui. Bien sûr.

Les coins de sa bouche s'abaissèrent et il reprit sa lecture.

— Pour votre gouverne, je ne préfère pas Clarissa. Je le pensais jusqu'à il y a peu, certes, mais comme toujours je faisais erreur.

— Je vois.

Qu'est-ce que cela signifiait ? Voulait-il dire qu'il la préférait, elle, ou bien qu'aucune des deux sœurs Beaumont ne lui plaisait ?

Pose-lui la question.

— C'est sans doute mieux ainsi. Clarissa s'est entichée d'un duc.

Cela, c'était de la méchanceté gratuite.

Pose-lui la question.

— Quand votre frère sera-t-il de retour ?

Malgré elle, Bella se retourna et se mit à replier un drap déjà plié au lieu de se diriger vers la porte comme elle en avait eu l'intention. Sans doute espérait-elle en son for intérieur qu'il prendrait le relais, poursuivrait cette étrange conversation et l'aiderait à se libérer d'un grand poids.

Ce qu'il ne fit pas.

— D'ici la fin de la semaine, j'espère. Entre-temps, il faut absolument que je convainque les gens d'accepter de se faire vacciner.

Pose-lui la question.

— Vous en aurez sans doute l'opportunité vendredi.

C'est le jour du marché. Tout le monde vient en ville le jour du marché.

— C'est une excellente idée.

Ses yeux scrutèrent son visage sans qu'elle réussisse à savoir ce qu'il pensait.

— Je n'en avais pas l'intention, bien entendu, puisque nous sommes liés par une amitié purement professionnelle comme vous l'avez dit, mais je m'excuse… si hier je vous ai donné l'impression d'être sur le point de vous embrasser.

— C'est moi qui me suis trompée. Mettez cela sur le compte de l'inexpérience et sur le fait d'avoir grandi dans l'ombre de Clarissa. Comme je l'ai dit, je ne suis pas très douée avec les hommes.

— Je vois.

Il semblait perplexe. Pendant un moment, elle crut qu'il allait ajouter quelque chose, jusqu'à ce qu'il lui adresse un sourire crispé.

— Je suis heureux que nous ayons clarifié la situation.

— Parfait. Tout est bien qui finit bien alors.

Pourquoi alors avait-elle envie de pleurer ?

— Je vais aller chercher cette liste.

Chapitre 12

Bella évita Joe durant le reste de la semaine, ou bien ce fut lui qui l'évita. Quoi qu'il en soit, ils étaient comme des bateaux se croisant dans la nuit. Un rapide salut. Les questions habituelles. Rien qui ne dure plus de quelques secondes, et tout cela coincé entre des tâches semblant plus urgentes que jamais. Elle redevint pour lui Lady Isabella et il redevint pour elle le Dr Warriner. Pour aggraver la situation, mis à part Molly et sa jambe cassée presque guérie, l'infirmerie était déserte et sinistre comme une tombe. L'épidémie de varicelle avait été rapidement contenue et, privée de nouveaux petits patients, Bella n'avait presque rien à faire. Malgré cela, elle continuait de venir à l'orphelinat religieusement tous les jours, sans se cacher que ce qui l'y attirait c'était le beau et désormais distant docteur, plutôt que le désir d'améliorer sa santé mentale ou d'étancher sa soif de connaissances. D'ailleurs cette atmosphère tendue la préoccupait tant qu'elle ne pensait plus que rarement à « l'incident ». Elle était trop occupée à se reprocher d'être une idiote pathétique et irrationnelle.

Joe semblait désormais occuper son esprit comme s'il s'y était installé et n'avait aucune intention d'en partir. Durant la journée, Bella passait la plupart de son temps à espérer le voir et trouver un moyen de réparer les dégâts qu'elle avait fait subir à leurs rapports. La nuit, des pensées très différentes l'obsédaient. Généralement, elles tournaient autour du baiser qu'ils avaient failli échanger et de ce qu'elle aurait ressenti s'il l'avait vraiment embrassée.

Pour déprimant que cela soit, cela représentait aussi un progrès, et Bella en avait conscience. Quelques mois plus tôt, la seule idée d'un baiser aurait été intolérable, parce que cela aurait impliqué un contact rapproché avec un homme. Cependant, maintenant que Bella avait eu un contact rapproché avec Joe et qu'elle avait aimé cela, cette perspective n'était plus aussi terrifiante. Évidemment, que son agresseur de Vauxhall Gardens n'ait pas essayé de l'embrasser devait y contribuer. Il avait été trop occupé à lui plaquer une main répugnante de saleté sur la bouche pour l'empêcher de crier, et trop pressé de la violer pour essayer. Qu'elle n'ait jamais été embrassée par aucun homme devait y contribuer aussi. C'était un peu comme conduire un carrick ou préparer des remèdes pour la première fois. Cela commençait à l'intriguer.

Mais il n'y avait qu'être embrassée *par lui* qui l'intriguait.

Par le Dr Joseph Warriner.

L'homme qui, pour sa part, n'avait aucune envie de l'embrasser et qui, à cause de son comportement irrationnel et affolé, n'avait plus l'air d'avoir envie de lui parler non plus.

Bella soupira et regarda l'horloge pour la quatrième fois en quelques minutes. Il était 9 h 55. Avec un peu de chance, il y aurait assez de monde sur la place du marché pour écouter le discours que Joe avait prévu de prononcer afin de prévenir la population qu'une épidémie de variole menaçait et afin d'insister sur la nécessité de se faire rapidement vacciner.

Avec un peu de chance, il y aurait aussi assez de monde pour qu'il ne la remarque pas, en train de l'écouter de loin.

Depuis le lundi, des affichettes avaient fleuri dans toute la ville pour annoncer l'événement, et Joe et sa famille avaient tant battu le rappel que Bella avait remarqué en traversant la place ce matin-là qu'il régnait une certaine effervescence parmi les commerçants. Très intelligemment et très prudemment, Joe avait choisi de ne pas dévoiler à l'avance le contenu de son allocution, car il ne voulait susciter ni panique ni rumeurs. Tous les détails importants seraient révélés très bientôt lorsqu'il présenterait le problème et la solution à laquelle il avait pensé pour le contrer. Bella avait l'intention de l'écouter parler depuis le porche d'entrée de l'orphelinat. Là, elle serait hors de portée de la foule et des yeux du beau docteur, qui se faisaient méfiants et perplexes chaque fois qu'ils se posaient sur elle. Elle prit une grande inspiration afin de se donner du courage, contracta les épaules et se dirigea vers la sortie.

Personne dans cette foule immense ne te veut le moindre mal.

Et il n'a aucune envie de te voir.

Merveilleux.

Il y avait foule en effet. Une foule immense et bruyante. La population du Nottinghamshire tout entière semblait s'être rassemblée sur la petite place du marché. Tout au bout, sur l'estrade en bois qui avait été installée à la hâte pour l'occasion, se tenait Joe, entouré de ses deux frères aînés, le comte de Markham et le capitaine Warriner. C'était le comte qui avait programmé la réunion pour 10 heures, et ce fut lui qui prit la parole en premier.

— Merci à tous de vous être déplacés en masse aujourd'hui.

Sur la place, les conversations cessèrent peu à peu et le comte attendit que le silence soit complet pour continuer.

— Comme certains d'entre vous le savent déjà, une épidémie de variole s'est déclarée à Nottingham. Pour l'instant on déplore une centaine de morts. Et ce matin nous avons appris l'apparition de plusieurs cas à Mansfield et à Southwell.

Il s'interrompit jusqu'à ce que cessent les exclamations et les cris de stupeur. Et aussi, jusqu'à ce que la peur s'instille dans les esprits.

— La maladie se rapproche. En une seule semaine, elle a parcouru quinze kilomètres aussi bien vers l'ouest que vers l'est. Dans quelques semaines, ou peut-être même moins que cela, elle sera chez nous. Heureusement, mon frère a prévu quelque chose pour empêcher cela.

Bella regarda Joe s'avancer et le vit se raidir. Seuls ceux qui le connaissaient bien pouvaient se rendre compte qu'il était nerveux. Aux yeux de tous les autres, il devait sembler serein et maître de lui-même. Mais Bella vit la façon dont sa main était crispée sur son flanc, la façon dont ses magnifiques et larges épaules se levaient et s'abaissaient en suivant le rythme de sa respiration, ce qui témoignait d'un effort manifeste pour se calmer. Par la pensée, Bella vola à son secours. Elle aurait voulu l'aider, l'accompagner dans cette épreuve. Une partie d'elle-même aurait aussi aimé se trouver sur cette estrade avec lui, pour lui offrir son soutien et sa force. C'est ce qu'aurait fait l'ancienne Bella. Elle aurait été à ses côtés, droite et fière, prête à défendre ce à quoi elle croyait et ce qui était juste et bon. Malheureusement, se comporter ainsi était devenu inconcevable, car cela aurait signifié se trouver au centre de l'attention et être exposée à tous les dangers au lieu d'être invisible et en sécurité. Le second problème était que, si elle rejoignait Joe, cela serait sans aucun doute rapporté à son père à son retour et il découvrirait alors sa duplicité. D'un point de vue personnel et égoïste, mieux valait donc qu'elle garde ses distances, même si elle avait honte de se montrer si lâche en de si graves circonstances. La honte, se rendit-elle compte, laissait un goût amer dans la bouche.

— Mesdames et messieurs, commença Joe, mon frère Jacob va incessamment rentrer du Gloucestershire, où je l'ai envoyé chercher suffisamment de doses du vaccin produit par le Dr Jenner pour protéger la ville tout entière. Il est prouvé que ce vaccin garantit une immunité complète contre la variole en seulement quelques jours, même en cas d'exposition directe à la maladie. Parce qu'il considère cette mesure comme nécessaire et qu'il veut qu'aucun de vous ne coure le moindre risque de tomber malade, mon frère Jack a déjà payé pour vous tous, afin que vous puissiez être vaccinés gratuitement. Vous n'aurez rien à débourser.

Bella vit que les plus pauvres étaient soulagés, et beaucoup de gens étaient déjà en train de hocher la tête pour témoigner leur approbation. Un homme, Mellor, le très respecté représentant des forces de police locales, prit la parole.

— Comment doit-on procéder pour se faire vacciner ?

— Dès que les doses seront arrivées, j'ouvrirai les portes de mon cabinet et j'aimerais y voir tous les adultes et tous les enfants qui n'ont pas reçu l'inoculation contre la variole afin de leur administrer le traitement. Si vous avez été inoculés, vous n'avez rien à craindre. Vous êtes déjà protégés et vous n'avez pas besoin du vaccin. Je devrais pouvoir vite vacciner tout le monde du moment que vous vous présentez ici dès que vous serez prévenus. Le vaccin miraculeux du Dr Jenner est rapide, simple, relativement indolore et il vous protégera de la variole toute votre vie.

La foule, comme un seul homme, se mit à murmurer, à la fois d'excitation et d'agitation, ce qui força Joe à élever la voix.

— La clé, c'est la rapidité. Plus vite tout le monde sera vacciné, plus la protection sera efficace si cette terrible maladie arrive jusqu'ici.

— Si elle arrive jusqu'ici !

La voix du Dr Bentley s'éleva, caverneuse et vindicative, depuis un angle de la place.

— Vous créez la panique inutilement. Retford n'a pas vu un seul cas de variole en vingt ans et il n'y a aucune raison de supposer que la maladie va arriver jusque chez nous cette fois. Nous allumerons de grands feux sur les limites de notre territoire, comme nous l'avons toujours fait, et nous brûlerons du goudron afin de purifier l'air vicié. Ces précautions se sont toujours révélées suffisantes.

— Les feux n'arrêteront pas la variole. Toutes les recherches récentes s'accordent à dire que ce n'est pas par voie aérienne que se propage la maladie. Elle se transmet par contact humain. Retford est une ville de marché située à proximité d'un grand axe routier. Nous sommes continuellement en contact avec des étrangers.

— Aucun incident ne s'est produit en vingt ans…

— Notre ville a vu sa taille multipliée par deux en l'espace de vingt ans ! Nous ne sommes plus un petit village de province, tranquille et isolé. Au moins cinquante personnes passent par chez nous et s'y arrêtent chaque semaine, lorsqu'elles se rendent vers les usines du nord du pays ou qu'elles en reviennent.

— Vous n'étiez pas encore né, *jeune homme,* lança le vieux docteur avec mépris, que je pratiquais déjà la médecine. Et je connais les habitants de Retford mieux que vous. Je ne les laisserai pas se faire embobiner par un charlatan de votre espèce.

La foule s'écarta pour laisser passer le Dr Bentley. Il avança lentement vers l'estrade, en lançant des regards fulminants aux trois frères qui s'y trouvaient, comme s'ils étaient le fléau même qu'ils prétendaient combattre. Il s'arrêta juste devant l'estrade et se tourna vers la foule.

— Je suppose que l'illustre « Dr » Warriner a de nouveau l'intention d'expérimenter son remède miracle bricolé à partir de raclures d'étable. Est-ce bien exact ?

Il tourna légèrement la tête, l'air railleur. Des murmures parcouraient la foule et l'expression « raclures d'étable » se trouvait déjà sur toutes les lèvres. Le doute s'était instillé dans les esprits et le Dr Bentley semblait satisfait de l'effet produit par ses paroles persifleuses.

— Il vous a sans doute déjà dit qu'il avait l'intention de se servir de la variole de la vache pour vous vacciner, au lieu de recourir à l'ancienne méthode, qui a pourtant fait ses preuves, de l'inoculation par la variole elle-même. Les êtres humains n'ont pas été créés pour être souillés par le sang des animaux. Je préfère combattre le feu par le feu plutôt que de jouer à l'apprenti sorcier avec les vies humaines.

— Il n'est pas question de sorcellerie ni même d'expérimentation ici, répondit Joe, sur un ton mesuré et empreint de bon sens. Le Dr Jenner est un médecin fort respecté dont les travaux sur la vaccination sont soutenus et financés par le Collège royal de médecine. Il est désormais prouvé que son vaccin contre la variole est efficace dans tous les cas de figure…

— Mais oseriez-vous nier que ce vaccin est fabriqué à partir de pustules prélevées sur le pis des vaches ?

Le Dr Bentley tremblait d'indignation.

— Vous êtes prêt à contaminer le sang de nos innocents concitoyens avec du sang de bovin, poursuivit-il. Du sang de bovin ! Pensez-vous que cela soit sans conséquence ? Vous aviez aussi l'intention de passer cela sous silence, n'est-ce pas ?

Il se tourna vers la foule en prenant un air scandalisé.

— Vous a-t-il dit précisément en quoi consistait cette vaccination et ce qu'elle impliquait ?

Dans la foule, les têtes se secouèrent. L'indignation se lisait sur la plupart des visages.

— J'en étais sûr ! poursuivit le vieux médecin. Ces Warriner sont tous les mêmes. Ils ne changeront jamais !

Ce n'était plus de l'indignation, à présent, qui se lisait sur les visages, mais de l'hostilité pure et simple.

— Grâce à Dieu, je suis là pour faire toute la lumière sur vos funestes intentions et pour que chacun puisse faire son choix en son âme et conscience, au lieu de devenir victime de votre honteux charlatanisme, Warriner.

— Tout cela est-il vrai, docteur Warriner ?

Mellor s'était frayé un passage jusqu'au pied de l'estrade, devant laquelle il se tenait, ses gros bras croisés sur la poitrine. Le policier avait une réputation de fermeté mais aussi d'équité. Il ne brillait pas par la finesse de ses méthodes et se montrait d'une tolérance très limitée vis-à-vis de ceux qui avaient la bêtise de désobéir à la loi, mais les gens se fiaient à son jugement et respectaient son avis.

Avec une patience que Bella lui envia et dont elle ne se serait pas sentie capable, Joe tenta de s'expliquer.

— La variole de la vache touche les bovins, c'est vrai, mais aussi les hommes. C'est une maladie qui existe depuis des siècles. Elle est bénigne chez l'homme comme chez l'animal. Au pire, elle ne cause que de légers symptômes, qui se dissipent rapidement. Il est également vrai que ceux qui l'ont contractée sont protégés à vie contre la variole. Tous ceux qui travaillent avec les bovins le savent depuis bien longtemps. Le Dr Jenner n'a fait que trouver un moyen de faire profiter le plus grand nombre de cette immunité. Il a mené toute une série d'expérimentations il y a de cela plusieurs années, et ces recherches prouvent de façon catégorique et indubitable l'efficacité et l'innocuité de son vaccin. Des milliers de personnes l'ont déjà reçu sans que leur santé s'en soit ressentie.

— Vraiment ?

Avec la grossièreté qui le caractérisait, le Dr Bentley tourna le dos à Joe et choisit de s'adresser directement à la foule.

— Sur le court terme, ce *jeune homme* a raison. Jusqu'à un certain point. Mais le *vénéré* et désormais *très riche* Dr Jenner est curieusement peu disert à propos des effets à long terme de son vaccin.

— C'est parce qu'il n'y en a aucun.

— Évidemment ! s'exclama le Dr Bentley, avant de partir dans un éclat de rire cruel. Ces histoires terrifiantes que l'on rapporte à propos de cornes poussant sur la tête des vaccinés sont inventées, peut-être ? On raconte que ces pauvres malheureux sont obligés de porter un chapeau en toutes circonstances pour les dissimuler…

Le but recherché fut atteint : ce commentaire causa un grand émoi parmi la population rassemblée sur la place. La plupart des gens présents étaient des paysans illettrés à qui l'on avait appris à prendre les déclarations de ceux qui étaient plus instruits qu'eux pour parole d'évangile. Dans leur esprit, l'âge allait de pair avec la sagesse et ils se laissèrent facilement ébranler par les mensonges éhontés du Dr Bentley. Le doute était à présent en eux, et ils ne parviendraient pas à s'en défaire, à moins que Joe ne réussisse à se montrer particulièrement persuasif.

— Ce sont des mensonges, rétorqua celui-ci en secouant la tête avec incrédulité. Des histoires ridicules inventées de toutes pièces par les détracteurs de Jenner, afin de jeter le discrédit sur son vaccin.

— Vous reconnaissez donc que ce charlatan de Jenner a de nombreux détracteurs. Et pourquoi diable, à votre avis ?

Bella ferma les yeux et secoua la tête. En reconnaissant que les méthodes de Jenner étaient controversées, Joe faisait le jeu de ce vieil imbécile. Ce qu'il fallait, c'était qu'il ne s'écarte pas de son discours scientifique. Qu'il martèle les faits. Qu'il s'en tienne à la logique. Qu'il fasse savoir à son auditoire, de façon claire et nette, que ce qu'il avançait était vrai et que les accusations du Dr Bentley étaient ridicules.

— Les gens sont réfractaires aux nouvelles idées…

— Ou peut-être choisissent-ils d'ignorer l'homme qui a reçu une médaille des mains mêmes de Napoléon ?

La foule s'exclama à l'unisson.

— Pourquoi le Dr Jenner aurait-il été décoré et mis à l'honneur par Bonaparte, l'ennemi juré de l'Angleterre et l'assassin de tant de soldats anglais, s'il n'avait pas été de mèche avec les Français ?

Joe n'eut pas la possibilité de répondre à cette accusation absurde, car le révérend Reeves était en train de traverser la place en tenant une bible comme une amulette, suivi par un petit bataillon de paroissiens brandissant des pancartes. Pour ceux qui ne savaient pas lire, les textes inscrits sur les panneaux avaient été agrémentés d'images éloquentes représentant des gens terrifiés arborant des cornes.

Cette arrivée causa une grande cacophonie dans la foule. Il était évident que tous étaient ébranlés par les prises de position hostiles du représentant de l'Église et du plus vieux médecin de la ville.

— « Toute chair n'est pas la même chair ; mais autre est la chair des hommes, autre est la chair des animaux. »

Le révérend Reeves prit place à côté du Dr Bentley.

— Première Épître aux Corinthiens !

Un silence terrifié s'installa lorsque le prêtre regarda avec colère tous ceux qui étaient rassemblés sur la place. Puis un doigt osseux se tendit vers Joe et ses frères sur l'estrade.

— Les Warriner ne sont rien d'autre que des suppôts de Satan ! Ils profitent de la situation tragique de Nottingham pour exécuter les basses œuvres du démon. Tous ceux qui succomberont au malin et se feront vacciner seront punis par Notre-Seigneur !

Il leva un doigt tremblant vers le ciel.

— Comme le diable lui-même, vous serez marqués par des cornes et condamnés à brûler en enfer pour l'éternité !

Ce qui se produisit ensuite tint du chaos. Joe, le policier et ses frères essayèrent de calmer la foule, mais leurs tentatives furent contrecarrées par les vitupérations conjointes du révérend Reeves et du Dr Bentley. Pendant plusieurs minutes, Bella ne put rien faire d'autre qu'assister à cette scène navrante, en se sentant à la fois impuissante et de plus en plus furieuse. Les visages en rage se répondaient tandis que s'échangeaient insultes et paroles emplies de colère. Le capitaine Warriner sauta au pied de l'estrade et avança vers son beau-père, le regard assassin, avant d'être retenu in extremis par le comte de Markham. Joe se tenait en retrait, impuissant, et essayait sans succès de faire entendre sa voix alors que la foule se précipitait en masse vers l'estrade, tel un essaim de guêpes.

Du coin de l'œil, Bella aperçut une silhouette familière en bordure de la place. Un cavalier qui, du haut de sa monture, observait d'un air stupéfait ce spectacle insensé. Sans réfléchir, elle dévala les marches du perron et le saisit par la jambe.

— Jake ! Suivez-moi. J'ai une idée.

Chapitre 13

Joe ne sut pas du tout qui avait décoché le premier coup de poing, mais la légère échauffourée qui avait éclaté au centre de la place était en train de dégénérer pour se transformer en pugilat dans lequel étaient impliquées au moins une dizaine de personnes.

Jamie, ainsi que quelques-uns des patients les plus loyaux de Joe, y participaient. Il fallait néanmoins dédouaner Jamie : quelques minutes plus tôt, alors qu'il essayait de s'éloigner du lieu de la bagarre, il avait été attaqué par une harpie brandissant une pancarte où était peint le visage de Joe et où étaient inscrits les mots : « Les hommes méchants et les imposteurs avanceront toujours dans le mal, égarant les autres et égarés eux-mêmes. »

Joe connaissait bien ces mots. C'était l'une des citations bibliques préférées du révérend lorsqu'il s'agissait de dénoncer les agissements diaboliques de la famille Warriner durant l'office du dimanche. Même si Joe se doutait que sa proposition serait accueillie avec hostilité par certains, il n'avait pas anticipé une telle débâcle. Son initiative pour protéger les habitants de Retford risquait de produire l'effet inverse. À moins de réussir à calmer cette foule révoltée, il craignait que personne n'accepte de se faire vacciner. Ce qui signifiait que l'épidémie était inévitable et imminente.

Quel chaos !

Malheureusement, il était en partie responsable de la

situation, qui l'avait dépassé. Mais comment arranger les choses désormais, alors que les coups de poing volaient et que la réunion qu'il avait lui-même convoquée s'était transformée en vulgaire bagarre de taverne ?

— Veuillez m'excuser. Veuillez m'excuser, s'il vous plaît.

Il reconnut aussitôt cette voix féminine, à la fois polie et sèche.

— *Veuillez m'excuser !*

Bella émergea de la foule juste devant lui, suivie de près par une Mrs Patterson qui semblait pétrifiée et par Jake, qui, lui, paraissait beaucoup s'amuser. Sans doute venait-il tout juste d'arriver, songea Joe. Quant à Bella, son attitude altière ne pouvait que rappeler à ceux qui se trouvaient près d'elle qu'elle était une lady. La fille d'un comte. Quelques-uns retirèrent même leur chapeau par respect pour son rang et la regardèrent éberlués grimper royalement sur les trois caisses en bois faisant office de marches et rejoindre l'estrade, semblant indifférente à l'émeute qui grondait derrière elle.

Joe n'avait pas la moindre idée de ce qu'elle avait en tête, mais il l'en remercia intérieurement, car la présence d'une aristocrate – elle était tout de même *Lady* Isabella Beaumont, ce matin plus que jamais – semblait avoir un effet apaisant sur la foule. Le fond de politesse que, malgré tout, toutes les personnes rassemblées sur la place possédaient en elles suscita une gêne palpable, gêne de se comporter si mal devant un membre de la noblesse, qui s'avérait en outre être une femme. Les uns après les autres, les habitants de Retford cessèrent de crier sous les lourds regards noirs et outragés de Bella.

Elle se tourna vers la foule et cria :

— Vous devriez avoir honte de vous, tous autant que vous êtes !

— Oui, vous devriez avoir honte, bon sang de bois ! s'exclama à son tour le policier, de sa voix grave et tonitruante. La première personne que je vois lever le poing passera toute la semaine prochaine au cachot.

Sous la menace, les yeux se baissèrent.

— Si cela ne vous fait rien, Mr Mellor, j'ai quelque chose à dire.

— Écoutez la lady !

Bella sourit gentiment au policier, avant de s'adresser à la foule hargneuse :

— Un fléau marche inexorablement vers nous, et ce que vous trouvez de mieux à faire c'est hurler et vous battre comme des sauvages ? Pensez-vous qu'une telle réaction soit appropriée ?

Son ton et ses manières accaparèrent l'attention, et la foule, peu à peu, se tut et s'apaisa. En même temps, Jack et Jamie parvinrent à séparer les derniers combattants et s'érigèrent en barrière humaine entre les protestataires et le reste des gens, au cas où il reprendrait à certains l'envie d'en découdre physiquement.

La curiosité semblait être devenue le sentiment dominant chez tous les présents, et ils se tournèrent pour regarder la petite mais néanmoins extraordinaire femme qui les fixait avec sévérité, les poings sur les hanches, telle une maîtresse d'école en train de gronder une classe turbulente. Même le révérend Reeves avait cessé ses imprécations contre le démon pour l'observer.

Bella se tourna vers Joe, la tête haute et la voix suffisamment forte pour être entendue par tous.

— Je souhaite rester en vie, docteur Warriner. Je suis même décidée à rester en vie à tout prix. Et ce ne sont pas les propos alarmistes, stupides et infondés que je viens d'entendre qui vont ébranler ma détermination. J'ai lu les faits et je suis convaincue de la validité des recherches entreprises par le Dr Jenner. Par conséquent, j'aimerais être la première personne à bénéficier de votre offre généreuse de vaccination gratuite contre la variole.

Joe la regarda en clignant des yeux, quelque peu abasourdi. Que dire et que faire ? se demanda-t-il, pris au dépourvu.

Heureusement, la formidable Lady Isabella était pour sa part sûre d'elle. Elle tendit la main vers Mrs Patterson, qui y plaça le sac contenant le matériel de vaccination que Joe conservait dans son bureau. Il se composait d'un petit couteau servant à pratiquer la légère incision préalable, d'une fiole de gin destiné à désinfecter la peau pour empêcher toute infection, de pinces à épiler en métal et de pansements propres.

— *Maintenant*. Si cela ne vous fait rien. Devant tous ces gens. De cette façon, ils verront peut-être à quel point leurs peurs de se voir pousser des cornes, des sabots fendus et des pis sont ridicules et sans objet. S'il le faut, je suis même prête à rester assise au centre de cette place pendant deux semaines pour que les gens puissent venir examiner mon crâne si cela leur chante et s'assurer que je ne lime pas mes cornes ni ne les cache sous mon chapeau.

Alors qu'elle était déjà en train de remonter la manche de sa robe et qu'une bonne centaine de paires d'yeux étaient en train de les observer avec attention, Joe n'osa pas décevoir quiconque. Les doigts légèrement tremblants, il s'empara du paquet que son frère Jake lui tendait et se mit au travail. Lorsqu'il approcha la lame du couteau de la peau de la future vaccinée, il ressentit un léger vertige, jusqu'à ce qu'il lève les yeux et rencontre le regard sombre et solennel de Bella. Il y vit toute la confiance qu'elle plaçait en lui. Bella croyait en lui et était prête à encourir le courroux de la ville tout entière et de son père pour le prouver.

— Il se peut que vous ressentiez comme une légère égratignure.

Elle eut un hochement de tête brusque.

— Mieux vaut cela qu'attraper la variole.

Comme elle avait raison ! Joe sentit un calme presque glaçant s'emparer de lui. Bella essayait de l'aider à prouver que le vaccin était sans danger et toutes les personnes présentes, sans exception, les observaient avec attention. Plus que jamais, le moment était venu de montrer qu'il était un médecin compétent et sûr de lui. Il tenta de faire abstraction du public et des protestataires, ainsi que de Bella, lorsqu'il pratiqua la petite incision – une espèce de griffure – sur son avant-bras. À cet instant précis, elle était une patiente et non pas la femme qui le tenait éveillé toutes les nuits depuis plus d'une semaine. Puis, avec précaution, il retira l'un des fils du paquet apporté par Jake. Chacun d'entre eux avait été imprégné de plusieurs gouttelettes de vaccin, et il en préleva délicatement un à la pince à épiler. Il inspira profondément pour se calmer, puis l'inséra dans la plaie qu'il venait de causer à cet effet.

Tout autour d'eux, les gens tendaient le cou pour mieux voir. Joe enroula puis noua une petite bande en lin autour du bras de Bella dans le silence général.

— C'est fait, conclut-il.

— Comment vous sentez-vous, milady ? demanda Mellor.

Il avait parlé d'une voix suffisamment forte pour être entendu jusqu'à l'autre extrémité de la place et Joe comprit que le policier, au moins, était de son côté.

— Eh bien, je n'ai pas l'impression de ressentir une envie subite de meugler.

Elle porta les doigts à sa tête, qu'elle palpa.

— Aucune corne n'est en train de pousser non plus. Et à dire vrai je me sens merveilleusement bien. Je ne vais pas mourir de la variole et, cela, c'est un immense soulagement.

Elle adressa un sourire radieux à Joe, puis au reste de la foule.

— Je serai au cabinet du Dr Warriner toute la journée, pour l'aider à *vous* aider. J'espère y voir bon nombre d'entre vous. Maintenant, si vous voulez bien m'excuser, le Dr Warriner a des affaires urgentes à traiter et il faut que j'aille préparer son cabinet.

Telle une reine, elle congédia la foule et descendit de l'estrade, laissant Joe sans voix. Mais il n'y avait rien à ajouter. Par ses paroles et surtout par ses actes, elle avait si efficacement mis à mal les démonstrations oiseuses du Dr Bentley et du pieux révérend qu'aucun mot supplémentaire n'était nécessaire.

La plupart des présents tournèrent les talons bien sagement, comme si ce rassemblement n'avait plus lieu d'être. Ils avaient raison, songea Joe. Bella l'avait conclu de la plus belle des manières. La foule s'écarta pour la laisser passer et il ne put s'empêcher de sourire. Quand elle le voulait, l'extraordinaire Bella n'avait peur de rien. En ce cas précis, elle avait apporté ce dont tout le monde, y compris lui, avait besoin. Une dose de raison et de logique au milieu d'un océan de non-sens.

— Attendez une minute ! cria le Dr Bentley alors qu'elle s'éloignait. Arrêtez-vous là, milady ! Ne me forcez pas à révéler devant tout le monde la vérité vous concernant.

Le pas de Bella vacilla, mais elle continua de marcher.

— Quelle vérité ? hurla quelqu'un dans la foule. Nous avons le droit de connaître toute la vérité !

— En aucun cas vous ne pouvez faire confiance à Lady Isabella Beaumont. Pour ma part, je me fierais davantage à un Warriner qu'à elle, c'est dire !

Elle se figea brusquement et se retourna. Alors que Joe s'attendait à voir l'outrage se peindre sur le visage de la formidable Lady Isabella, celle-là même qui venait de faire taire une foule en colère, il ne vit qu'une toute petite femme timide. Une femme qu'il reconnut à peine. À la place de l'audace et de l'assurance à toute épreuve, il vit de la peur. Son visage était devenu tout à coup très pâle, comme celui d'un spectre. Elle porta un regard terrifié sur le vieux médecin. Il y répondit par un sourire absolument diabolique.

— Cette fille est totalement folle. Égarée. Elle n'a plus toute sa tête. N'est-ce pas, Lady Isabella ?

Elle recula d'un pas comme s'il l'avait giflée, mais elle soutint avec courage le regard narquois et méchant du vieil imbécile.

— Je ne suis pas folle, docteur Bentley.

— Alors pourquoi êtes-vous ici, à Retford, dites-moi donc, je vous prie ? Votre père a loué cette maison dans l'espoir qu'un changement de décor vous aiderait à recouvrer la raison. Il a également fait appel à mes services afin que j'essaye de soigner votre esprit malade.

Il se tourna vers la foule, qui écoutait bouche bée, et secoua la tête d'un air triste pendant que Bella restait là, immobile, comme pétrifiée.

— Services, devrais-je ajouter, qu'elle s'entête à refuser depuis le premier jour, ce qui prouve bien à quel point l'hystérie est profondément ancrée en elle. Aucun médecin à Londres n'est parvenu à la soigner. Cela fait plus d'un an à présent qu'elle a perdu la raison, la pauvre créature. Elle est devenue folle après avoir été sauvagement agressée par un scélérat.

— Arrêtez.

La voix de Bella était si ténue que Joe en eut le cœur brisé et qu'il mesura l'ampleur de l'emprise que le Dr Bentley avait sur elle.

— Arrêtez, je vous en supplie.

— Arrêter quoi ? De dire la vérité à tout le monde ? Oseriez-vous nier, Lady Isabella ? Oseriez-vous nier tous ces longs mois passés enfermée en vous-même ? Votre peur irrationnelle du monde extérieur ? Votre peur de tous les hommes, à l'exception de votre père ? Les visites ininterrompues chez tous les meilleurs médecins de Londres, sans qu'aucun d'eux puisse faire la moindre chose pour vous ? L'échec de tous les traitements ?

Il se tourna de nouveau vers la foule.

— Elle imagine des choses. Son esprit lui joue des tours. La moitié du temps, elle est incapable de faire la distinction entre réalité et fantasmagories. Sa place est à l'asile et non sur le piédestal où vous semblez avoir envie de la placer. Au lieu de votre admiration, c'est votre pitié qu'elle mérite...

Le révérend Reeves se mit à réciter sur son ton menaçant et monocorde caractéristique :

— « Le Seigneur vous frappera de folie, d'aveuglement et de délire… »

Joe poussa le révérend si violemment que celui-ci se retrouva à terre.

— Assez !

À un moment, durant la mise à mort cruelle de Bella, il avait dû sauter de l'estrade car, après avoir réglé son compte au révérend, il se dirigeait à présent vers Bentley, dans un état de fureur qu'il avait rarement observé chez lui. Arrivé devant son infâme collègue, il le saisit par le revers de la veste.

— Excusez-vous auprès de Lady Isabella tout de suite !

— Jamais je ne m'excuserai d'avoir dit la vérité.

— Si, vous allez vous excuser.

La tête du vieil homme bascula en arrière pendant que Joe le soulevait de terre sans ménagement et le secouait.

— Même si je dois vous extirper les mots à coups de poing, vous allez vous excuser !

Ce fut Jake qui l'empêcha de frapper le docteur en pleine face.

— N'entre pas dans son ignoble jeu, Joe, je t'en prie. Les gens ont besoin de toi ici. Bella a besoin de toi, elle aussi.

Au milieu des brumes rouges de la colère, Joe se força à écouter son frère. Il savait que sa rage et sa soif irrationnelle de violence, s'il y succombait, ne feraient que donner plus de force aux mots de Bentley. Avant, les Warriner usaient de leurs poings pour faire entendre leur voix, mais la famille avait changé. Ils valaient mieux que cela à présent. Ses frères tout comme lui. Dans un grognement sourd, il lâcha le vieil homme à contrecœur et recula. Son corps tout entier tremblait, car il tentait de contenir cette envie irrépressible de réduire à néant cet être malfaisant.

— Quelle sorte de médecin êtes-vous ? demanda-t-il enfin.

Joe n'avait jamais été quelqu'un de violent. Il était le plus placide des frères Warriner et il en était à présent fier. Si être placide signifiait qu'il faisait ce qu'il était juste et bon de faire, alors soit. Cependant, il n'avait jamais eu envie de faire mal à quelqu'un comme il en avait envie en ce moment précis. Bentley avait trahi Bella. Il l'avait humiliée. Il devait payer, et bientôt il payerait. Mais ce ne serait pas ce jour, car on avait besoin de lui. Jake avait raison. Bella avait désespérément besoin de lui. Il s'autorisa un regard noir et menaçant à l'homme terrorisé qui se tenait face à lui et se plut à le voir se recroqueviller sur lui-même. Pour une fois, la diplomatie pouvait aller au diable.

— Vous me dégoûtez, Bentley. Tout chez vous me dégoûte, mais je dois aussi vous remercier. Grâce à vous, je sais quel type de docteur je veux être, et surtout quel type de docteur je ne veux *pas* être. *Vous !* J'ai fait le serment d'aider les gens. De soigner les malades du mieux possible et de respecter la dignité de tous mes patients.

Il tendit un doigt menaçant vers le torse osseux du vieux médecin.

— Vous, vous ne pensez qu'à vous et à vos intérêts propres. Vous ne pensez qu'à vous remplir les poches, et cela ne vous dérange pas d'ignorer ceux qui sont trop pauvres pour vous payer, tout comme cela ne vous dérange pas de détruire honteusement la réputation d'une innocente femme. D'une femme qui se soucie davantage des habitants de cette ville que vous ne l'avez jamais fait. Propagez vos mensonges malfaisants à mon sujet et dénigrez-moi tant que vous voudrez. Faites-vous plaisir, donnez le pire de vous-même, déchaînez-vous. Je m'en moque. Mes actes seront plus éloquents que vos mots fielleux. Mais si vous osez prononcer la moindre méchanceté supplémentaire sur le compte de Lady Isabella, faites attention. Un jour, vous le payerez !

Joe tourna les talons pour aller rejoindre Bella. Lorsqu'il se rendit compte qu'elle avait disparu, la fureur s'empara de nouveau de lui. Où avait-elle pu s'enfuir ? se demanda-t-il, fou d'inquiétude.

— Rentrez chez vous ! explosa-t-il, incapable de se contenir.

Rentrez chez vous, tous autant que vous êtes ! Elle avait raison. Vous devriez avoir honte de vous ! Comment osez-vous rester plantés là sans rien dire pendant qu'une femme innocente, une femme courageuse, généreuse, est calomniée par ces vieux imbéciles, qui rivalisent de méchanceté alors même qu'ils seraient censés aider leur prochain !

Il s'empara de l'une des pancartes des paroissiens et la cassa en deux sur sa cuisse, avant de la jeter à terre et de la piétiner. Cela ne suffit pas à calmer sa colère.

— Ramassez ce déchet, servez-vous-en pour allumer vos feux ridicules et priez pour le salut de votre âme. Vous allez en avoir besoin. Car, entendez-moi bien, si jamais cette abominable maladie arrive jusqu'ici, tous les feux de la terre ne suffiront pas à l'éradiquer. Et, si vous refusez de vous protéger, alors j'espère sincèrement que Dieu vous aidera. Croyez-moi, lui seul en sera capable !

Comment Bella se retrouva-t-elle en train de marcher, seule, éperdue, sur le chemin qui menait jusque chez elle ? Elle n'en avait aucune idée. Comment aurait-il pu en être autrement alors que l'atroce honte à laquelle l'avait publiquement soumise le Dr Bentley était tout ce qui occupait son esprit ? Pendant plus d'un an sa famille avait fait tout son possible pour la protéger des on-dit, des rumeurs et de l'opprobre, tout en tentant l'impossible pour la soigner. Pour son bien et pour qu'elle redevienne celle qu'elle avait toujours été jusqu'à cette terrible soirée londonienne, ses parents avaient même accepté de s'exiler dans cet endroit reculé, loin de la capitale. Et tout cela pour quoi ? Pour rien ! À présent, les habitants de Retford savaient qu'elle avait subi une agression sexuelle qui l'avait rendue folle. Dès le lendemain, cette nouvelle croustillante ferait le tour de Londres. En plus d'attirer la honte sur son père, cela ruinerait la réputation de Bella à jamais.

Désormais, tout le monde la regarderait comme une bête

curieuse, de celles que l'on observe de loin, avec un mélange de crainte et de fascination malsaine. Les jambes de Bella se mirent tout à coup à trembler et elle se laissa tomber dans l'herbe du talus. Au paroxysme du désespoir, elle enfouit son visage entre ses mains. Tout était perdu. Même si, par quelque extraordinaire miracle, la scandaleuse vérité ne parvenait pas jusqu'à Londres, sa famille allait devoir quitter Retford sans attendre. Bella ne pouvait espérer terminer sa convalescence ni retrouver un semblant de paix intérieure dans une ville où tout le monde la considérerait désormais comme une malade mentale. Plus ils s'attarderaient ici, plus l'humiliation serait terrible. Bien entendu, tout cela signifiait qu'elle allait aussi devoir quitter l'infirmerie. De toute façon, on ne l'aurait pas autorisée à y rester. Il était impensable et dangereux de confier des enfants malades aux bons soins d'une pauvre folle, incapable de faire la différence entre rêve et réalité. Apprendre. Soigner les enfants qu'elle adorait tout en se soignant elle-même. Tout cela venait de lui être brutalement arraché des mains. La seule chose qui lui avait donné la force de se battre et grâce à laquelle elle avait retrouvé l'envie de vivre, la seule chose qui lui avait permis d'envisager avec une petite lueur d'espoir la possibilité d'une guérison, avait disparu. L'idée de cette perte était insupportable.

Dans un sanglot, elle se remémora le visage de Joe au moment où il avait appris l'atroce vérité. Elle revit l'incrédulité qui avait brouillé ses traits lorsque ses yeux bleus avaient cherché les siens. Qu'elle se soit révélée incapable de soutenir son regard avait dû confirmer ses pires craintes. Comme il était un honnête homme, il avait voulu prendre sa défense, mais elle avait bien vu la façon dont il avait reculé comme sous l'effet d'un coup quand il avait entendu les mots vils mais vrais jetés en pâture à la foule. « Folle. » « Aliénée. » « Elle a perdu la raison. » « Sa place est à l'asile. » En essayant d'aider Joe, elle l'avait involontairement couvert de honte lui aussi. C'était horrible, car à cause d'elle les habitants de Retford ne le respecteraient jamais comme il le méritait. Avec sa réputation, c'étaient les espoirs de Joe pour sauver une population qu'il savait gravement menacée qui s'étaient effondrés.

Le pauvre ! Comment allait-elle oser affronter son regard ? Avec un peu de chance, sa mère la mettrait dans une calèche pour Londres dès aujourd'hui sans qu'elle soit obligée de le revoir.

— Bella.

Non, décidément, la chance ne voulait pas lui sourire. Il était là, devant elle. À travers ses doigts légèrement écartés, elle aperçut le bout des bottes de Joe, que le chemin avait rendu poussiéreuses, et n'osa pas lever les yeux vers lui. Elle était désespérée.

— Je… je s… suis d… désolée. Terr… terriblement dés… désolée.

Pour couronner le tout, sanglots, hoquets et reniflements intempestifs l'empêchaient de parler de façon intelligible. Quand Bella le sentit se baisser pour s'asseoir à côté d'elle sur le talus, elle eut envie de disparaître, ou de mourir. Oui, de mourir. Ainsi, elle ne souffrirait plus.

— Il n'y a aucune raison d'être désolée.

Et voilà qu'il se montrait gentil et compréhensif, alors qu'il aurait dû être fâché contre elle.

Alors pourquoi ne l'était-il pas ?

— Bien s… sûr que si. J'ai tout gâché. Je… j'essayais de m… me r… rendre ut… utile, et je n'ai f… fait qu'empi… qu'empirer les ch… choses.

— Avant votre intervention, les coups de poing pleuvaient déjà. Il y avait aussi des pancartes représentant mon visage surmonté d'une démoniaque paire de cornes. Le pire était déjà atteint avant que vous n'apparaissiez sur l'estrade et que vous ne démontriez à tous ces gens à quel point ils étaient stupides.

Bella ne voulait pas qu'il se montre gentil et compréhensif.

Elle voulait qu'il soit furieux. Sa gentillesse était de la torture pure et simple, à tel point que cela lui donnait envie de le gifler. Envie de décharger sur lui une partie de sa propre colère contre le caractère scandaleusement injuste de l'existence.

— N'avez-vous pas entendu ce qu'a dit le Dr Bentley ? Tout est vrai, au fait. Absolument tout. Depuis « l'incident », je n'ai plus toute ma tête. Je vis dans un état de terreur perpétuelle. J'imagine que le danger guette à chaque coin de rue. J'ai peur de sortir. J'ai peur des hommes. J'ai peur de la foule et j'ai peur d'être seule. Je refuse systématiquement tous les traitements, car ils me terrifient aussi. Cela fait plus d'un an que c'est arrivé, et je n'ai toujours pas retrouvé la raison. Ma tête est comme emplie de murs de brique. Je n'ai rien à faire auprès des gens sains d'esprit. Le Dr Bentley fait partie de la longue liste des médecins qui ont…

— Le Dr Bentley est un imbécile.

— Ne m'interrompez pas !

Bella tenait à se montrer absolument honnête vis-à-vis de Joe. Il méritait au moins cela. Elle lui dirait la vérité sur sa santé mentale parce qu'il avait le droit de savoir ce qui risquait d'anéantir tous les efforts qu'il avait fournis pour redorer le blason familial. La décision égoïste qu'elle avait prise pour essayer de recouvrer la raison par ses propres moyens risquait de mettre en danger tous les habitants de la ville. Que lui était-il donc passé par la tête ?

— Le Dr Bentley fait partie de la longue liste des médecins qui ont été sollicités par ma famille pour m'aider à redevenir moi-même. Néanmoins, je m'obstine à penser que je sais tout mieux que tout le monde et…

Tout à coup, les mots prononcés par Joe parvinrent à son cerveau embrumé et elle osa lever légèrement les yeux afin de voir l'expression de son visage. Sur ses traits se peignait plus de remords que de colère.

— Qu'avez-vous dit ? demanda-t-elle alors.

— J'ai dit que c'était un crétin. C'est lui qui a tout gâché aujourd'hui, Bella. Pas vous. Et en ce moment même je meurs d'envie d'écraser mon poing sur son visage suffisant et ridé pour le punir d'avoir débité toutes ces stupidités à propos des vaches et surtout pour le punir du mal qu'il vous a fait.

Il soupira et regarda ses mains qu'il avait placées entre ses jambes. Il serra puis desserra les poings.

— J'ai bien failli le faire, d'ailleurs, et je n'en suis pas particulièrement fier. Les docteurs sont censés soigner les blessures, et non pas les causer. Le problème, c'est que je ne peux pas m'empêcher de ne pas me sentir coupable, et je ne regrette pas du tout cet accès de rage.

Il lui adressa l'esquisse d'un sourire tout en lui tendant un mouchoir propre.

— C'est une première pour moi, je vous l'avoue, poursuivit-il. Je n'ai pas l'habitude de perdre mon calme, et encore moins de ne pas chercher à maîtriser ma colère. J'ai poussé le révérend à terre. Ensuite quand mon frère m'a empêché de tuer le Dr Bentley, j'ai cassé une pancarte et j'ai pris la foule à partie. Quand je me suis mis à crier, j'ai eu l'impression que je ne pourrais jamais m'arrêter. J'ai dit à Bentley tout le mal que je pensais de lui, ensuite je m'en suis de nouveau pris à cet idiot de révérend, avant de me tourner vers les autres pour leur expliquer de façon très directe ce qui les attendait s'ils s'entêtaient à ne pas vouloir entendre raison. Il se pourrait même que j'aie accusé le révérend de se faire le complice inconscient du démon. Je ne sais plus bien. J'étais si furieux à ce moment-là que je ne me souviens plus vraiment de ce que j'ai dit. Je perds rarement mon calme. Cela m'arrive peut-être une fois tous les dix ans, mais quand cela se produit c'est l'explosion ! Moi-même je peux le dire : j'étais absolument terrifiant. Je les ai tous laissés totalement hébétés sur la place pour partir à votre recherche.

— Vous n'aviez pas à partir à ma recherche. Vous avez

des choses bien plus importantes à faire que de vous préoccuper de mon…

Il lui effleura les lèvres du bout des doigts pour la faire taire.

— En ce moment précis, rien n'est plus important à mes yeux que vous.

Chapitre 14

Le cœur de Bella tressauta légèrement dans sa poitrine et les larmes se mirent à couler en un flot ininterrompu sur ses joues. Joe n'essaya pas de les en empêcher. À la place, il passa un bras autour de ses épaules et l'attira à lui. Instinctivement, Bella se lova contre lui, avant de se demander si elle n'aurait pas dû, plutôt, avoir peur et reculer. Une fois qu'elle fut bien installée, le visage blotti contre son torse puissant, avec cette sensation d'être enveloppée et protégée par lui, elle se dit qu'il ne servait à rien d'avoir peur parce qu'elle se trouvait trop bien dans ses bras et qu'elle avait trop besoin de sa force pour y renoncer. Elle sentit ses lèvres lui effleurer le sommet du crâne et, pendant une brève seconde, elle fut tentée de lever le visage vers sa bouche, avant de se rappeler que le contact masculin la terrifiait.

— Je suis désolé qu'il vous ait si gravement calomniée. C'est entièrement ma faute, et je m'en excuse.

Comment ? Était-il vraiment en train de s'excuser auprès d'elle ?

— Non, ce n'est pas votre faute. Vous ne pouviez pas connaître les secrets que je cachais.

— Il s'agissait de *vos* secrets, Bella. Le Dr Bentley n'avait pas le droit de vous trahir. Son devoir de médecin consiste à ne jamais révéler les secrets de ses patients. Ce qu'il a dit et la façon dont il l'a dit me remplissent de rage. Je suis encore à deux doigts d'aller le rattraper pour lui écraser mon poing sur la figure. Un seul mot de vous et je me ferais un plaisir de réduire son nez, et le reste, en bouillie.

Bien que touchée par cette intention chevaleresque, Bella ne pouvait pas laisser faire une chose pareille.

— N'en faites rien, je vous prie. Même si je méprise profondément le Dr Bentley, je détesterais vous pousser à faire quelque chose qui soit à ce point contraire à votre tempérament. Vous êtes un brillant médecin et, comme vous l'avez dit vous-même, les médecins sont censés soigner les blessures et non les causer.

— Cette réponse ne me satisfait pas.

Le soupir qu'il poussa lui caressa les cheveux et elle sentit qu'avec cette expiration il se libérait d'une partie de la tension qui l'habitait.

— Le Dr Bentley a besoin de son visage intact pour pouvoir continuer à nous regarder de haut, nous, la folle et le sauvage.

Il resserra son étreinte.

— Vous n'êtes pas folle. Loin de là. Vous êtes l'une des personnes les plus sensées et les plus intelligentes que je connaisse.

— Et vous n'êtes pas un sauvage.

— C'est bien dommage. Aujourd'hui, j'aurais beaucoup aimé en être un. Cela m'aurait donné une excuse pour m'en prendre à Bentley et ensuite pour pourchasser le moins-que-rien qui a osé vous faire du mal.

Il se tut, et pendant cette pause Bella put presque entendre les rouages de son cerveau affûté.

— Vous avez été… agressée, si j'ai bien compris ?

C'était une façon pleine de tact de présenter les choses. Aussitôt, Bella se tendit sous l'effet des souvenirs qui lui revenaient à l'esprit.

— Voulez-vous m'en parler ?

— Cela s'est passé comme l'a dit le Dr Bentley. Un scélérat a attenté à ma pudeur et j'en ai perdu la raison.

— Je ne veux pas entendre la version du Dr Bentley. Je veux entendre la vôtre. À moins que vous ne préfériez ne rien me dire. Je ne vous en voudrais pas, étant donné la façon déplorable dont vous a traitée votre ancien médecin.

— Je préfère oublier et faire comme s'il ne s'était jamais rien passé.

Ne pas parler de cette nuit-là était plus sûr. Elle ne l'évoquait jamais, même si, pour être honnête, Joe était la première personne à lui avoir posé la question.

— Mon espoir, c'est que le traumatisme disparaîtra si je l'ignore.

— Mais si cela ne fonctionne pas ?

Elle secoua la tête tout en restant blottie contre lui. De nouveau elle eut envie de pleurer. Parfois la douleur qu'elle ressentait en elle s'exprimait physiquement. C'était le cas en ce moment. Son ventre et sa gorge étaient sévèrement et douloureusement noués.

Il avait dû sentir sa gêne, car quand il reprit la parole il le fit de façon très mesurée, prudente, comme s'il avait longuement réfléchi avant de poursuivre.

— Quand mon frère Jamie est rentré de la guerre, c'était un homme brisé… Il avait été fait prisonnier et torturé. Cela… cela l'a changé. Pendant au moins un an, il s'est comporté de façon totalement irrationnelle et c'était terrible à voir. Il gardait tout à l'intérieur, voyez-vous, et au lieu que la douleur guérisse elle s'est retrouvée comme piégée derrière une barricade, où elle a grandi, encore et encore. Les murs qui s'étaient érigés dans son esprit étaient si hauts qu'ils l'ont englouti. Il s'est coupé du monde. De sa famille. Pendant très longtemps, nous avons craint de… de ne jamais retrouver le vrai Jamie, celui qu'il était « avant ».

Tout comme Bella craignait de ne jamais retrouver celle qu'elle avait été par le passé. Elle avait vu Jamie Warriner avec sa femme et le reste de sa famille. Il ne ressemblait en rien à un homme brisé.

— Qu'est-ce qui a fait évoluer les choses ?

— Le temps.

Doucement, il se mit à caresser la longue mèche de cheveux qui s'était échappée de sa coiffure pendant sa fuite frénétique.

— La patience de sa famille. L'amour et le dévouement de son épouse.

Elle ressentit de légers picotements sur le cuir chevelu alors qu'il enroulait la mèche autour de son doigt.

— La parole, quand il a fini par trouver le courage de raconter ce qui était arrivé… Je crois que c'est à partir de ce moment qu'un tournant s'est opéré. Jamie a commencé par se confier à Cassie, et cela l'a aidé à nous parler ensuite. Une fois qu'il n'a plus subsisté de zone d'ombre, cela a été plus facile pour nous de comprendre ce que Jamie ressentait et de faire en sorte de l'aider petit à petit, avec les moyens dont chacun disposait. Brique après brique, il a démoli ces murs.

— Avec ma famille, nous n'avons jamais discuté de ce qui s'est passé. Je ne saurais pas par où commencer pour le leur raconter, à présent. Tout est si emmêlé et confus dans mon esprit.

— Alors démêlez le fil. Ne cherchez pas à mettre de l'ordre dans vos pensées et racontez-moi les choses telles qu'elles vous viennent.

Dans sa bouche tout paraissait si simple, alors que c'était tout le contraire. Comment expliquer la peur constante, insondable et inexplicable qui s'était installée en périphérie de ses pensées ? Comment expliquer les bribes de souvenirs qui surgissaient à n'importe quel moment et l'emplissaient à la fois d'effroi et de panique ?

— Je… Cette nuit-là… Mon esprit…

Elle poussa un lourd soupir et abandonna.

— Je ne trouve pas les mots.

— Serait-ce plus facile si je vous posais des questions ?

Sans doute, même si à la seule pensée d'y répondre et de remuer ce bourbier elle se raidit et se dégagea de l'étreinte de Joe. Elle alla s'asseoir un peu plus loin dans l'herbe et entoura ses genoux repliés de ses bras. Cette distance lui semblait nécessaire.

— Très bien, concéda-t-elle. Allez-y.

— Où vous trouviez-vous ? Quand cela s'est produit, veux-je dire.

L'instinct de Joe lui soufflait de commencer par des questions simples requérant peu d'explications.

— À Vauxhall Gardens, à Londres. Il y avait un feu d'artifice.

— Étiez-vous seule ?

— Non, j'étais avec ma famille. Nous étions tous les quatre ensemble.

Elle fronça les sourcils et fit la grimace, comme si elle s'adressait des reproches muets.

— J'aurais dû rester avec eux.

— Mais vous ne l'avez pas fait ?

— Non. Il y avait un homme un peu plus loin. Il était en haillons. Il était si maigre…

Il la vit déglutir avec peine et s'en voulut de lui faire revivre ces terribles événements. Lui-même n'avait pas spécialement envie de les connaître, mais il savait par expérience que mieux valait ne pas garder de pareils souvenirs en soi. Car, ainsi enfouis, ils finissaient par suppurer telle une tumeur.

— Vous avez eu pitié de lui ?

Elle leva les yeux vers les siens et hocha la tête. Une seule fois.

— Je suis allée lui donner quelques pièces. J'ai en moi ce besoin pathétique d'aider les gens. Ou je l'avais. Avant.

Elle l'avait toujours. Son travail à l'infirmerie, son

altruisme tout à l'heure sur la place, lorsqu'elle s'était portée volontaire pour être vaccinée en public afin d'apaiser les craintes de la population et de l'aider à faire son devoir de médecin. Cela lui fendait le cœur de voir à quel point sa générosité et son abnégation s'étaient retournées contre elle.

— Que s'est-il passé ensuite ?

Lui-même sentit ses muscles se tendre avant d'entendre la réponse de Bella et dut faire des efforts pour garder une apparence calme alors qu'il ne tenait pas en place. Il bouillait intérieurement et sa colère ne demandait qu'à surgir.

— Comme je me tournais pour repartir, il a plaqué une main sur ma bouche et placé un couteau sous ma gorge. Il… il a dit…

Un spasme involontaire secoua son corps à l'évocation de ce douloureux moment et ses bras se crispèrent autour de ses genoux.

— Il a dit : « Vous… vous êtes du genre généreux, n'est-ce pas, ma jolie ? Je n'en ai pas encore fini avec vous. »

Malgré le chaud soleil de juillet qui les baignait, Bella frissonna. Elle ferma les yeux et se mura dans le silence. Elle pinça ses lèvres d'ordinaire si pleines, les réduisant à une fine ligne presque inexistante. Devant tant de souffrance exprimée, Joe eut désespérément envie de la prendre dans ses bras. Il résista néanmoins à la tentation irrépressible de la toucher, car elle avait besoin de garder ses distances, comme en témoignaient sa posture, en boule, et son refus de le regarder dans les yeux.

— Pouvez-vous me dire ce qui s'est passé ensuite ?

Elle conserva son silence obstiné, et pendant ce qui s'avéra être la plus longue minute de son existence Joe crut qu'elle allait refuser de répondre. Mais ensuite ses mots jaillirent, dans un murmure heurté et précipité.

— Il m'a traînée dans des buissons, à l'écart. Il faisait très noir. Je ne voyais rien. Mis à part, de temps en temps, la lueur lointaine et étrange des feux d'artifice. J'entendais les gens. Rire. S'amuser. Tout était assourdi. En revanche, je sentais son odeur. Je sens toujours son odeur. Il était sale. Il sentait les légumes pourris. La sueur viciée. Il soufflait son haleine chargée tout contre mon visage. Sa main crasseuse appuyait fort sur ma bouche. Il m'a fait un croche-pied et j'ai chuté à la renverse. Il s'est laissé tomber sur moi. J'avais la cage thoracique totalement comprimée, mais j'étais incapable de hurler.

Bella se leva sur ses jambes tremblantes et se tourna pour regarder dans le vide. Elle enroula les bras autour d'elle, comme pour se réconforter elle-même. Lentement, Joe se leva à son tour et la suivit vers le bord du champ où elle s'était arrêtée. Il vint se placer à côté d'elle. Il sentait qu'elle ne voulait pas être touchée, alors il noua les mains derrière son dos, mais ne put s'empêcher de serrer les poings, ce qu'elle vit. Il espérait que sa présence lui insufflerait du courage et il se promit de commettre un crime si jamais il croisait un jour l'homme sans visage qui l'avait attaquée.

— Avec son autre main, il me touchait partout. Il m'attrapait, me tâtait, me pinçait…

D'une main, elle effleura son torse et son ventre, comme si elle mimait l'agression.

— Il a soulevé mes jupes et il… il m'a touchée là aussi. Je me suis débattue et j'ai donné des coups de pied, mais il était plus fort que moi. J'étais clouée au sol. Totalement impuissante. Quand il a attrapé ma cuisse et a écarté mes jambes, je l'ai senti… s'écraser contre moi. Il m'a presque étouffée pendant qu'il défaisait son pantalon. Il continuait de me toucher partout, frénétiquement… Il m'a dit qu'il me tuerait si je continuais de résister et de l'empêcher de s'amuser.

Les larmes lui inondèrent les joues et, sous l'effet de la panique, sa poitrine se levait et s'abaissait de façon rapide et heurtée. C'était terrible à voir. C'était encore plus terrible à entendre et pendant un court instant Joe ne voulut pas connaître le reste, jusqu'à ce qu'il prenne conscience de son égoïsme. C'était elle qui avait vécu l'enfer, pas lui.

— Il vous a violée.

Il reconnut à peine sa propre voix tant elle était étranglée. Trop d'émotions violentes s'entrechoquaient en lui. La pitié. La colère. La haine, une haine d'une violence inouïe. L'horreur. Le besoin viscéral de la venger. Pauvre Bella. Il comprenait à présent pourquoi elle s'était comportée de façon si curieuse avec lui.

— Non.

Il soupira sous l'effet de l'intense soulagement qui s'était emparé de lui. Cela, au moins, lui avait été épargné.

— Il a failli. Il a essayé. J'entendais ma famille m'appeler dans le lointain. Une fusée lumineuse plus grosse que les autres s'est élevée dans le ciel et j'ai vu briller la lame de son couteau posé par terre, tout près. Je m'en suis emparée et je l'ai enfoncé dans sa main aussi fort que possible. Il s'est immobilisé. Il a brièvement libéré ma bouche. J'ai hurlé aussi fort que j'ai pu jusqu'à ce qu'il me frappe en plein visage. J'ai réussi à remonter le genou et à lui faire mal, puis il m'a frappée de nouveau. Ensuite, c'est un peu confus. Quelqu'un a dû entendre, parce que des gens sont arrivés. Il s'est enfui. Mes parents… Ils m'ont ramenée à la maison. Ils ont réussi à m'extraire de là de façon relativement discrète. Ils ont fait leur possible pour cacher ce qui m'était arrivé afin de préserver ma réputation.

Et ensuite, très stupidement, ils n'en avaient plus jamais parlé. Joe aurait été prêt à le parier. Sans doute avaient-ils espéré chasser ce fâcheux incident de leur esprit et permettre à Bella de continuer à vivre sa vie comme si rien ne s'était produit. Il se sentit submergé par une vague de colère. Que les règles de la société étaient absurdes, qui faisaient passer la réputation d'une femme avant ce qui était moralement juste ! Pour la forme, il posa une question dont il connaissait déjà la réponse :

— Ce scélérat a-t-il été arrêté et présenté devant la justice ?

— Mes parents ont pensé qu'il n'était pas nécessaire de causer un scandale, puisqu'il ne s'était rien passé. Ou presque rien. J'étais toujours… toujours…

Elle se couvrit de nouveau le visage. Elle semblait aussi bouleversée que honteuse.

— Toujours intacte.

Elle était tout le contraire d'intacte : elle était brisée, car il s'était bel et bien passé quelque chose, quoi qu'aient pu en penser ses parents. Quelque chose d'extrêmement grave. En un éclair, la vie de cette jeune femme douce, gentille et généreuse avait basculé et elle avait découvert à quel point l'existence pouvait être hideuse. Le traumatisme qu'elle avait subi était énorme. Brutalement, elle avait perdu toute confiance dans le monde extérieur et dans les hommes qui le peuplaient, tandis que le monstre qui l'avait détruite était toujours en liberté.

— Au début, nous avons tous pensé que j'étais juste sous le choc. Notre médecin de famille nous a assuré que c'était normal et que cela passerait, mais alors que les semaines et les mois s'écoulaient mon état mental a empiré. J'étais incapable de sortir. Je ne supportais pas la foule. Je ne supportais pas le bruit. Je ne supportais pas de ne pas savoir ce qui guettait au coin de la rue ou ce qui se tapissait dans les endroits déserts. Les hommes me terrifiaient. À partir du moment où je n'ai plus été capable de sortir dans notre propre jardin, mon père, désespéré, s'est dit que j'avais besoin de l'aide d'un spécialiste. Au début, j'ai essayé d'accepter les traitements, mais être ligotée et presque noyée dans l'eau glacée n'a fait qu'accroître mon angoisse. Après l'échec de l'hydrothérapie, mes parents m'ont envoyée voir un autre docteur. Très réputé et très cher. Il a dit que je souffrais d'hystérie et dès qu'il a expliqué la façon dont il traiterait mon mal, par attouchements…

intimes…, je suis devenue comme folle et je m'en suis physiquement prise à lui. Ce docteur m'a déclarée perdue pour la science et n'a plus voulu de moi comme patiente. Le suivant non plus. J'ai supplié mes parents de ne plus me soumettre à d'autres traitements et je les ai persuadés que, ce dont j'avais besoin, c'était de m'éloigner de Londres pendant un temps. Je voulais me retrouver… à ma façon, en recourant à mes propres méthodes. J'ai essayé d'utiliser la logique et la raison pour m'aider à affronter mes peurs… et jusqu'à aujourd'hui je m… me dé… brouillais s… si bien !

Cette fois, Joe n'essaya pas de lutter contre l'envie de la prendre dans ses bras, même si, au plus profond de lui-même, il se doutait que c'était lui, plus qu'elle, qui avait besoin de ce réconfort. Elle se tenait toute tremblante contre lui, tel un oiseau blessé. Elle sanglotait, le visage caché derrière les mains, et pour la première fois depuis leur rencontre elle semblait fragile. Vulnérable et si perdue que cela le déchira.

— Vous vous débrouillez très bien. Jamais je n'aurais deviné que vous aviez vécu un tel calvaire. Et vous allez continuer à bien vous débrouiller et à aller mieux.

— Ce ne sera pas possible si je dois rentrer à Londres. C'était ma dernière chance, comprenez-vous ? En cas d'échec, j'ai promis à mon père que j'écouterais les médecins et que j'accepterais le traitement qu'ils préconisaient tous. Cela fait plus d'un an que l'agression s'est produite. Je devrais être guérie désormais. C'est ce que tout le monde dit. Mes parents craignent que les dommages subis par mon esprit ne soient irréversibles. Et si je rentre chez moi je sais qu'ils le seront. Londres me pétrifie.

Ce fut plus fort que lui, il ne put s'empêcher de l'étreindre avec possessivité. Après tout ce qu'elle avait enduré et souffert, la soumettre à ce traitement intrusif et dégradant contre l'hystérie était d'une cruauté inouïe. Quand le père de Bella reviendrait de Londres, Joe avait la ferme intention de le lui dire, mais pour l'instant, tout ce qu'il pouvait faire, c'était essayer de la calmer.

— Pourquoi devriez-vous retourner à Londres ? Rien ne s'oppose à ce que vous poursuiviez votre convalescence ici.

— Toute la ville sait la honte que j'ai subie. Je ne peux pas rester.

— Toute la ville vous a vue attaquée et malmenée par un homme qui se prétend soigneur. Si je peux hélas attester que les habitants ont du mal à oublier certaines choses, la plupart d'entre eux sont aussi capables de bonté. Tous ceux qui possèdent un tant soit peu d'intelligence sauront que ce qui vous est arrivé n'était pas votre faute.

— Vous avez l'air d'avoir foi en ces gens. Pourtant ne sont-ils pas ceux-là mêmes qui ont causé un début d'émeute sur la place ? Ceux-là mêmes qui disent du mal de votre famille et répandent des mensonges sur son compte ? Je suis moins confiante que vous. Je ne pense pas qu'ils seront aussi bienveillants que vous le prétendez. Pour eux, je suis une étrangère ou presque. Maintenant, à cause du Dr Bentley, je suis une étrangère « dérangée qui possède une conscience très altérée de la réalité ». J'aimerais beaucoup vous croire, mais je suis réaliste. Au mieux on médira sur mon compte, au pire on me rejettera.

— Ceux qui vous connaissent, ceux qui travaillent avec vous à l'infirmerie, vos patients, vous soutiendront envers et contre tout.

Elle recula et le fixa comme s'il était devenu fou.

— Vous n'êtes pas en train de suggérer que je devrais continuer mon travail à l'infirmerie alors même que tout le monde sait que j'ai des problèmes de santé mentale ?

— Eh bien si, c'est exactement ce que je suis en train de suggérer. Vous avez été d'une grande aide, à la fois pour moi et pour ces enfants, à tel point que je me demande parfois si ce n'est pas le ciel qui vous a envoyée. Je ne peux plus me passer de vous désormais.

— Mais les gens vont désapprouver…

Joe l'interrompit en posant la main sur son bras.

— Il suffira de les laisser dire. L'orphelinat appartient à ma famille, et c'est aussi ma famille qui le dirige. Quant à moi, je suis le seul responsable de l'infirmerie. Ces enfants n'ont plus aucun parent, ils sont seuls au monde, sans personne pour les aimer ou s'occuper d'eux, à part nous. Notre priorité doit être leur bien-être, et non pas les on-dit d'une poignée d'ignorants. Le meilleur endroit pour vous, celui où vous pourrez vous remettre de cet horrible traumatisme, vous retrouver et abattre ces murs qui vous tiennent captive de vous-même, c'est l'infirmerie, parce que vous pouvez y faire ce que vous aimez. Vous êtes une soignante très douée, Bella. Je pense aussi que vous feriez un excellent médecin si les demeurés qui dirigent les universités y acceptaient les femmes. Je suis très heureux de travailler à vos côtés et de vous enseigner tout ce que je sais.

Il vit l'espoir germer dans ses yeux sombres. Il la vit hésiter, tentée.

— Vous avez dit à cette foule de sceptiques que vous travailleriez à mes côtés et que vous m'aideriez à vacciner la population de Retford. J'ai besoin de votre aide, Bella, si je veux faire en sorte qu'ils restent en vie. Ne laissez pas cet imbécile de Bentley détruire tout ce que vous avez accompli depuis votre arrivée.

— Je ne suis pas certaine d'être suffisamment courageuse pour les affronter tous de nouveau.

— Bien sûr que si, vous l'êtes. Aujourd'hui, vous allez rentrer chez vous et panser vos blessures en privé. Demain je vous attendrai sur la place et, une fois que vous serez descendue de voiture, je vous accompagnerai jusqu'à mon cabinet. Si quelqu'un a l'audace de faire la moindre remarque désobligeante sur votre santé mentale, c'est à moi qu'il aura affaire. Toutefois, quelque chose me dit que votre retour forcera le respect. Votre détermination infaillible et votre désir de faire le bien ne laisseront pas les gens insensibles, quoi qu'ils puissent penser de vous. Venez.

Joe prit la main de Bella. Dans la sienne, elle lui parut très petite, mais tout à fait à sa place. À ce contact, sa paume se réchauffa, et une tiède sensation lui remonta le long du bras pour ensuite lui inonder la poitrine.

— Laissez-moi vous raccompagner chez vous.

Chapitre 15

Jamais Bella ne se serait crue capable de dormir.

L'éprouvante matinée, le contrecoup physique et psychique de ses confessions à Joe, auxquels s'étaient ajoutées, juste après son retour chez elle, la franche conversation qu'elle avait eue avec sa mère et les larmes abondamment versées, l'avaient laissée dans un état de tension et de délabrement nerveux complets. Elle avait l'impression d'être un vieux ballon, malmené, abîmé, à moitié dégonflé sous les coups de pied, mais curieusement intact.

Il avait été cathartique de se confier à Joe et de pouvoir se décharger d'un si lourd fardeau. La réaction de ce dernier avait été merveilleuse. Il lui avait témoigné un soutien sans faille tout en se déclarant scandalisé par le traitement qui lui avait été réservé. Et surtout il avait affirmé qu'elle n'était pas folle et qu'elle guérirait. Ce premier épanchement avait été si salutaire qu'il l'avait ensuite incitée à se confier aussi à sa mère.

Cette dernière, bénie soit-elle, avait été soulagée d'apprendre enfin ce qui s'était exactement passé lors de cette nuit tragique. Elle avait pleuré dans les bras de sa propre fille, avouant qu'elle aurait voulu tout savoir depuis le début, mais que, étant donné la réticence de Bella, elle n'avait pas su comment aborder le sujet avec elle. Et puis le temps avait passé, et tout était devenu plus difficile encore. Quand elle avait appris tous les détails de la trahison dont s'était rendu coupable le Dr Bentley, sa mère était entrée dans une rage folle et s'était promis d'aller lui dire ce qu'elle pensait de lui dès le lendemain. Alors même qu'elle refusait d'en démordre, elle avait en revanche juré qu'elle n'écrirait pas à son mari pour lui raconter ce qui s'était passé. Elle avait accepté d'attendre quelques jours, afin de voir comment évoluait la situation, pour ne pas agir précipitamment ni l'inquiéter pour rien. Les conseils de sa mère avaient été les mêmes que ceux de Joe : garder la tête haute et mettre tout le monde au défi de croire les accusations du Dr Bentley.

« Nous sommes des Beaumont, Bella, et nous devons nous comporter en Beaumont », avait-elle décrété.

Totalement vidée, Bella était allée s'allonger sur son lit un peu avant 18 heures, et à sa grande stupeur elle avait dormi comme une souche jusqu'à ce que sa femme de chambre la réveille le lendemain matin.

Elle était à présent vêtue de sa plus belle robe de jour, sur l'insistance de sa mère, et faisait le tour de la place en voiture avec sa chère maman fidèlement assise à côté d'elle, plus grande comtesse que jamais. Le Dr Bentley n'avait pas idée de l'ouragan qui allait s'abattre sur lui. Quand sa mère se déchaînait, cela valait le détour.

La calèche ralentit et Bella aperçut Joe qui l'attendait, à l'endroit même où il avait dit qu'il se trouverait. Le voir la rendit plus forte et son cœur imbécile se mit à battre plus vite devant un tel spectacle. Il était si grand, si droit, si fier… En le regardant, personne n'aurait pu deviner qu'il avait été accusé d'être un suppôt de Satan la veille, qu'il avait brisé des pancartes à mains nues, qu'il avait insulté le Dr Bentley pour la défendre ou qu'il avait fait tomber le dévot révérend en le poussant. Il était calme comme les eaux d'un étang par une chaude journée d'été. Il était aussi redoutablement beau avec son austère veste noire, avec ses lunettes qui mettaient en valeur son regard bleu, dans lequel, lorsqu'il l'aida à descendre, brillait ce qui ressemblait fort à de la fierté.

— Vous êtes venue. Je le savais.

Il avait évidemment remarqué les gens qui les regardaient en silence et qui, tous, faisaient semblant d'être occupés pour mieux les observer de loin, car il lui adressa un clin d'œil.

— Il ne se passe pas grand-chose à Retford, déclara-t-il.

Puis il cligna des yeux avec étonnement lorsqu'il vit sa mère, avant de se reprendre et de retrouver ses bonnes manières.

— Madame la comtesse, dit-il en inclinant poliment la tête. Je suis heureux de vous revoir.

— Tout le plaisir est pour moi, docteur Warriner, soyez-en sûr.

Elle lui saisit les deux bras avec chaleur puis l'embrassa sur la joue avec ce qui sembla être à Bella une affection sincère.

— Plus j'en apprends à votre sujet, plus je suis convaincue que vous êtes un jeune homme délicieux, un jeune homme à qui j'accorde sans réserve tout mon respect et toute mon admiration.

Légèrement surpris, Joe adressa un regard interrogateur à Bella pendant que sa mère le prenait par le bras.

— Je suis ravi de l'apprendre, milady.

Le pauvre Joe semblait décontenancé par ce changement d'attitude aussi brusque qu'inattendu.

— Est-il toujours d'actualité que vous me secondiez à mon cabinet, Lady Isabella ? demanda-t-il.

— Bien entendu, s'empressa de répondre sa mère. J'ai insisté pour accompagner ma fille, car j'ai hâte de recevoir une dose de votre miraculeux vaccin, docteur Warriner, avant qu'il ne soit trop tard.

Sa mère parlait plus fort que d'habitude, dans le but évident que tous ceux qui les observaient avec un intérêt mal dissimulé n'ignorent rien de ses intentions.

— C'est un vaccin qui est *très* populaire dans la capitale, docteur Warriner. La *crème de la crème* des Londoniens se bouscule pour pouvoir en bénéficier. Et on les comprend fort bien, n'est-ce pas ? Il s'agit d'une merveilleuse découverte, assurément, et à une époque comme la nôtre, où les villes sont de plus en plus peuplées, nous en avons plus que jamais besoin. Je viens d'ailleurs d'apprendre qu'une épidémie de variole avait fait des milliers de morts l'an dernier dans l'East End londonien. Des *milliers* ! Vous rendez-vous compte ?

— Malheureusement, milady, oui, je m'en rends compte. L'ignorance, couplée au coût élevé de la prévention, fait bien souvent que rien n'est entrepris avant qu'il ne soit déjà trop tard.

Il proposa son bras libre à Bella, qui l'accepta volontiers. Joe était rassurant et solide, et c'était exactement ce dont elle avait besoin en ce jour.

— J'espère pouvoir éviter cela à Retford.

Encadré par la mère et la fille, il leur fit traverser la place du marché en direction de son cabinet. Beaucoup de vendeurs soulevaient leur chapeau lorsqu'ils passaient devant eux. Devant Bella, ils marmonnaient un « milady » qui oscillait entre la curiosité et la gêne. Elle ignorait si ce qui les gênait était qu'elle soit folle ou qu'elle ait été si mal traitée par le Dr Bentley. Néanmoins, quelques-uns semblaient impressionnés qu'elle ait eu le cran de se montrer, comme l'avait prédit Joe.

Ils n'avaient pas parcouru la moitié du chemin que toute la famille Warriner, comme surgie de nulle part, se joignit à eux. Le comte, le capitaine James Warriner et le benjamin, Jake, prirent place derrière eux, telle une escorte royale. Letty et Cassie Warriner accaparèrent toutes les deux Bella, en souriant et discutant comme si la veille le monde entier n'avait pas découvert sa folie. Ce solide et inconditionnel témoignage de soutien l'émut tant que sa gorge se serra. Cette démonstration publique de résistance, lancée à la face de l'adversité, en disait long sur la famille Warriner. Comme c'était le but, cela fit honte à tous ceux qui les épiaient et, tout à coup, la place devint étrangement calme et silencieuse malgré le monde qui s'y était rassemblé.

Joe se tourna vers eux une fois qu'ils furent arrivés devant son cabinet.

— Mesdames et messieurs, dans quelques minutes, j'ouvrirai mes portes et j'inviterai tous ceux qui les passeront à se faire vacciner gratuitement contre la variole. J'espère de tout cœur vous recevoir tous. Cependant, je comprends aussi que certains d'entre vous puissent encore nourrir quelques réserves et que d'autres soient farouchement opposés au vaccin. Tout ce que je vous demanderais, c'est de respecter les décisions et la volonté de ceux qui ont l'intention d'accepter ma proposition. L'on n'aurait jamais dû assister au spectacle navrant et aberrant d'hier, vous le savez, et je suis certain que, comme moi, vous êtes écœurés par ce qui s'est passé. Retford a connu des heures plus glorieuses.

Plusieurs personnes baissèrent la tête, d'autres acquiescèrent. Seule une poignée d'entre elles semblaient offensées par ces remontrances.

— Au cas où certains d'entre vous auraient des questions au sujet de la vaccination, n'hésitez pas à passer me voir cet après-midi. Je me ferai un plaisir de vous recevoir un par un pour vous expliquer tout en détail. Entre-temps, Lady Isabella a gentiment proposé de m'assister dans mon travail, donc si vous voulez bien nous excuser nous ouvrirons les portes très bientôt, à 8 heures précises.

Ce qui se passa ensuite fut digne de la plus efficace des organisations militaires. De toute évidence, il avait décidé que tout serait fait comme si les gens étaient attendus par centaines. Pour que l'attente se passe dans le calme et sans encombre, des files avaient été matérialisées dehors à l'aide de cordes. À l'intérieur, une rangée de tables recouvertes de draps d'un blanc immaculé était déjà installée, et toutes étaient pourvues de pansements et de bols de solution désinfectante à base de gin et d'eau. Jake et le comte étaient censés superviser le transport de ceux qui habitaient à l'extérieur de la ville et donc trop loin pour venir à pied jusqu'au cabinet. Letty et Cassie, secondées par la mère de Bella, sortirent pour accueillir les patients et leur expliquer la procédure, tandis que le rôle de Jamie consistait à contrôler que personne ne « fasse de grabuge », selon ses propres termes. Il se posta entre les rangées de cordes et la place, et se mit à surveiller les alentours d'un air menaçant. Quelques minutes plus tard, il fut rejoint par Mellor. Les deux hommes les plus susceptibles de terrifier les contestataires montaient à présent la garde, ce qui acheva de rassurer tout le monde. Mrs Patterson était chargée de tenir scrupuleusement le registre des vaccinés et, comme promis, Bella devait jouer le rôle d'assistante du médecin. Sa tâche consistait à désinfecter le bras du patient avant la vaccination et, ensuite, à poser un pansement sur la petite blessure.

Quelques minutes avant 8 heures, alors qu'ils n'étaient plus que tous les deux dans le bureau de Joe, Bella, curieuse, ne put s'empêcher d'écarter le rideau de dentelle pour regarder par la fenêtre. Elle fut agréablement surprise. Dix personnes au moins faisaient la queue. Avant qu'elle ait le temps de dire quoi que ce soit, elle sentit Joe venir se poster derrière elle. Même si plusieurs bons centimètres les séparaient, le corps de Bella avait une conscience aiguë de la présence de celui de Joe non loin d'elle. Elle frémit intérieurement et sentit la chair de poule lui envahir le dos et la nuque, propageant sur sa peau des picotements d'un type inédit. Bien que déconcertée, elle était certaine que ce n'était ni la panique ni la peur qui causaient cette réaction. Non, c'était simplement Joe et l'effet étrange qu'il avait sur ses sens. Bella savait que c'était de l'attirance. Il aurait été idiot et vain de le nier. À un moment donné, au cours des semaines qui avaient précédé, son esprit avait décidé que cet homme-là n'était ni un ennemi ni une menace. Il était gentil, fort, loyal et… et elle avait du mal à mettre des mots sur le reste, car ce qu'elle ressentait était tout à fait nouveau et inconnu. Même avant son agression, Bella n'avait jamais eu cette réaction devant un homme. C'était plus que de l'admiration et du respect, cela allait au-delà de l'amitié, et dans des instants tels que celui-ci cela s'accompagnait d'une espèce de besoin. De tentation.

Le désir d'abattre un mur.

— C'est un bon début, déclara-t-il. Les gens ont une tendance naturelle à se comporter comme des moutons. Il suffit que quelqu'un se présente quelque part pour que les autres ne tardent pas à suivre.

Son souffle chaud lui caressa le cou. Des frissons lui parcoururent la colonne vertébrale et, à sa grande surprise, d'autres endroits de son anatomie. Était-ce cela, le désir ?

— Et vous êtes un médecin brillant qui inspire confiance. Cela aide.

— Vous pensez que je suis brillant ?

— Oui.

Bella n'osa pas se tourner. Se tourner aurait voulu dire croiser ses yeux profonds et insondables et, alors même que sa peau était d'une sensibilité exacerbée et que son cœur cognait à tout rompre, elle craignait de ne pas parvenir à masquer le trouble qu'il provoquait chez elle.

— Je vous trouve brillante vous aussi, affirma-t-il.

Entendant ce compliment, elle ne put s'empêcher de tourner la tête, et ce fut là qu'elle vit qu'il souriait.

— Je suis si heureux que vous soyez ici, poursuivit-il.

Ses yeux plus bleus et profonds que jamais cherchèrent les siens et ne les lâchèrent plus. Bella dut combattre cet instinct qui lui disait de s'enfuir alors que la panique dont elle était coutumière commençait à lui tordre le ventre.

Pas là, pas maintenant ! Ne gâche pas ce beau moment !

Avant qu'elle puisse faire quoi que ce soit pour l'en empêcher, la pensée qui s'était formée dans son esprit s'exprima pour de bon.

— Est-ce que vous pensez que je vais guérir ? Surmonter cette peur irrationnelle des hommes, je veux dire ?

Parce qu'elle le voulait. Elle voulait se sentir suffisamment courageuse pour désirer qu'un homme la touche. Un certain homme, répondant au nom de Joe.

Ce dernier ne se départit pas de son sourire.

— Vous n'avez plus peur de moi. Avec le temps, vous vaincrez toutes vos autres peurs.

— Pensez-vous que je vaincrai aussi ma peur de… des aspects physiques des relations entre hommes et femmes ? De l'intimité amoureuse ?

Le sourire de Joe disparut, remplacé par une expression solennelle qu'elle ne put interpréter.

— Un jour… vous trouverez un homme à qui vous ferez confiance, et quand ce sera le cas ce problème se résoudra de lui-même, le plus naturellement du monde.

Tu lui fais confiance, à lui.

— Vous vous souviendrez du plaisir que peut causer un simple baiser.

— Je ne pense pas. Pour que je me souvienne, il me faudrait déjà un exemple dont je puisse me rappeler.

À son expression, elle vit qu'il était surpris par cet aveu. Elle essaya donc de se montrer plus explicite, en même temps que détachée.

— Mon inquiétude, c'est que mon esprit reste bloqué sur ce qui est arrivé cette nuit-là, et donc que je ne puisse jamais vraiment tourner la page et passer à autre chose.

Bella ferma les yeux. Elle était gênée par les confessions qu'elle venait de faire et ne voulait pas voir de pitié sur le visage de Joe.

— Je sais que je devrais affronter mes peurs.

En même temps, l'embrasser ne devait pas être si désagréable que cela, songea-t-elle. Quelque part, au fond d'elle-même, elle en avait envie. Très envie, même.

— Oui, vous devriez.

Quand elle se risqua à ouvrir les yeux, elle vit que les siens étaient très proches et étrangement plus foncés que d'habitude. Joe se trouvait à quelques centimètres d'elle, si près qu'elle sentait la chaleur de son corps. Elle posa ensuite les yeux sur la bouche de celui-ci, dont elle les détacha à contrecœur. Une curieuse sensation habitait tout le corps de Bella. Une sensation de lourdeur. D'attente. Les doigts lui démangeaient, car elle avait envie de toucher le visage de Joe. Elle avait l'impression que ses lèvres étaient gonflées et brûlantes. Elle se languissait d'être embrassée, même si sa tête lui dictait de s'enfuir.

— Pour la science, et afin de m'aider à abattre l'un de ces murs qui obstruent mon esprit, j'imagine que vous ne seriez pas d'accord pour…

Oh ! Seigneur, était-elle vraiment en train de le supplier de l'embrasser ? Comme c'était triste et pathétique. Clarissa n'avait jamais dû s'abaisser à cela, elle l'aurait parié. De même que celle-ci n'avait jamais dû être terrifiée par la perspective d'un baiser. Mortifiée, Bella tourna la tête. Mais aussitôt elle sentit la paume de Joe sur sa joue, qu'elle tourna de nouveau vers lui. Ce fut son tour à lui de poser les yeux sur ses lèvres, mais pour sa part il les y laissa.

Puis il pencha la tête et posa doucement la bouche sur la sienne.

Sans point de comparaison possible, Bella n'était pas préparée à vivre une expérience aussi intense. C'était un peu comme goûter à un mets délicieux pour la première fois. Cela lui rappelait aussi la poussée d'excitation qu'elle avait ressentie lorsqu'elle avait conduit le carrick lancé à toute allure sur cette longue ligne droite. Elle ferma les yeux et soupira tout contre la bouche de Joe, ce qui provoqua une douce friction de ses lèvres contre les siennes. Quand elle posa les mains à plat sur son torse, elle sentit son cœur cogner sous ses doigts. Elle s'approcha de lui sans que cela soit conscient et ne frémit pas quand il posa les mains sur ses hanches.

Une sensation étrange et inédite lui parcourut la poitrine. C'était un peu comme si elle avait besoin d'être touchée, alors elle plaqua les seins contre le torse puissant de Joe, qui soupira à son tour. Lorsqu'il lui effleura la bouche du bout de la langue, elle ne prêtait plus attention à rien, mis à part aux nouvelles sensations qui se bousculaient dans son corps. Quand elle imita son geste, de timide, leur baiser devint passionné. Elle avait enfoui les doigts dans ses cheveux épais tandis que ceux de Joe lui parcouraient la gorge, les épaules, le dos…

— Il est 8 heures.

Lorsque la porte s'ouvrit, ils sursautèrent et se séparèrent. Il suffit d'un regard à Jake Warriner pour que Bella soit certaine que ce dernier avait très bien vu ce qu'ils étaient en train de faire, même si Joe se tenait désormais à distance respectable et faisait mine de préparer son matériel.

— Parfait. Parfait.

Il lui adressa un regard pétillant, puis un clin d'œil, et elle aurait donné n'importe quoi pour savoir ce qu'il trouvait aussi parfait.

— Je suppose qu'il faut y aller, alors, déclara-t-il d'une voix enjouée.

Si Joe s'était imaginé beaucoup de choses à propos de cette journée, il ne s'était pas attendu du tout à cela. Pour être honnête, même s'il avait pu prévoir ce qui venait de se passer entre Bella et lui, jamais il n'aurait anticipé la violence de sa propre réaction. Son pauvre corps, encore sous le choc, vibrait littéralement de désir et ses idées étaient si embrouillées qu'il parvenait à peine à formuler une phrase correcte.

Que s'était-il donc produit ?

Ils étaient gentiment et sagement en train de regarder par la fenêtre, quand tout à coup plus rien d'autre qu'elle ne s'était mis à exister. Un simple baiser, chaste, *scientifique,* n'aurait jamais dû entraîner une réaction aussi explosive. C'était pourtant ce qui s'était passé. Plus troublant encore était ce que ce baiser lui avait fait ressentir. Depuis qu'il avait trouvé Bella sur le bord de la route la veille, bouleversée et abattue, il était habité par le besoin très masculin et possessif de la protéger. Le médecin en lui voulait l'aider et la soigner, et il avait passé une grande partie de la nuit les yeux au plafond, partagé entre l'inquiétude à son sujet et l'envie d'anéantir Bentley et le monstre qui avait osé lui faire du mal.

Quand elle était descendue de voiture ce matin, si peu sûre d'elle et nerveuse, son envie de la protéger avait chassé toute autre pensée de son esprit. Au moment de leur baiser, en revanche, ses pensées n'avaient pas été « protectrices », pas le moins du monde, même. Elles avaient été essentiellement *charnelles*. Et il était forcé de reconnaître qu'elles l'étaient toujours.

Il regarda rapidement autour de lui. Très affairée, Bella terminait les derniers préparatifs avant l'arrivée du flot de patients qui n'allait pas tarder à les submerger, alors que lui semblait incapable de se concentrer sur quoi que ce soit d'autre que ce baiser. Sur les doux gémissements de passion qu'elle avait émis. Sur la façon dont son corps avait épousé le sien. Sur la saveur délicieuse de sa bouche… Il s'était embrasé en quelques secondes et les flammes qui le dévoraient n'étaient sans doute pas près de s'éteindre. Pas alors que les lèvres de Bella étaient encore rouges et gonflées d'avoir été embrassées. Pas alors que son odeur suave emplissait l'air et tourmentait ses sens, et que la poitrine de celle-ci se soulevait et s'abaissait en suivant le rythme rapide de sa respiration. Preuve de sa réponse prompte et magnifique à ses sollicitations.

La passion débutante de Bella avait réveillé quelque chose de primaire chez lui, quelque chose qui le poussait à vouloir la posséder, en même temps que la protéger et se l'approprier aux yeux du monde. Il était certain de n'avoir jamais ressenti un désir aussi dévorant. Si Jake ne les avait pas interrompus, ses mains avides se seraient posées partout sur le corps de Bella et se seraient emparées de ses courbes féminines. Alors, inévitablement, il aurait plaqué le corps de celle-ci contre son érection douloureuse, ce qui n'aurait pas manqué de l'épouvanter, la pauvre. C'était la première fois de sa vie que Joe éprouvait autant de reconnaissance et de rage vis-à-vis de son frère cadet.

C'était la première fois aussi qu'il se sentait à ce point déconcerté.

Il avait beau réfléchir, il ne savait quelle attitude il allait devoir adopter dans les minutes, les heures et les jours qui allaient suivre.

Bella lui avait demandé de l'embrasser, mais c'était pour elle une démarche de type scientifique, parce qu'elle était en souffrance et qu'elle cherchait par tous les moyens à aller mieux. Elle avait sans doute vu cela comme un traitement expérimental. Quant à lui, il ne l'avait pas embrassée pour la science. Il l'avait embrassée parce qu'il l'avait trouvée magnifique devant cette fenêtre, nimbée du doux soleil matinal. Il l'avait embrassée parce que, sur le moment, son obsession avait été de goûter à cette bouche sensuelle.

N'avait-ce été qu'un moment ? Un moment intense mais fugitif ?

Joe regarda Bella se diriger vers la porte pour accueillir leur premier patient. Il regarda la façon dont son corps bougeait, la façon dont les coins de sa bouche se soulevaient quand elle parlait, sa calme dignité, son courage, sa nature bonne et généreuse, son intelligence, et il ressentit tout cela dans son bas-ventre autant que dans son cœur.

Non, cela n'avait pas été qu'un moment.

C'était elle.

Il faudrait qu'il réfléchisse sérieusement à cela très bientôt, une fois que cette journée serait passée. Pour l'heure, il avait une tâche à accomplir et il fallait espérer que ses violents accès de désir et ses sentiments exacerbés le laisseraient s'en acquitter convenablement.

Chapitre 16

En fin d'après-midi, le flux calme des patients grossit pour se transformer en torrent au fur et à mesure qu'il commençait à se savoir en ville que nombreux étaient ceux qui avaient osé braver les avertissements du prêtre pour bénéficier de la vaccination gratuite. Ce qui contribua au succès de la proposition de Joe fut la découverte d'un autre cas avéré de variole, cette fois à Carlton, une ville située sur les bords de la rivière Trent et plus proche encore de Retford. Cela confirmait les soupçons de Joe selon lesquels la maladie allait se propager en suivant les principaux axes de circulation, et notamment la grande route qui traversait le pays du nord au sud et passait par Retford. Il était survenu un incident mineur au cours de la matinée, lorsque le révérend Reeves avait décidé de prononcer un sermon incendiaire au beau milieu de la place du marché. Mais, une fois que le courrier porteur de cette grave nouvelle était arrivé et que le vicaire, outré, avait été renvoyé au presbytère par l'officier de police, la plupart des gens s'étaient révélés être plus inquiets pour leur vie qu'effrayés par la perspective de se retrouver coiffés d'une paire de cornes. Les sombres prophéties du révérend furent donc largement ignorées. Quant au Dr Bentley, il n'osa même pas se montrer. C'était peut-être grâce à sa mère, espérait Bella, puisque celle-ci avait promis d'aller lui dire ce qu'elle pensait de lui et de ses manières avant de rentrer à la maison. Ou, mieux encore, parce qu'il avait peur que Joe ne mette sa menace à exécution et ne le réduise en morceaux. Il méritait de savoir ce qu'était la peur.

Bella fut agréablement surprise de constater que tout le monde se comportait avec elle comme d'habitude. Elle surprit quelques regards en coin, une ou deux expressions gênées, mais personne ne lui dit quoi que ce soit de discourtois ni ne refusa d'être soigné par elle. La plupart des gens se montrèrent même d'une grande gentillesse, elle devait leur reconnaître cela. Sur l'insistance de Cassie Warriner, Joe et elle s'accordèrent une pause pour manger. Avant la reprise, il décida qu'ils seraient plus efficaces s'ils étaient deux à administrer le vaccin. Il l'observa avec attention pendant qu'elle traitait ses premiers patients, puis, comme toujours, il lui fit confiance et la laissa se débrouiller seule.

Elle ignorait totalement ce qu'il pensait. Elle ignorait même s'il songeait au baiser qu'ils avaient échangé. Il n'en parla pas une seule fois de la journée. À première vue, Joe se comportait comme d'habitude, donc peut-être avait-elle interprété sa réaction de façon exagérée et erronée. Bella priait pour que ce baiser ait revêtu la même importance pour lui que pour elle, même si elle l'avait presque forcé à l'embrasser, au nom de la science et de la pitié. Quoi qu'il en soit, ce moment avait été très important pour elle. Il avait même été d'une importance capitale.

En effet, elle savait désormais qu'elle était capable de supporter qu'un homme l'embrasse. Un homme répondant au nom de Joe. Mais ce n'était pas tout : elle savait aussi, grâce à la façon spectaculaire dont son corps avait réagi, qu'elle était capable d'apprécier cela. Cela lui redonnait espoir. Peut-être un jour pourrait-elle connaître des moments d'intimité avec un homme. Du moment que cet homme était Joe. Il y avait chez lui quelque chose de rassurant en même temps qu'irrésistible. C'était un mélange curieux et grisant. Bella venait de connaître les premiers feux de la passion amoureuse, elle en était certaine. L'étape suivante, celle qui découlait tout naturellement de cet état, était l'intimité. C'était ce qu'elle se disait après coup, mais sur le moment elle n'y avait guère réfléchi. Sur le moment, c'était son corps qui avait mené la danse. Non pas son cerveau abîmé, ni son cœur tendre, mais son corps, en répondant de façon spectaculaire et délicieuse à un non moins délicieux baiser.

Pendant toute la journée, elle s'était surprise à lancer à Joe des petits regards à la dérobée pendant qu'ils travaillaient côte à côte. Et elle s'était demandé ce qui se serait passé s'ils n'avaient pas été interrompus. L'aurait-elle laissé parcourir librement tout son corps de ses mains adroites ? Aurait-elle pu supporter leur contact sur sa peau ? Sur ses seins ? Il lui suffit d'y penser pour les sentir très lourds, mais aussitôt son esprit meurtri repensa comme à son habitude aux mains de cet autre homme, et sa peur irrationnelle revint au galop. Elle posa les yeux sur les mains de Joe. Des mains larges et agiles, et tout à coup elle ne songea à rien d'autre qu'à la sensation délicieuse qu'elles avaient fait naître lorsqu'elles s'étaient posées sur son visage.

Tout cela était si troublant.

— C'est le dernier.

Bella, qui était en train de bander le bras d'un jeune garçon qu'elle venait de traiter, sursauta en entendant la voix de Mrs Patterson.

— Il est 21 heures passées, poursuivit la gouvernante, et l'un comme l'autre vous avez besoin de vous reposer. J'ai dit à toutes les personnes qui attendaient encore dehors de revenir demain.

À côté de Bella, Joe s'étira et fit quelques mouvements d'épaules pour soulager ses articulations.

— Je suis mort de fatigue, cela me paraît donc être une bonne idée.

— Voulez-vous que je vous fasse couler un bain, docteur Warriner ?

Il adressa un regard rapide et nerveux à Bella avant de répondre à sa gouvernante.

— Peut-être après que j'aurai raccompagné Lady Isabella chez elle, Mrs Patterson.

Des petites bulles d'excitation se mirent à pétiller dans le ventre de Bella à cette perspective. Malheureusement, Mrs Patterson les fit bien vite retomber.

— Pas besoin, docteur. J'ai pris la liberté de faire venir la calèche de Lady Isabella il y a une heure. Elle l'attend sur la place.

— Ah… très bien, répondit Joe.

Il ne semblait pas ravi. Bella le connaissait suffisamment pour reconnaître un sourire forcé chez lui, mais elle ignorait totalement s'il s'agissait d'un signe positif ou négatif. Tenait-il tout particulièrement à la raccompagner chez elle ? Avait-il des choses à lui dire ?

— Dans ce cas, je suppose qu'il ne me reste plus qu'à vous conduire jusqu'à votre voiture, Bella.

Comme il avait parlé sans la regarder, elle prit cela comme un mauvais signe. Ce qu'il avait à lui dire n'était sans doute pas ce qu'elle voulait entendre. Il voulait s'excuser, peut-être. Ou, pis, lui reprocher d'être responsable, par sa requête inhabituelle et déconcertante, de ces débordements fâcheux et incontrôlés qui les avaient emportés tous les deux. Peut-être avait-il remarqué les regards implorants qu'elle lui avait adressés toute la journée et souhaitait-il mettre les choses au point. S'il avait accepté de se prêter à l'expérience, c'était par gentillesse. Et par conscience professionnelle. Car il était son médecin et elle était désormais sa patiente. Rien de plus.

Bella déglutit avec peine. Ses explications, quelles qu'elles soient, elle n'avait vraiment pas envie de les entendre.

— Ne vous donnez pas cette peine, répondit-elle. Je peux très bien me débrouiller toute seule, et Mrs Patterson attend pour préparer votre bain.

Il fit une légère moue avant d'acquiescer.

— Si vous y tenez.

Puis ils restèrent tous les deux debout, immobiles et silencieux, aussi mal à l'aise l'un que l'autre. De toute évidence, ils ne trouvaient rien de pertinent ni d'approprié à dire et ils avaient l'un et l'autre une conscience horriblement aiguë de l'ardeur avec laquelle Bella avait répondu à son baiser. Ce fut elle qui brisa le silence car, tout à coup, il lui était devenu insupportable.

— Je ferais mieux d'y aller, alors.

Sans attendre la réponse de Joe, elle s'empressa de se diriger vers le hall d'entrée pour y récupérer son chapeau et son châle. Il la suivit, d'un pas assez raide, et se posta à côté de la porte pendant qu'elle nouait à la hâte les rubans sous son menton et qu'elle coinçait son châle sous un bras parce qu'il faisait beaucoup trop chaud pour se donner la peine de le mettre. À moins que cette chaleur qu'elle ressentait ne soit causée par autre chose que par la température ambiante…

— Reviendrez-vous demain ?

— Bien sûr. Si vous avez besoin de moi.

— Mrs Patterson a renvoyé des gens chez eux ce soir, donc je pense que je ne m'avance pas trop en disant que nous allons devoir poursuivre l'opération demain. Et il nous reste aussi à vacciner les enfants de l'orphelinat.

Son attitude était beaucoup plus crispée et formelle que d'habitude, et Bella en conclut que c'était elle qui causait chez lui cette gêne certaine. Il était incapable de la regarder dans les yeux pendant plus de deux secondes sans se mettre à fixer ses pieds. Tout cela ne rendait pas Bella spécialement confiante. De toute évidence, il était submergé par les regrets. Elle sentit ses orteils se recroqueviller dans ses chaussures et essaya de garder un air détaché et indifférent, ce qui n'était pas chose facile lorsque l'on sentait ses joues écarlates.

— Je pourrais m'en charger, proposa-t-elle.

Ainsi, elle lui épargnerait le supplice de devoir passer beaucoup de temps en sa compagnie, ainsi que les mots polis au sujet de l'erreur qu'ils avaient commise. Sa proposition sembla le laisser perplexe et il la regarda en clignant des yeux derrière ses lunettes.

— À moins que vous ne me fassiez pas suffisamment confiance pour que je m'en charge seule…, ajouta-t-elle.

— Bien sûr que si, je vous fais confiance. C'est l'évidence même. Donc, oui. Vous vous occuperez de l'orphelinat. C'est sans doute une bonne idée, car de cette façon nous couvririons un plus grand nombre de patients. Je vais demander à Mrs Patterson de préparer tout ce dont vous aurez besoin et de tout faire porter à l'orphelinat avant votre arrivée demain.

C'était la preuve manifeste qu'il n'avait aucune envie de la voir de la journée.

— Très bien. Je ferais mieux d'y aller, maintenant, répéta-t-elle. Bonne soirée.

— Oui, bonne soirée.

Bella ne s'attendait pas à ce qu'il la suive jusqu'à la calèche, et elle sursauta lorsqu'elle sentit la main de Joe sur son coude au moment où elle s'apprêtait à monter en voiture. Une chaleur soudaine l'envahit, malgré la brièveté du contact. Vite, elle prit place, puis se tourna, d'une façon trop peu naturelle, un sourire crispé sur les lèvres.

Celui de Joe ne valait guère mieux.

— Merci pour ce que vous avez fait aujourd'hui, dit-elle. Et hier. Je n'oublierai pas.

— Je vous en prie.

Joe commença à fermer la portière, avant de se raviser et de la rouvrir.

— Je suis désolé pour ce qui s'est passé tout à l'heure, déclara-t-il. Je vois bien que vous m'en voulez. Telle n'était pas mon intention.

Et elle prononça la réponse qu'elle aurait voulu ne jamais prononcer :

— Je ne vous en veux en rien. C'était une expérience scientifique. Un service rendu, entre amis. Rien de plus.

L'espace d'un instant, Bella aurait juré avoir vu une sombre amertume passer sur le visage de Joe et dans ses yeux. Mais ce fut si bref qu'elle vint vite à en douter. Et puis la portière se referma, et la voiture s'ébranla. Bella se cala dans un coin et essaya d'ignorer les larmes qui lui baignaient les yeux.

Joe ne la vit pas du tout le lendemain et ne fit que l'apercevoir les jours suivants. Elle avait accaparé Jake, et tous les deux se déplaçaient en voiture dans les faubourgs de Retford, dans le but de vacciner à domicile ceux qui n'osaient ou ne pouvaient pas se déplacer jusqu'au cabinet. Bien sûr, l'idée de permettre à ceux qui étaient intimidés par le vindicatif révérend ou le respecté Dr Bentley de se faire vacciner loin des regards scrutateurs et critiques se défendait parfaitement, mais maintenant qu'une semaine ou presque s'était écoulée Joe ne pouvait s'empêcher de se dire que Bella cherchait à l'éviter. Et tout cela à cause d'un baiser qui en quelques secondes avait échappé à tout contrôle.

Tout en traitant les patients qui se présentaient de moins en moins nombreux à son cabinet, Joe ne pouvait s'empêcher de repenser à ce qui s'était passé et de s'interroger sur le sens à donner à tout cela. Oui, il l'avait embrassée avec passion. Mais cela n'avait pas été son intention première. La dernière chose qu'il avait envie de faire subir à une femme qui se méfiait des hommes, c'était de l'effrayer avec la manifestation explicite de son désir. Néanmoins, malgré toutes ses meilleures intentions, ce baiser initialement chaste s'était vite transformé en étreinte fiévreuse. Il n'avait plus été question d'un simple effleurement de lèvres, mais d'un festin, d'un régal, auquel avaient participé leurs bouches tout entières, leurs langues, et accompagné de bruits de gorge et de gémissements étouffés. Cependant, plus il y songeait, plus il devenait évident pour lui que Bella aussi y avait pris part. Sans retenue. Cela n'avait pas été uniquement ses lèvres, sa langue, ses gémissements à lui. Ses rêves des sept dernières nuits écoulées avaient été hantés par la présence de Bella. Par sa présence réelle, et non imaginaire. Les mains de Bella avaient *vraiment* parcouru son torse et ses doigts s'étaient *vraiment* glissés dans ses cheveux. C'était aussi pour cela qu'il avait du mal à comprendre la réaction qu'elle avait eue vis-à-vis de lui à la fin de la journée. Elle s'était montrée si empruntée, distante et embarrassée.

Mais en même temps lui aussi, se rendit-il compte. Et c'était lui qui avait de l'expérience dans les choses de l'amour, tandis que, de son côté à elle, c'était son premier baiser, elle l'avait admis elle-même. Elle lui avait accordé cet honneur, mais il s'agissait en réalité d'un cadeau empoisonné, et il s'était vite retrouvé désarmé, incapable de gérer la situation comme il l'aurait dû. Ce qui avait commencé timidement était vite devenu le baiser le plus spectaculaire et inoubliable de sa vie. À ce moment-là, rien d'autre n'avait existé à part elle.

Bella avait-elle ressenti la même chose ?

Il aurait dû le lui demander. C'était maintenant qu'il en prenait conscience. Il aurait dû se montrer honnête, quand il n'avait été qu'hésitant. Il avait préféré attendre qu'elle passe d'elle-même à l'étape suivante. Comme si une femme qui avait traversé ce qu'elle avait traversé, une femme qui n'avait jamais été embrassée auparavant et qui ignorait tout des jeux de séduction et autres manœuvres amoureuses, aurait pu avoir l'audace de se montrer entreprenante.

Joe gémit, consterné par sa propre bêtise, et se frappa le front. C'était *lui* qui ne s'était pas montré à la hauteur, *lui* qui n'avait pas su se comporter comme il aurait dû après ce baiser, et c'était sa faute à *lui* si elle avait réagi en prenant ses distances. Peut-être y avait-il même une possibilité pour qu'elle soit aussi malheureuse que lui, auquel cas il fallait qu'il soit un idiot fini pour continuer de l'éviter. Surtout alors que son corps n'avait pas cessé de la désirer depuis ce jour-là. En fermant les yeux, il pouvait toujours sentir la douce pression de sa poitrine contre son propre cœur, sentir sous ses caresses la façon dont la taille fine de Bella s'évasait pour donner naissance à ses hanches si rondes et si parfaites…

— Vous semblez plongé dans des abîmes de perplexité, docteur Warriner.

Il releva la tête brusquement en entendant la voix caressante de Lady Clarissa. Elle se tenait dans l'embrasure de la porte, au bras de son père. Son père qui, ostensiblement, serrait les mâchoires et plissait des yeux méfiants. Joe se prit alors à espérer que le comte de Braxton n'était pas capable de lire dans les pensées.

— Lady Clarissa.

Joe se leva et s'inclina poliment.

— Lord Braxton. Vous êtes rentrés de Londres.

Manifestement, oui… Avait-il quelque chose de plus stupide à dire ?

— Que me vaut ce plaisir ?

À part les remontrances que je m'apprête sans aucun doute à essuyer ?

— Nous sommes venus nous faire vacciner, répondit Clarissa. Maman a insisté et, puisque Bella se trouve Dieu sait où avec votre frère qui est si dangereusement beau, papa a tenu à ce que nous vous rendions visite sur-le-champ.

— Dans ce cas, je vous invite à entrer et à vous asseoir… Milord, si vous voulez bien retirer votre veste.

Même s'il était surpris et perturbé de les voir, Joe était soulagé qu'ils lui aient donné quelque chose de concret à faire. Il entreprit de se laver les mains et de préparer son matériel, tout en ayant conscience du regard perçant du comte et de ses propres pensées concernant son *autre* fille, celle qui ne se trouvait pas dans cette pièce.

— Toute la ville ne parle que de votre formidable démonstration de la semaine dernière, dit Lady Clarissa d'une voix chaude et caressante. Apparemment, vous vous êtes montré magistral. Et impressionnant. Maman est totalement conquise, docteur. Elle n'a pas cessé une seule seconde de parler de vous depuis le moment où nous sommes arrivés à la maison, il y a quelques heures, jusqu'au moment où nous en sommes partis. D'après elle, vous êtes le sauveur de Retford.

— Lady Braxton est trop gentille. Je ne fais rien d'autre que mon travail.

Cette volte-face de l'opinion publique à son sujet était une surprise pour Joe, mais il préféra cacher son étonnement en affichant un détachement tout professionnel.

— Qui veut commencer ?

Après que son père lui eut adressé un bref signe de tête, Lady Clarissa tendit le bras.

— Cela fait-il mal ? demanda-t-elle, un soupçon d'inquiétude dans la voix.

— À peine : ni plus ni moins qu'une griffure, vous allez voir.

Pour le lui prouver, Joe s'empressa de procéder à la vaccination. La peau de la jeune femme avait la même teinte et la même texture que celle de sa sœur, songea-t-il. Mais cela ne l'émut pas, et il n'éprouva pas non plus le frisson puissant qui le saisissait toujours lorsqu'il touchait Bella. Pas un seul picotement ne se fit sentir. Le visage de Clarissa, qu'il avait jadis considéré comme le plus séduisant de la terre, rappelait celui de Bella, mais aucun de ses traits n'était aussi beau que ceux de sa sœur. Les boucles blondes qui dansaient autour de son visage ne produisaient plus sur lui le moindre effet maintenant qu'il avait découvert qu'il préférait les longues mèches soyeuses couleur ébène.

Pour en avoir le cœur net, il jeta un bref regard à sa bouche pendant qu'il lui bandait le bras, mais cela ne le troubla pas. Ce n'étaient pas des lèvres auxquelles il avait envie de goûter. Des deux sœurs, Lady Clarissa n'était pas la bonne, c'était à présent certain. Cela signifiait qu'il s'était comporté comme un idiot depuis le début et que Jake savait mieux que lui qui il était vraiment.

Cela faisait néanmoins un certain temps que Joe avait découvert pour qui son cœur battait. Il avait été forcé de s'en rendre compte, car les sentiments qu'il nourrissait pour Bella ne ressemblaient en rien à ceux qu'il avait pu éprouver par le passé. Au lieu de rêver à une créature éthérée, image de perfection, juchée très haut sur un piédestal, il était tombé sous le charme d'une femme tout à fait réelle. Une femme qui aurait mérité de se trouver sur un piédestal, même s'il ne pouvait se résoudre à l'y placer. En effet, il ne voulait pas d'une Bella hors de portée et inaccessible. Il voulait qu'elle ait les pieds solidement arrimés au sol, afin de pouvoir la prendre dans ses bras et l'embrasser quand bon lui semblerait. Et il ne voulait pas qu'elle soit parfaite, car il aimait ses imperfections.

Aimait ?

Seigneur.

— Voilà, c'est terminé.

Sa tête se mit à tourner pendant qu'il nettoyait son matériel et se lavait les mains. Quand cela s'était-il produit ? Joe se tourna, légèrement sonné, et son regard croisa les yeux d'acier du père de Bella.

— À votre tour, milord.

— Peux-tu m'attendre dehors, Clarissa ?

Des mots autoritaires, mais qui ne surprirent pas Joe. Lady Clarissa soupira pour montrer sa contrariété et quitta la pièce. Joe alla fermer la porte derrière elle, car il sentait que cela allait s'avérer nécessaire, et se prépara à essuyer les remontrances du comte. Ce dernier le toisa froidement.

— Avez-vous encouragé ma fille à me désobéir afin qu'elle continue à travailler avec vous ?

— Pas du tout.

— Néanmoins, vous n'avez rien fait non plus pour la décourager ?

— Non. Votre fille possède un don réel pour la médecine

et elle souhaitait parfaire son apprentissage. Elle a insisté pour rester et j'ai accepté d'être son professeur.

— Je vois.

Le comte resta assis sans rien dire pendant que Joe lui incisait le bras, insérait le fil imprégné de vaccin et ensuite bandait la plaie. Quand Joe fit quelques pas pour aller se laver les mains, le lord le regarda.

— Est-ce vous qui lui avez suggéré de se faire vacciner en public ?

— Bien sûr que non !

Joe ne put masquer sa colère. Il était évident qu'il n'aurait jamais accepté de la vacciner en public s'il avait su que Bella se retrouverait ensuite humiliée de la sorte.

— Votre fille a du tempérament et de la détermination pour deux !

— Cela, je le sais.

Le comte poussa un soupir de défaite et, tout à coup, Joe n'eut plus devant lui un impressionnant pair du royaume, mais un père aimant et inquiet.

— Je pensais que ce trait de son caractère avait disparu pour toujours… depuis…

Sa voix s'éteignit et il fixa tristement ses mains.

— Je sais que Bella a choisi de se confier à vous… et qu'elle vous ait choisi, vous, plutôt que sa famille me remplit de honte. Je ne cesse de me dire que je l'ai en quelque sorte laissée tomber, alors que tout ce que j'ai essayé de faire, c'est de la protéger… de ce qui s'est produit.

Ou bien de se protéger lui-même de l'atroce réalité de ce que sa fille avait enduré.

— Vous ne pouvez pas la protéger de ce qui s'est produit, précisément parce que cela s'est *déjà* produit et appartient donc au passé. Cela a été terrible et abominable, mais nier que cela ait pu avoir lieu ne change rien au fait que c'est arrivé. Bella a besoin d'accepter les faits, et pour cela elle a besoin d'en parler. Garder des émotions puissantes emprisonnées en soi est très mauvais. Elles finissent par s'envenimer et suppurer.

À la place du comte, qu'aurait ressenti Joe ? De l'inquiétude. De la culpabilité. Un réflexe de protection excessive. Tout cela, et bien plus encore.

— Vous avez réagi de façon normale et naturelle pour un père et je suis sûr que sur le moment Bella n'avait pas non plus envie d'en parler.

Le comte acquiesça.

— Elle était trop bouleversée et perturbée. Pendant des semaines, elle est restée cloîtrée dans sa chambre, à pleurer. C'était… déchirant.

— Il est toujours difficile d'évoquer des sujets sensibles. Nous les Anglais avons du mal à parler de nos émotions ou de nos sentiments. Nous nous cachons derrière ce fameux flegme britannique en espérant que les choses passeront d'elles-mêmes.

Cet homme n'avait pas besoin qu'un fardeau supplémentaire vienne accabler ses épaules ployant déjà sous le lourd poids de la culpabilité. Il lui restait lui aussi à accepter les faits, mais dans l'ensemble il ne s'était pas si mal comporté. Par exemple, il n'avait pas forcé Bella à se soumettre aux traitements invasifs qu'on lui avait proposés, ce qui était essentiel. Il l'avait laissée maîtresse de sa propre vie.

— Vous avez fait ce qu'il fallait en l'amenant ici. Le changement de décor, l'infirmerie, se consacrer à ce qu'elle aime, toutes ces choses l'ont fait progresser. Bella serait la première à le dire.

— Vous pensez que j'aurais dû l'amener ici plus tôt ?

Joe secoua la tête.

— Il fallait attendre qu'elle soit prête, et d'après ce que j'ai compris, jusqu'à maintenant, elle n'était pas du tout prête à affronter ses peurs. L'amener ici plus tôt aurait pu être une erreur. Le cerveau est un organe puissant… mais cela reste un organe. Comme tous les organes, lorsqu'il est lésé, sa guérison prend du temps. Cependant, et c'est le médecin qui parle, je sens Bella en bonne voie de guérison. Elle a fait de grands progrès au cours des semaines passées. C'est presque une autre personne par rapport à la Bella que j'ai connue à son arrivée.

Même si, fondamentalement, elle restait la même : courageuse, intelligente et aussi belle dedans que dehors.

— Pensez-vous qu'elle va aller mieux ? Complètement, veux-je dire, et qu'elle va redevenir celle qu'elle était avant ?

— J'en suis certain. Ce qu'elle a subi sera toujours là mais, comme la douleur de perdre un être aimé ou comme une peine de cœur, cela va s'atténuer avec le temps.

— Tous les autres médecins que nous avons consultés se sont montrés moins optimistes que vous. Nous avons essayé certains de leurs traitements, jusqu'à ce qu'elle se rebelle et refuse de continuer.

— C'est un très bon signe. Bella est bien plus résistante qu'elle ne le pense elle-même et elle semble tout à fait décidée à affronter ses peurs à partir de maintenant. Elle a un esprit très fort et elle peut se montrer impressionnante. La façon dont elle est montée sur l'estrade la semaine dernière pour affronter la foule a été…

La chose la plus désintéressée et altruiste qu'on ait jamais faite pour lui. Le souvenir l'émut et il ne put s'empêcher de sourire.

— … admirable. Je suis juste désolé qu'elle ait été trahie par le Dr Bentley.

— Je suis allé lui rendre visite avant de venir ici. Comme un lâche, il a refusé de me parler. Mais il me recevra et il répondra de ses paroles et de ses actes, cela, je vous le certifie.

À la froide colère et au mépris qui teintaient la voix du comte, Joe comprit qu'il pensait vraiment ce qu'il disait et qu'il mettrait ses menaces à exécution. Quand il se tourna vers lui, il vit aussi le remords se peindre dans les yeux du comte.

— Je vous dois des excuses, docteur Warriner. Il fut un

temps où jamais je n'aurais accordé le moindre crédit à de stupides on-dit. Je n'aurais jugé de la valeur d'un homme que par ses actes et son comportement. Depuis que Bella a été… agressée…

Le simple fait de prononcer le mot semblait un supplice, mais au moins il l'avait dit.

— … je vois tous les hommes comme des menaces potentielles pesant sur mes filles. Bella m'a adressé un rappel à l'ordre il y a quelques semaines, mais je n'ai pas voulu l'écouter. Mon épouse, une femme formidable qui peut aussi se montrer très impressionnante quand elle le veut, m'a à deux reprises reproché ma bêtise. La première dans une lettre cinglante où elle me priait de rentrer, et la seconde ce matin, à mon arrivée. Et elle a eu raison, dois-je dire. Dieu merci, je sais encore reconnaître quand j'ai eu tort. Elle m'a appris de quelle façon vous avez pris la défense de Bella et comment vous l'avez ensuite aidée. Que ma fille ait trouvé le courage d'affronter de nouveau les gens me réchauffe le cœur, et je vous en remercie.

— Pas besoin de me remercier.

— Si, j'insiste. Et je veux que vous sachiez que, si un jour vous vouliez de nouveau venir présenter vos hommages à Clarissa, je ne m'y opposerais pas, bien au contraire.

Clarissa. Seigneur, les choses prenaient un tour délicat.

— À ce propos…

J'ai totalement changé d'avis et désormais c'est votre autre fille qui me plaît.

Comment Joe allait-il expliquer cette volte-face sans paraître inconstant, calculateur ou frivole ?

— Le fait est, même si j'admets que je me suis d'abord présenté chez vous pour voir Clarissa…

— Papa !

La porte s'ouvrit à la volée et Bella apparut. Elle écarquillait de grands yeux paniqués. Son visage avait pris quelques couleurs et elle respirait exactement comme quelqu'un qui avait couru.

— Vous êtes de retour !

Ses yeux sombres passèrent de son père à Joe plusieurs fois de suite, comme si elle cherchait à savoir ce qu'ils avaient pu se dire et dans quel état d'esprit ils se trouvaient l'un vis-à-vis de l'autre.

— Est-ce que vous allez… bien ?

Il la serra dans ses bras en souriant.

— Oui, je vais bien, Bella, et je suis heureux de constater que toi aussi. Tu as même l'air d'aller *très* bien. Si bien que j'ai l'impression de retrouver ma chère fille, ma fille charmante et *formidable.* C'était justement ce que j'étais en train de dire au Dr Warriner, qui m'impressionne beaucoup, d'ailleurs. Tu avais raison à son sujet. Et j'avais tort.

Bella parut soulagée et adressa un sourire timide à Joe. C'était le premier qu'elle daignait lui adresser depuis leur baiser. Il avait presque oublié à quel point elle était magnifique quand elle souriait, songea-t-il, le souffle coupé.

— En fait, ma chère fille, tu seras sans doute ravie d'apprendre que j'ai changé d'avis et que j'ai accordé au Dr Warriner la permission de venir rendre visite à ta sœur quand il le souhaitera.

Joe vit le beau et franc sourire se figer, se faner, puis disparaître pour céder la place à l'un de ces sourires de façade qui n'illuminaient pas la totalité de son visage.

— Eh bien, c'est merveilleux. J'en suis… ravie.

Joe, quant à lui, ne l'était pas. La tentation de se précipiter vers elle, de l'embrasser à perdre la raison et ensuite de s'excuser pour son stupide aveuglement était immense, mais il n'osa pas devant son père. Pas alors qu'il se sentait incapable de trouver les mots pour expliquer sa conduite imbécile et qu'il ignorait si elle était réellement ravie ou bien, si par un miracle extraordinaire, elle était aussi mortifiée que lui par la proposition de son père.

— En as-tu terminé pour aujourd'hui, Bella ? demanda ce dernier, qui lui avait pris le bras. J'ai très envie que tu me racontes tout ce qui s'est passé en mon absence.

— Oui, papa, j'ai terminé.

Elle lança un regard très bref vers Joe.

— Plus rien ne me retient ici. Rentrons à la maison.

Chapitre 17

Malgré la menace de l'épidémie, la soirée mensuelle battait son plein. Point positif, Bella appréhendait beaucoup moins la foule. Malheureusement, la foule était devenue le cadet de ses soucis. Cela faisait deux jours – depuis le retour de son père – qu'elle ne sortait pas de chez elle, par lâcheté et aussi par hostilité. Elle voyait trois raisons à cela. Tout d'abord, et c'était la raison principale, elle avait eu plusieurs discussions, longues et douloureuses, avec son père. Elles étaient nécessaires et lui avaient fait le plus grand bien, mais elles l'avaient laissée vidée et épuisée, à la fois émotionnellement et physiquement. Ensuite, puisque la jeune Molly avait désormais repris sa place parmi ses amies dans le dortoir des filles, et que l'infirmerie était pour une fois totalement déserte, Bella n'avait aucune raison objective de se rendre à l'orphelinat. Enfin, à sa grande honte et à son grand dépit, elle craignait de croiser Joe, qui l'avait embrassée alors même qu'elle savait qu'il préférait Clarissa.

Il avait forcément dû demander la permission de lui faire la cour pour que son père l'autorise à venir la voir, et, cela, c'était douloureux. Pour être honnête, c'était même plus que douloureux : c'était une terrible souffrance qui s'était logée dans sa poitrine et refusait d'en partir malgré toutes les tentatives de Bella pour se raisonner et se dire que c'était inévitable.

Elle savait qu'il était épris de Clarissa depuis le début,

bien qu'il ait prétendu le contraire. Pourquoi avait-elle cru que cela pourrait changer ? Des deux sœurs Beaumont, Bella était celle qui était austère, qui était la moins jolie et de loin, et accessoirement celle qui n'avait plus toute sa tête. Son état s'améliorait lentement, ce qui était une consolation, mais ce n'était pas suffisant pour qu'un homme sain de corps et d'esprit ait envie de perdre son temps avec elle. Surtout quand l'homme en question avait reçu la permission de faire la cour à l'Incomparable.

Mais le pauvre Joe devait se préparer à bien des déconvenues. Ces quelques semaines passées à Londres étaient montées à la jolie tête de Clarissa. Les bals, les soirées, la fréquentation du grand monde et un léger batifolage avec un beau duc l'avaient rendue moins bienveillante à l'égard de Retford. C'était bien simple, Clarissa n'avait qu'une envie : retourner à Londres. Cela faisait deux jours qu'elle se lamentait à ce sujet, et en ce moment même elle se lamentait encore, au milieu de sa petite troupe d'admirateurs regroupés autour d'elle, à l'endroit habituel, près de la table du buffet. Un endroit où Bella se trouvait aussi, et dont elle était incapable de partir, car le bras de sa sœur était passé sous le sien et l'empêchait de faire un seul pas de côté.

Maintenant que ses parents et sa sœur avaient constaté les énormes progrès accomplis par Bella en une durée relativement courte, ils étaient bien décidés à ne pas la laisser revenir en arrière, ce qui signifiait dans le langage de Clarissa qu'elle devait se forcer à reprendre une vie sociale normale. Autrement dit, il était temps qu'elle se remette à parler aux hommes.

Bella faisait de son mieux pour paraître présente, bien qu'elle se moquât éperdument de *l'étincelante* haute société londonienne ou de *l'opulence* des magnifiques réceptions qu'on y donnait et à côté desquelles cette *minuscule* soirée faisait pâle figure. Heureusement, les admirateurs de Clarissa n'avaient pas remarqué son désintérêt pour la conversation en cours. À côté de sa sœur, Bella était presque invisible. Elle l'avait toujours été, mais à présent que Joe préférait ouvertement Clarissa faire tapisserie avait perdu beaucoup de son attrait.

Il n'avait pas encore fait son apparition. Tout le clan Warriner était présent, sauf le beau docteur qui s'était frayé un chemin vers son cœur et s'y était installé à son insu. Pour montrer leur solidarité vis-à-vis de cette famille honteusement décriée, les deux parents de Bella s'affichaient en leur compagnie, riant et plaisantant avec eux. Jake était venu trouver Bella une heure plus tôt, et avait tenu à la rassurer en lui disant que Joe était retenu auprès d'un patient qui l'avait appelé en urgence et qu'il arriverait bientôt, dès qu'il en aurait terminé. Pourquoi avait-il choisi de s'adresser à elle plutôt qu'à Clarissa ? Et quelle était la véritable signification de cet aparté ? Bella n'en savait rien, et elle était perplexe. À moins que Joe n'ait fait part à son frère de ses regrets concernant le baiser dont celui-ci avait été témoin et que Jake ne l'ait à son tour prise en pitié. De façon fort peu charitable, Bella espérait que le patient en question était une patiente et que Joe avait été appelé pour une naissance. Elle espérait aussi que le bébé prendrait tout son temps pour naître, et qu'il ne se déciderait pas à quitter le ventre de sa mère avant que la voiture des Beaumont ne les ait ramenées, elle et sa bien plus belle sœur, chez elles.

— Cesse de regarder cette porte d'un air suppliant, lui murmura Clarissa, cachée derrière son éventail. Il arrivera quand il arrivera, et cela lui fera le plus grand bien de te voir discuter avec d'autres hommes.

— Que veux-tu dire par là ? Je ne comprends pas…

Néanmoins ses joues devaient déjà la trahir, car Bella, honteuse, venait de prendre conscience qu'elle avait vraiment supplié en silence la porte de s'ouvrir pour laisser entrer Joe.

— Ah non ? Alors je suppose que, les soupirs et l'air maussade, je les ai aussi imaginés. Je dois faire erreur. Tu n'es clairement pas en train d'attendre qu'un fringant jeune médecin dont je tairai le nom franchisse cette porte et s'avance pour te faire danser.

— Je n'ai pas du tout ce genre de pensées concernant le Dr Warriner, Clarissa ! Notre relation est strictement professionnelle et fondée sur notre intérêt commun pour la science médicale…

— Balivernes. Tu as toujours été une très mauvaise menteuse, Bella, et une actrice exécrable.

— Je ne mens pas !

Bella se tourna vers la piste de danse pour éviter d'exposer son teint écarlate aux yeux de tous et essaya de maîtriser le sifflement outré de sa voix.

— Je n'ai aucun sentiment pour lui, ni pour aucun autre homme. Ce n'est pas parce que je redeviens peu à peu moi-même que je suis prête à m'adonner à ce petit jeu qui ne rime à rien. Non merci ! Il me faudra des années avant de songer, éventuellement, à me laisser courtiser. En fait, je pense plutôt être destinée au célibat. Un mari serait un frein pour mes études et, à présent que papa a enfin accepté que je consacre du temps à la médecine, c'est la seule chose que j'ai envie de faire.

À la fin de son monologue, Bella, persuadée de s'être montrée très convaincante, était plutôt fière d'elle. Clarissa se contenta de la fixer d'un air inexpressif.

— Je vois.

Il était pourtant évident qu'elle ne voyait pas. Pas *du tout*.

— Le Dr Warriner est un ami. Un collègue. Nos rapports se limitent à cela.

— Dans ce cas, tu te moques sans doute d'apprendre qu'il vient d'arriver et qu'il est en train de se diriger vers toi ?

Bella, piquée dans sa fierté, crispa les épaules. S'il se dirigeait vers quelqu'un, c'était forcément vers sa sœur, celle dont le visage n'était pas rouge comme une fraise des bois en plein été. Peut-être pourrait-elle se retirer précipitamment, en feignant un malaise ? Malaise qui risquait bien de survenir, d'ailleurs, étant donné que son corps stupide se mettait à bouillir en le sentant approcher et que son visage non moins stupide semblait tenté par la combustion spontanée. Mais prendre la fuite maintenant était hors de question. Beaucoup trop évident. Beaucoup trop défaitiste.

— Ce cher Dr Warriner ! Quel plaisir de vous revoir.

Clarissa glissa le bras sous celui de Bella et l'attira tout contre elle, la forçant ainsi à faire face à Joe.

— Nous nous désespérions de vous voir arriver. N'est-ce pas, Bella ?

— Bonsoir, docteur Warriner, dit-elle, les yeux baissés.

Sol, ouvre-toi, je t'en conjure, et engloutis-moi sur-le-champ.

— J'espère que vous allez bien.

— Oui. Je vais bien.

Ses cheveux étaient décoiffés, signe qu'il avait conduit son carrick à vive allure.

— Mes hommages, miladies, dit-il en s'inclinant.

Il fixa ensuite Bella avec tant d'intensité qu'elle en devint encore plus nerveuse. Elle ignorait totalement ce que signifiait cet étrange regard. En elle, la Bella optimiste et bercée d'illusions espérait que cela avait un rapport avec des sentiments intenses qu'il aurait miraculeusement développés pour elle depuis qu'il avait demandé à son père la permission de faire la cour à Clarissa. La Bella pragmatique et logique se dit qu'il s'agissait d'une inquiétude toute professionnelle causée par son teint anormalement empourpré, s'ajoutant à la pitié qu'il éprouvait pour celle qu'il savait mentalement dérangée. Car il fallait avoir l'esprit bien dérangé pour oser réclamer un baiser en prétendant que c'était « une expérience scientifique ».

— Nous allons très bien, même si nous déplorons amèrement qu'aucune de nous deux ne soit en train de danser, répondit Clarissa d'un ton espiègle. Surtout quand se font entendre comme c'est le cas en ce moment même les premiers accords de la valse.

Sans comprendre, Bella se retrouva poussée en avant et en fut mortifiée.

Joe la quitta des yeux pour regarder sa sœur, puis, lentement, se tourna de nouveau vers elle.

— Lady Isabella, Bella, voudriez-vous me faire l'honneur de m'accorder cette danse ?

Et voilà qu'il se montrait poli et plein de sollicitude ! Tout cela parce que Clarissa lui avait forcé la main et qu'il ne voulait pas risquer de lui déplaire. C'était à la fois triste et insupportable. Bella était déjà en train d'ouvrir la bouche, avec l'intention de décliner sèchement sa proposition, quand sa sœur renouvela son geste et la poussa davantage en avant.

— Elle en serait ravie.

Clarissa avait parlé si fort que les gens tout autour s'étaient retournés vers eux. Dans ces conditions, refuser sans causer de scandale s'avérait impossible, et Bella était trop redevable à Joe pour lui faire une chose pareille.

Il alla de lui-même chercher sa main gantée où elle l'avait instinctivement cachée, c'est-à-dire sous les plis de sa robe en soie préférée. Robe qu'elle avait bêtement choisi de porter pour lui, ce qu'elle avait tout de suite regretté, sachant que c'était très vain de sa part. Quoi qu'il en soit, à travers le tissu particulièrement fin, elle sentait sur sa peau la chaleur de son cavalier, qui la conduisait jusqu'à la piste de danse. Ses nerfs à vif la tourmentaient, et Bella était au supplice, d'autant qu'elle avait conscience du regard insistant de ses parents posé sur elle. C'était sa première danse depuis « l'incident ». Pour eux, cela représentait une immense avancée. Cela en aurait été une pour elle aussi si elle n'avait pas été mortifiée à l'idée d'être prise en pitié par un homme qu'elle adorait. Elle aurait préféré être morte, songea-t-elle. D'ailleurs, si l'embarras ne la tuait pas durant cette valse, elle étranglerait sa sœur dès que l'occasion se présenterait.

Ce n'était pas parce que Clarissa avait jeté son dévolu sur un duc que celle-ci pouvait agir à sa guise sur les sentiments de Joe en la précipitant dans ses bras.

Lorsqu'il l'invita à se placer devant lui, Joe souriait. Sa grande main vint se poser entre les omoplates de Bella, qui lutta pour ne pas repenser à la dernière fois où il l'avait placée à cet endroit. Au moment où ses lèvres étaient entrées en contact avec les siennes.

Parce qu'elle le lui avait demandé.

— Vraiment, il ne fallait pas m'inviter à danser par politesse.

Sa voix était brusque et tranchante, à mille lieues de la nonchalance détachée que Bella aurait voulu afficher.

— Concernant la danse, je préfère de loin être spectatrice qu'actrice, et Clarissa n'aurait jamais dû vous forcer la main de la sorte.

Seigneur, comme il était grand, vu de si près. Pour éviter ses yeux, elle avait choisi de regarder droit devant elle, ce qui signifiait qu'elle était en ce moment même en train de fixer son large torse.

— Il me semble vous avoir invitée à danser de mon propre chef, répondit-il d'une voix qui paraissait amusée. Je me souviens distinctement avoir dit : « Bella, voudriez-vous me faire l'honneur de m'accorder cette danse ? » Par ailleurs, je voulais vous parler.

— Y a-t-il un problème à l'infirmerie ?

C'était fort possible, et cela aurait expliqué son retard.

— J'ai dit à Mrs Giles de me faire prévenir immédiatement si jamais il se passait quelque chose, ajouta-t-elle.

— Je n'avais pas l'intention de vous parler de l'infirmerie.

À présent, il semblait agacé.

— Ni de vaccination ni de quelque autre sujet d'ordre médical… Je voulais vous parler de ce qui s'est passé entre nous l'autre jour… de ce baiser.

Bella sentit son ventre se contracter douloureusement.

— Je préférerais ne pas en parler, si cela ne vous fait rien.

Il le faut, pourtant. Affronte tes peurs et écoute ce qu'il a à dire !

— En fait, si vous voulez bien m'excuser..., continua-t-elle.

Elle essaya de s'échapper, mais se rendit compte que les mains de Joe, qui maintenaient fermement son corps dans la position de la valse, l'avaient encore rapprochée de lui. Ils étaient si près l'un de l'autre désormais qu'elle en eut la chair de poule. Leurs peaux se touchaient. Leurs joues se frôlaient.

— Pas tout de suite.

Il glissa les doigts entre les siens.

— Il faut que nous parlions tous les deux, Bella. Si je suis ici, c'est parce que j'ai des choses à vous dire. Des choses que j'aurais dû vous dire sur le moment, mais...

Sa voix s'éteignit d'elle-même, mais son regard ne vacilla pas. Avec acuité, ses yeux bleus et brillants étaient plongés dans les siens, comme pour scruter son âme. Il n'aurait pas besoin de chercher bien profond pour découvrir la vérité. Bella était bel et bien une exécrable actrice et tout ce qu'elle ressentait flottait dangereusement près de la surface depuis le jour où il l'avait trouvée en train de pleurer sur le bord de la route.

Ce fut alors qu'elle prit conscience de deux choses. Tout d'abord elle avait besoin de l'entendre prononcer ces mots, même si cela risquait d'être une terrible épreuve pour elle, et ensuite une bonne partie de la salle de bal les observait avec un intérêt mal dissimulé. Sans le vouloir, Bella était le centre de l'attention et elle n'était pas suffisamment courageuse pour supporter d'avoir le cœur brisé devant la moitié de la ville.

— Alors dites-les-moi en privé et qu'on en termine au plus vite. Je n'ai pas envie de me donner en spectacle.

Ce ne furent pas exactement des mots qui lui réchauffèrent le cœur ni ne lui donnèrent beaucoup d'espoir. En silence, Joe la conduisit vers l'endroit le plus calme et isolé de la salle. La démarche raide et réticente de Bella ne lui échappa pas, non plus que la façon délibérée dont elle évitait son regard. Cela lui donna envie de taire ce qu'il était venu lui dire. Pourtant il se rendit compte qu'il devait parler, coûte que coûte. S'il y avait la moindre chance que Bella puisse vouloir de lui comme prétendant, alors il fallait qu'il la saisisse des deux mains.

Il restait une ou deux personnes suffisamment proches pour les entendre et Joe n'était pas persuadé de réussir à rester aussi discret que Bella le souhaitait. Il désigna alors la porte arrière, qui avait été laissée entrouverte pour permettre à l'air tiède de juillet de circuler, et suivit Bella qui s'y faufila la première.

Bien qu'il soit presque 22 heures, il ne faisait pas encore complètement nuit. Devant eux, encore baignée des derniers vestiges de la lumière diurne, s'étirait presque à perte de vue l'allée déserte située derrière la salle où avait lieu le bal. Bella fit quelques pas devant lui avant de se retourner, les épaules crispées.

— Que vouliez-vous me dire ? demanda-t-elle.

— Je voulais vous dire…

Comment s'exprimer de façon intelligible alors que sa langue, sous le regard royal de Bella, avait envie de disparaître dans le fond de sa gorge ? Elle était redevenue Lady Isabella. Elle brandissait son titre comme un bouclier derrière lequel elle se cachait toutes les fois où cela s'avérait nécessaire. Il fallut qu'il prenne son courage à deux mains pour poursuivre.

— Voilà, je sais que vous avez dit que l'intérêt de ce baiser était purement scientifique, mais…

Elle leva la main et l'arrêta tout de suite.

— C'était purement scientifique. C'était pour voir si je pouvais supporter d'être touchée par un homme. Je vous remercie pour votre indulgence et votre participation, parce que grâce à vous j'ai pu abattre un autre mur. Je suis désolée, aussi, si ma réaction vous a amené à penser que ce baiser ait pu vouloir dire autre chose, mais il faut que vous compreniez que j'étais vraiment soulagée de découvrir que l'expérience ne me dégoûtait pas et… et… et je continue d'espérer qu'un jour je serai guérie et que je pourrai envisager sereinement une relation plus… plus… intime avec un homme, *le bon…*

Des mots qui vous crucifiaient, ni plus ni moins. Un « non merci, jamais de la vie », poli mais catégorique. Il y avait cependant comme une brèche dans son manque d'assurance, et il décida de s'y engouffrer, n'ayant plus rien à perdre. Quand elle croisa les bras, dans ce geste qu'il interpréta comme un besoin inconscient de réconfort, en fuyant son regard, il fit un pas prudent dans sa direction.

Qu'avait-elle omis de dire ? Elle cachait quelque chose, quelque chose qui pourrait très bien se révéler crucial pour eux deux. Pouvait-il oser espérer être cet homme-là, « le bon » ?

— Bella, ce baiser est allé bien au-delà de la simple expérience scientifique. Ce baiser a été…

Joe se trouvait à moins de deux pas d'elle quand une expression de pure panique traversa le visage de Bella.

— Arrêtez. Je vous en supplie. Je ne veux pas entendre cela. Je pensais que si, mais je me trompais.

Elle lui tourna le dos, croisa fermement les bras autour de sa taille et se dirigea d'un pas raide vers le muret en pierre qui les séparait de l'allée.

— Je sais que vous êtes attiré par Clarissa. Vous l'avez toujours été. Je l'ai vu dès le premier jour. Pour ménager ma fierté, pouvez-vous s'il vous plaît faire comme si ce baiser stupide n'avait jamais eu lieu ?

Joe vint se placer juste à côté d'elle.

— Désolé, mais je ne peux pas faire cela. Cela fait une semaine que je ne pense à rien d'autre qu'à ce « baiser stupide ».

Il l'entendit reprendre son souffle avec peine et se risqua à tendre les mains pour poser les paumes sur ses bras.

— Je regrette amèrement d'avoir réagi de façon si maladroite juste après, surtout si je vous ai blessée, mais pour être honnête ce baiser m'a pris de court. *Vous* m'avez pris de court, Bella.

Ses cheveux sentaient les pétales de fleurs, et sa coiffure savamment tressée et relevée dégageait son cou. L'œil de médecin de Joe voyait son pouls discret mais rapide battre sous sa peau laiteuse, preuve de sa nervosité. Néanmoins, sa réaction à ce spectacle fut purement humaine et typiquement masculine. Il dut lutter de toutes ses forces contre le désir de poser la bouche sur la veine qui palpitait et de l'apaiser en l'embrassant.

— Et pour continuer dans les aveux mes sentiments pour Clarissa sont… étaient… compliqués, mais tout sauf réels. Je vous l'ai déjà dit.

Elle finit par dégager ses bras et tourna la tête pour, enfin, le regarder.

— Ils sont suffisamment réels pour que vous ayez eu très récemment envie de demander la permission de venir lui rendre visite à la maison.

— C'est faux. Je n'ai rien demandé ni voulu de tel. C'est ce que j'aurais souhaité il y a quelques semaines peut-être, mais plus maintenant.

Il dirigea lentement ses pieds vers ceux de Bella jusqu'à ce que leurs orteils se touchent. Ses doigts trouvèrent leur chemin jusqu'aux joues de celle-ci.

— Je n'éprouve rien pour Clarissa. Rien du tout. Je suis certain que c'est une jeune femme tout à fait exquise, mais à dire vrai elle ne m'intéresse pas. Nous n'avons rien en commun, elle et moi, tandis que nous deux…

Il céda à l'envie de libérer une mèche de ses cheveux et d'y enrouler un doigt.

— … nous avons tant de choses en commun.

— Cela fait de nous des amis, rien de plus.

— C'est faux. Parce que je suis tout à fait certain que les sentiments que j'éprouve pour vous ne sont pas de ceux qu'on a pour une simple amie.

La respiration de Bella était de plus en plus saccadée, mais elle n'essaya pas de se dégager.

— De quels sentiments parlez-vous ?

— Du besoin continu de vous voir et de vous parler, par exemple.

Joe ne voulait pas l'effrayer, pas alors qu'elle commençait à peine à surmonter le traumatisme qu'elle avait subi, mais il ne voulait pas non plus lui mentir. Il fallait qu'elle entende en quoi les sentiments qu'il éprouvait pour elle étaient complètement différents de ceux qu'il avait eus pour sa sœur.

— Vous m'avez tellement manqué cette semaine, Bella. J'avais l'impression d'avoir un trou béant et douloureux à la place du cœur. Je suis constamment en train de penser à vous. Nuit et jour. Je rêve même de vous.

Il ne développa pas, car le moment n'était pas encore venu de lui faire part de ses rêves. Il ne voulait surtout pas l'effrayer.

— Si nous sommes dans la même pièce, mes yeux sont automatiquement attirés par vous et l'ont toujours été. Même quand je pensais bêtement que votre sœur était celle que je voulais.

— Donc vous avez changé d'avis, et c'est tout ? C'était elle que vous vouliez, et puis tout à coup c'est devenu moi. Un peu trop facile, non, surtout quand on sait que tous les hommes veulent Clarissa, mais que Clarissa veut un homme possédant un titre prestigieux. Ce que vous n'avez pas !

Elle recula légèrement, sans se dégager tout à fait, mais pour instaurer une certaine distance. Elle le regardait droit dans les yeux, comme si elle était à la recherche de la vérité.

— Je n'ai jamais voulu Clarissa.

— Si. Vous venez vous-même de le dire…

Joe posa délicatement les doigts sur ses jolies lèvres.

— Non, ce n'est pas ce que j'ai dit. Cette passade que j'ai eue pour Clarissa était aussi inconsistante et éphémère qu'une brume matinale. Votre sœur représentait la vision d'une femme parfaite, à placer sur un piédestal et à vénérer. Je me suis entiché de plusieurs versions de cette même femme au cours de ma vie. Une créature parfaite que j'idolâtrais de loin. Toujours hors de portée, ce qui était voulu, je pense. Mon esprit et ma raison n'ont jamais vraiment voulu connaître ces femmes, parce que les rares fois où cela s'est produit j'ai toujours été déçu. Clarissa n'était qu'un nouveau nom venu s'ajouter à une liste déjà longue. L'ombre fugace et évanescente d'un rêve. Une raison pour me torturer moi-même.

— Comme votre mère ?

Joe marqua un temps d'arrêt et réfléchit. L'hypothèse était loin d'être stupide. Il en savait suffisamment sur le fonctionnement de l'esprit humain pour ne pas ignorer que les événements traumatiques pouvaient resurgir bien des années après sous des formes multiples et complexes. Le fait d'avoir vu, de loin, sa mère se jeter dans une rivière tumultueuse sans rien pouvoir faire avait laissé des marques chez lui.

— Exactement… même si, avant que vous ne le souligniez, je n'avais jamais fait le rapprochement. Au fond de moi, je sais que ma mère était une femme égoïste qui n'a jamais montré le moindre intérêt pour aucun de ses quatre fils. Tous mes frères le disent et le redisent, mais j'ai toujours préféré l'imaginer comme quelqu'un de fragile, de délicat et de blessé. C'était et c'est toujours une étrangère pour moi. J'ai longtemps pensé que c'était parce qu'elle était morte quand j'étais encore jeune, mais en réalité c'est surtout parce qu'elle en avait décidé ainsi.

Bella sourit d'un air compréhensif et bienveillant.

— À bien des égards, il est plus facile de vivre dans l'illusion.

— Et j'ai continué à me bercer d'illusions, car même si j'ai toujours adoré l'idée de tomber amoureux de la femme parfaite je n'ai jamais compris ce qu'était la femme parfaite. Mais maintenant je le sais. C'est vous, Bella. Vous êtes parfaite. Vous êtes parfaite pour moi et je pense être parfait pour vous. Vous êtes celle que je veux et j'ai été stupide de ne pas le voir dès le début.

— Vous pensez que je suis parfaite ?

Elle esquissa un sourire qui lui fit fondre le cœur. Son beau visage s'adoucit et elle posa la main sur son torse. Puis, tout à coup, il vit son sourire disparaître pour laisser la place à une moue dubitative et inquiète.

— Nous savons tous les deux que je ne suis pas parfaite, Joe, surtout si l'on me compare à Clarissa. Je suis austère, voire sinistre, et je me fonds dans le décor jusqu'à disparaître. Et là-dedans ce… ce n'est pas brillant non plus.

Elle se toucha le front et, sans réfléchir, il lui embrassa la main.

— Vous allez de mieux en mieux tous les jours.

— Mais je suis encore loin d'être guérie. Il y a encore trop de peurs irrationnelles qui m'empêchent d'être moi-même. Clarissa est…

Il la fit taire à l'aide d'un baiser. Un baiser bref et léger, mais cela suffit à lui faire bouillir le sang dans les veines et à rallumer son désir pour la femme brillante, belle et compliquée qu'il tenait entre ses bras.

— Allez-vous oublier Clarissa ? Parce que, moi, je l'ai oubliée. Il y a bien longtemps déjà. En fait, pour être complètement honnête, je me rends compte que je n'ai jamais réellement voulu Clarissa. À dire vrai, je trouve sa conversation ennuyeuse.

Il grimaça, espérant que Bella ne prendrait pas tout de suite la défense de sa sœur.

— Elle est superficielle. Elle a parfois un comportement de petite fille gâtée. Elle s'entoure d'admirateurs parce que cela l'amuse, et elle manque cruellement de cette profondeur et de cette personnalité qui me plaisent tant chez vous. Et, si vous avez besoin d'une preuve supplémentaire de mon égarement, je ne me souviens pas d'une seule fois où mes pensées concernant votre sœur ont été autre chose que… pures.

Il n'y avait aucune autre façon de le dire.

— Je ne l'ai jamais voulue… comme un homme veut une femme.

Bella retint son souffle et se mit à se mordiller la lèvre inférieure. Joe espérait que cet aveu n'avait pas ravivé en elle de douloureux souvenirs et ne l'avait pas malencontreusement propulsée à Vauxhall Gardens, par un soir d'été. Les yeux méfiants de Bella ne quittèrent pas les siens, mais elle ne recula toujours pas.

— Êtes-vous en train de dire que c'est *moi* que vous voulez ?

Il hocha la tête.

— Je vous veux corps et âme. Vous, si belle, intelligente, exceptionnelle, je vous veux tout entière.

En poussant une petite exclamation stupéfaite, elle fit un pas en arrière. Il la laissa partir, en espérant que cela suffirait à lui faire comprendre qu'elle ne risquait rien avec lui. Il essaya de ne pas se sentir blessé quand, inconsciemment, elle croisa les bras sur sa poitrine et prit un air inquiet. Pour lui laisser l'espace dont elle semblait avoir besoin, Joe se dirigea vers le muret.

— Je pense que je vous ai voulue dès le départ. Vous me fasciniez autant que vous me rendiez fou, à l'époque. Avec le temps, j'ai appris à connaître celle que vous êtes vraiment, et je me suis beaucoup attaché à vous. À celle que vous êtes réellement, Bella, et non pas à une femme factice que j'aurais créée pour qu'elle soit inatteignable et que mon cœur ne souffre pas. Ce que je ressens pour vous va au-delà de l'amitié, et va surtout bien au-delà de la simple passade, de l'amourette vite oubliée et sans aucune signification. C'est la première fois que j'éprouve une chose pareille. Mais cela me paraît naturel et évident, tout comme me paraît naturelle et évidente l'idée que nous sommes faits l'un pour l'autre. Depuis ce baiser, je ne cesse de penser à vous, de vouloir que vous soyez mienne. C'est pour vous dire cela que je suis venu ce soir. Il m'a paru important que vous saisissiez la teneur exacte de mes sentiments, leur étendue et leur profondeur. Je voulais que vous sachiez que ce que je ressens pour vous n'a rien à voir avec le stupide béguin que j'ai pu avoir pour Clarissa. Je vous veux. Tout entière. Je veux votre esprit vif et éclairé. Je veux votre cœur débordant de bonté. Je vous veux dans ma vie et dans mon lit.

Elle écarquilla les yeux et il ressentit un léger vertige, causé à la fois par ses aveux peut-être un peu trop crus et par la force de son désir. Même en ce moment précis, alors qu'elle était terrifiée et vulnérable, il semblait incapable de ne pas avoir envie d'elle. Peut-être en avait-il trop dit, et trop vite ? Il aurait dû attendre. La laisser prendre conscience d'elle-même, lentement et en douceur, de tout ce qui venait de sortir de sa bouche de façon incontrôlée. La pauvre enfant avait subi les assauts d'un homme horrible et bestial et venait juste d'oser en parler. Et qu'était-il en train de proposer ? Une relation amoureuse ? Appelée à durer ? Un mariage et tout ce que cela impliquait ? Alors même que le médecin en lui savait qu'il était sans doute encore trop tôt. Mais là résidait le problème, précisément. Auprès de Bella, le docteur calme, mesuré et pragmatique s'effaçait immanquablement devant Joe. L'homme.

Mais c'était clairement le mauvais moment, si l'on pouvait en juger par l'expression horrifiée qu'elle affichait. Malgré la distance qui les séparait, elle avait instinctivement battu en retraite en direction de la porte. Prête à se mettre à courir. Voir cela était comme un coup de poignard en plein cœur, alors Joe se tourna, appuya les mains contre le muret et se mit à fixer les étoiles. Il aurait tout donné pour revenir en arrière et ne pas dire ce qu'il venait d'avouer.

— Je m'excuse. J'aurais dû garder mes sentiments pour moi, mais je voulais être entièrement honnête avec vous. Soyez sûre, néanmoins, que je n'entreprendrai jamais rien sans votre consentement. Vous n'avez rien à craindre de moi.

Il entendit les pas de Bella sur le gravier avant de sentir sa main se poser timidement sur son épaule.

— Je le sais très bien. Je sais que vous n'êtes pas le genre d'homme à faire du mal à une femme. Vous êtes bon et gentil. Patient. Doux… Je sais aussi que mes sentiments pour vous vont au-delà de l'amitié. Je le sais dans mon cœur… car mon cœur, précisément, veut plus que cela.

Joe se tourna et sourit de soulagement jusqu'à ce qu'il voie à quel point elle semblait souffrir. Il craignit alors ce qu'elle allait lui dire ensuite.

— Mais ? demanda-t-il, la devançant.

Elle retira sa main et sa voix faiblit.

— Mais mon esprit a… peur… de tout ce qui se trouve *au-delà de l'amitié.*

— Il ne faut pas avoir peur de moi.

Il tendit la main pour la toucher et elle tressaillit, ce qui le froissa. Elle prit un air peiné quand elle vit son visage blessé.

— Ce n'est pas de vous que j'ai peur… c'est de ce que vous avez envie de faire avec moi. L'aspect physique des choses. C'est le mur le plus haut et le plus solide parmi ceux qu'il me reste à abattre.

— Vous n'avez pas apprécié notre baiser ?

Il lui avait pourtant semblé que si. Comment avait-il pu à ce point se fourvoyer ? C'était sans doute la violence de son propre désir qui lui avait fait perdre la raison.

Elle lui toucha le visage, lui effleura la bouche des doigts tout en le regardant dans les yeux d'un air triste.

— Si. Beaucoup. Mais *il* ne m'a pas embrassée, pas une seule fois, donc mon esprit n'a pas pu faire le lien.

C'était déjà un début. Le reste viendrait peut-être en son temps.

— Je ne suis pas pressé, Bella. Du moment que je sais que vous avez des sentiments pour moi, je suis prêt à attendre une éternité s'il le faut.

— Une éternité, cela fait beaucoup de temps !

— Vous en valez la peine.

Et c'était la vérité, comprit Joe.

— Par ailleurs, poursuivit-il, j'ai foi en vous. Vous êtes forte et courageuse, Bella. Votre esprit brillant trouvera un moyen de s'en sortir. Nous pourrons démolir ce mur ensemble. Brique après brique.

Cette réponse sembla lui faire plaisir. Malgré les larmes qui lui baignaient les yeux, elle ne semblait plus abattue. Elle hésitait. Elle était tentée. Dieu soit loué.

— Entre-temps, accepteriez-vous que je vous embrasse de nouveau ?

Joe n'eut pas besoin d'autres encouragements que le minuscule hochement de tête qu'elle lui adressa. Résistant à l'envie de la prendre dans ses bras et de l'attirer vivement à lui, il pencha la tête et posa la bouche sur la sienne. Aussitôt, il la sentit soupirer et se détendre. Ce ne fut qu'alors qu'il se permit de glisser un bras autour de sa taille. Ils procéderaient étape par étape. Ce n'était pas grave si les relations physiques lui faisaient peur, du moment que son cœur voulait de lui. Pour l'instant, c'était parfait. Elle était parfaite. Il n'avait besoin de rien de plus que ce baiser, que ce petit baiser sincère, sensuel et magnifique.

Derrière eux, la porte s'ouvrit et Bella fit un bond de côté, telle une biche apeurée. Le charme sensuel sous lequel ils se trouvaient venait d'être brutalement rompu. Quand apparut le visage de Jake, Joe ne put contenir sa colère.

— Disparais !

— Je suis désolé, Joe, mais on a besoin de toi. Le pire s'est produit, je le crains.

Chapitre 18

Bella suivit Jake et Joe. Ensemble, ils contournèrent par l'arrière la salle où avait lieu le bal et traversèrent la place du marché déserte en direction de l'auberge. Les deux autres frères Warriner attendaient dehors, l'air grave. À leurs côtés, affichant le même visage fermé, se tenait Mellor, l'officier de police.

— L'aubergiste est venu me trouver, annonça Mellor, sans prendre la peine d'emprunter des voies détournées. Le garde affecté à la malle-poste de ce soir ne se sentait pas bien et le cocher a insisté pour qu'il se repose à l'auberge pendant que les chevaux étaient remplacés. C'est Nelly, la femme de l'aubergiste, qui la première a remarqué l'éruption sur son cou. Elle a fait appeler cet imbécile de Bentley, et quand il a refusé de se déplacer elle a envoyé son mari me chercher. Pour l'instant, la nouvelle ne s'est pas propagée, mais je doute que cela dure longtemps.

— Il y a une possibilité pour qu'il ne s'agisse pas de la variole. La varicelle cause des symptômes assez proches. J'en ai recensé plusieurs cas ces derniers temps, et les patients qui en souffrent peuvent être très malades, surtout les adultes.

Joe, qui avait pour habitude et pour principe de toujours se montrer optimiste, ne semblait pourtant pas convaincu par ses propres propos.

— Je ferais mieux d'aller examiner ce pauvre homme avant que cela crée un mouvement de panique, poursuivit-il.

Bella voulut le suivre à l'intérieur, mais il secoua la tête.

— Restez ici, Bella. Je ne veux pas vous faire courir le moindre risque.

Elle obéit pendant deux bonnes minutes avant de faire comme si elle n'avait rien entendu. Si ce garde avait bien la variole et qu'il soit entré en contact avec d'autres personnes à l'auberge ou sur la place, alors ce n'était pas un cas isolé qu'ils allaient avoir à traiter, mais plusieurs. Et Joe aurait besoin de son aide. Qu'il le veuille ou non, elle allait la lui apporter. Elle avait lu l'ensemble des travaux du Dr Jenner au cours des deux dernières semaines. Les résultats de ses recherches, de ses expérimentations et de ses observations montraient de façon claire qu'il ne fallait que quelques jours après la vaccination pour que la protection contre la maladie devienne efficace. Il était donc peu probable qu'elle risque quoi que ce soit. Elle poussa la porte de l'auberge et se retrouva noyée sous une mer de visages terrifiés. Joe n'était nulle part en vue.

— Où se trouve le Dr Warriner ? demanda-t-elle.

— Dans l'arrière-salle, répondit l'aubergiste. Nous avons jugé plus prudent d'y installer le malade, afin de l'isoler.

Bella reconnut l'aubergiste, sa femme et son fils : ils faisaient partie des personnes vaccinées par Joe dès le premier jour. Ils n'avaient rien à craindre. Elle n'avait en revanche pas vu la serveuse qui se trouvait derrière le bar ni le valet d'écurie. Elle espérait néanmoins qu'ils s'étaient fait traiter par Joe un jour où Jake l'avait emmenée vacciner chez eux les gens qui ne pouvaient ou ne souhaitaient pas se déplacer jusqu'au cabinet. Les autres personnes étaient des étrangers, et donc des sujets à risque.

— Qui parmi vous a été vacciné contre la variole ?

Tous les habitants de Retford levèrent la main. Comme elle le craignait, les autres non. Parmi eux, un homme semblait particulièrement apeuré.

— Nous étions passagers dans la même voiture. Cela signifie-t-il que nous sommes malades ?

Probablement.

— Pas nécessairement, mais vous allez devoir rester en observation quelques jours, au cas où les symptômes apparaîtraient. Étiez-vous tous dans cette voiture ?

Quatre personnes hochèrent la tête.

— Je suis le cocher, milady. Je travaille avec Charlie. Cela fait plusieurs jours qu'il est malade, mais nous pensions tous les deux que ce n'était qu'un mauvais rhume. Jusqu'à aujourd'hui, ça ne l'empêchait pas de travailler.

Il baissa les yeux, l'air honteux.

— Je suis désolé, milady, mais nous ne sommes pas payés, voyez-vous, si nous ne venons pas travailler. Charlie a une femme et un bébé. Il ne pouvait pas se permettre de prendre ne serait-ce qu'un jour de repos. Comme nous n'assurons que le trajet entre Lincoln et Doncaster tous les jours, j'ai pu le prendre à bord tout de même et faire son travail à sa place. Il aurait fait la même chose pour moi.

Le trajet entre Lincoln et Doncaster ! *Quatre heures* de voiture, au bas mot.

— Vous effectuez le même trajet tous les jours ?

Dites non, s'il vous plaît !

— Oui, milady. Tous les jours. Nous quittons Lincoln tous les matins à 7 heures pour repartir à 14 heures.

— Et vous arrêtez-vous toujours ici, à Retford, pour changer les chevaux ?

Le cocher hocha la tête et l'estomac de Bella se contracta douloureusement. Si cet homme était malade depuis plusieurs jours et s'il s'était mêlé aux habitants, sur la place du marché ou à l'auberge, durant ce temps, alors la probabilité pour que beaucoup de gens aient déjà été en contact avec la maladie était très élevée. Ils allaient devoir trouver un endroit suffisamment grand pour les héberger afin qu'ils restent isolés du reste de la population. Si le pauvre Charlie souffrait bien de la variole.

Si.

Bella cacha son inquiétude derrière une rassurante façade calme.

— Nelly, et si vous installiez tous ces gens dans la salle à manger pour leur servir du thé et quelque chose à manger ? Je vais aller voir le Dr Warriner.

Elle pénétra avec assurance dans l'arrière-salle, vit le visage blême de Joe, ainsi que l'homme assis sur une chaise, plié en deux, le teint pâle et cireux, le corps tremblant. Aussitôt ses pires craintes furent confirmées.

— Il n'y a pas de doute possible ? demanda-t-elle.

Elle vit que Joe hésitait à lui ordonner de sortir et prit les devants.

— Vous m'avez vaccinée vous-même. Vous savez que pour moi le risque de tomber malade est minime, voire inexistant. Et je ne bougerai pas d'ici.

La bouche de Joe se pinça et, d'un air buté, il hocha la tête. La décision de Bella le contrariait, mais elle n'appartenait qu'à elle et il respectait cela.

— Les boutons commencent seulement à apparaître. Sa bouche en est remplie et beaucoup ont commencé à éclater. Ceux qui se trouvent sur son visage et son cou sont alvéolés et non pas ronds, ce qui est une des caractéristiques de la variole. Il souffre aussi d'un terrible mal de dos, d'une fièvre bien plus élevée que s'il s'agissait d'une maladie moins grave, et voyez comme il se tient le ventre. Les douleurs abdominales sévères sont également un signe. L'éruption est souvent la dernière chose à apparaître et à ce moment-là, bien sûr, il est trop tard.

Le patient semblait soit en train de dormir, soit trop mal pour prêter attention à ce dont ils parlaient. Néanmoins, Bella saisit la main de Joe pour le prendre à part.

— Va-t-il survivre ?

— C'est difficile à dire. Certaines personnes s'en tirent. Elles se remettent complètement. La plupart gardent de terribles séquelles. Cécité. Problèmes pulmonaires et respiratoires. Gangrène. Dans bien des cas, la variole tue. Ce sont les enfants et les vieillards qui sont les plus vulnérables, mais cela ne veut pas dire qu'un adulte en bonne santé est sûr de s'en tirer. Pas du tout. La variole tue sans rime ni raison. Dieu merci, Nelly a eu la présence d'esprit de les empêcher de sortir et heureusement qu'à cause du bal il n'y avait pas d'autres clients à l'auberge.

Cela ne servait à rien de lui cacher la vérité.

— Oh ! Joe, si seulement c'était aussi simple que cela ! lança-t-elle avec des accents désespérés qu'elle peina à contenir. Malheureusement, cet homme est passé deux fois par jour à Retford toute cette semaine et cela fait au moins deux jours qu'il est malade d'après le cocher. En plus des passagers d'aujourd'hui, qui attendent à côté, et de ceux qui ont eu la malchance d'emprunter cette malle-poste récemment, il a forcément eu des contacts avec les habitants d'ici. *Beaucoup* de contacts. Retford est l'endroit où ils changent de chevaux, systématiquement.

— Oh ! Seigneur…

Joe sembla s'effondrer devant elle, comme si le poids du monde entier reposait sur ses seules épaules. Il était évident qu'il était en train d'envisager tous les développements possibles dans sa tête et que chaque fois il se heurtait à une voie sans issue. Quand il s'écroula sur une chaise, abattu, Bella sut qu'il avait besoin de sa force à elle. Elle fit tout pour se reprendre.

— Nous avons vacciné plus de quatre cents personnes, Joe, déclara-t-elle. Tous les enfants de l'orphelinat sont protégés. Vous avez fait tout ce qui était en votre pouvoir pour empêcher que le pire ne se produise. Si nous plaçons Retford en quarantaine tout de suite, fermons les commerces et confinons tous les habitants chez eux, nous pouvons contenir l'épidémie. Je le sais.

Il hocha la tête sans paraître convaincu.

— Je doute que nous parvenions à persuader la ville tout entière de rester enfermée. Vous avez été témoin de l'incrédulité de certains. Ils n'écouteront pas un Warriner.

— La menace d'une mort certaine est un argument très persuasif et, maintenant que la variole est là, même ceux qui s'opposent farouchement à la vaccination ne sont pas fous au point de vouloir s'exposer à un tel risque. L'officier de police est de votre côté et il est respecté de tous. Et, malgré votre nom tristement célèbre, quatre cents personnes ont écouté la voix de la raison, Joe. Ils seront plus que quatre cents cette fois. J'en suis certaine. Cela vaut la peine d'essayer.

— Ce que vous suggérez implique d'énormes moyens logistiques. Et cela non pas pendant quelques jours, mais bien pendant plusieurs semaines. Il peut se passer au moins deux semaines avant que ceux qui sont infectés développent les premiers symptômes. Il faudra interdire le marché. Les commerçants devront fermer boutique. Les gens vont avoir besoin de vivres. Tous les habitants n'ont pas des terres ou des bêtes. Il faudrait aussi fermer les routes et empêcher quiconque d'entrer ou de sortir de la ville. Nous allons avoir besoin d'une armée de volontaires pour mettre tout cela en place et faire respecter ces strictes consignes.

— Je n'ai pas dit que ce serait facile. Mais c'est nécessaire, et c'est la bonne et la seule chose à faire. Les gens comprendront cela et avec un peu de chance ils collaboreront avec nous afin que nous réussissions tous ensemble. Je suis certaine que Mellor nous aidera.

Dans sa tête, Bella commençait déjà à dresser des listes, afin d'établir tous les points essentiels à ne surtout pas négliger.

— Nous allons aussi avoir besoin d'installer un hôpital de campagne, et d'être prêts à isoler et à soigner tous ceux qui vont tomber malades. Avec un peu de chance, ils ne seront pas nombreux, mais nous devons nous préparer à ce que les quelques centaines de personnes qui ne sont pas vaccinées contractent la maladie.

— Les contraintes pratiques sont énormes. L'ampleur de ce que vous proposez est…

Il expira lentement et secoua la tête.

— … sans précédent.

— C'est exactement pour cela que nous allons avoir besoin d'aide et que nous devrons nous montrer disciplinés et organisés, sans cela nous n'arriverons à rien. Mais ce n'est pas impossible, Joe, et nous ne serons pas seuls dans ce combat. Allons tout de suite trouver vos frères et Mr Mellor et parlons-leur, je suis sûre qu'ils seront d'une grande aide et d'un grand soutien. À nous tous, nous pourrons endiguer la propagation du mal.

Consciente que Joe avait besoin de quelques instants pour assimiler toutes ces données, elle se dirigea vers la porte. Il n'y avait vraiment pas de temps à perdre s'ils voulaient empêcher l'épidémie. Ils allaient avoir besoin d'une réserve de médicaments, de couvertures et de draps, ainsi que d'une équipe de femmes vaccinées et débrouillardes capables de tenir le rôle d'infirmières. Mrs Patterson et Mrs Giles lui vinrent aussitôt à l'esprit. Avant toute chose, elle avait besoin d'un crayon et d'une feuille de papier.

— Je vais aller leur parler.

— Attendez. Vous ne pouvez pas sortir. Letty et Cassie sont enceintes. Nous pourrions les mettre en danger si nous nous approchons trop près de Jack ou de Jamie.

Il se leva, tout à coup prêt à l'action, et la rejoignit à l'extérieur de la pièce.

Heureusement, Nelly avait écouté ses conseils et la salle du bar était vide, ce qui permit à Joe de dire ce qu'il avait à dire sans alarmer plus que nécessaire les passagers de la malle-poste. Il appela ses frères à travers la lourde porte en chêne.

— Il faut absolument que vous reculiez tous d'au moins dix mètres avant que je puisse ouvrir cette porte.

Il attendit quelques instants pour leur laisser le temps d'obéir, puis il entrouvrit la porte afin qu'ils puissent le voir.

— C'est la variole et, même si vous êtes protégés, je ne sais pas si la maladie peut être dangereuse pour les bébés dans le ventre de leur mère, donc je ne veux pas prendre le risque de m'approcher davantage de vous. Tout ce qui a été en contact avec une victime, la peau, les vêtements, les objets, peut potentiellement transmettre la maladie. À partir de maintenant, il faut observer une quarantaine stricte.

— Combien de personnes sont touchées ? demanda Jack.

— C'est difficile à dire. Il y avait quatre passagers dans cette voiture, plus le cocher. Cependant, il y a un problème. Une complication qui pourrait s'avérer très grave. Cela fait plusieurs jours que la victime passe par Retford et s'arrête systématiquement à l'auberge. J'ignore le nombre d'habitants avec lesquels ce pauvre homme est entré en contact, mais comme la voiture stationne toujours ici à l'heure du déjeuner je suppose que cela fait du monde.

— Hier, c'était le marché.

C'était Jamie qui avait parlé, et les frères échangèrent un regard sombre et grave.

— Oui, c'est vrai, mais comme Bella l'a fait remarquer nous avons réussi à protéger au moins quatre cents personnes grâce à la vaccination. Même ceux qui ont été vaccinés il y a quelques jours seulement bénéficieront d'une protection contre la maladie. Évidemment, elle ne sera pas totale, pour cela il faudra attendre quelques jours supplémentaires, mais ce sera mieux que rien. Ma plus grosse inquiétude concerne ceux qui ont refusé d'être traités.

— Il y a certainement mieux à faire que rester les bras croisés en attendant que tout le monde y passe, non ? demanda Mellor, qui semblait prêt à agir. Que pouvons-nous faire ?

— Bella pense que nous devrions placer la ville en

quarantaine. Fermer les commerces et confiner tous les habitants chez eux.

Il se tourna vers elle et sourit, puis lui tendit la main.

— Je pense qu'elle a raison.

Aucun des hommes présents ne protesta ni ne formula d'objection. À la place, ils se mirent à discuter âprement pendant vingt bonnes minutes afin de mettre en place tous les détails pratiques. L'aîné des Warriner s'adresserait à la population réunie dans la salle de bal en compagnie du policier. Il allait s'agir d'expliquer la situation, de présenter le plan d'attaque, de recruter des volontaires et ensuite de renvoyer tous les autres chez eux. Une fois que ce serait fait, les trois frères de Joe superviseraient l'évacuation de l'orphelinat, le seul endroit suffisamment grand et équipé pour être rapidement transformé en hôpital. Les cinquante enfants seraient hébergés temporairement à Markham Manor, mais aussi chez Jamie et, sur l'insistance de Bella, chez ses propres parents. Mellor allait former une équipe d'hommes avec lesquels il s'occuperait de barrer les routes. Dès ce soir, décréta-t-il, personne n'entrerait ni ne sortirait de la ville. Et ce ne serait qu'une fois que ce serait fait et que les rues seraient désertes qu'ils feraient sortir Charlie et les autres passagers pour les installer à l'hôpital. Dès le lendemain, les Warriner s'occuperaient de tout le reste, afin que Joe puisse faire ce qu'il savait faire, c'est-à-dire soigner les gens.

Ensemble, Bella et lui expliquèrent la situation aux infortunés passagers et cocher de la malle-poste. Ils étaient tous choqués et effrayés, ce qui était fort compréhensible. Néanmoins, Joe leur avait détaillé les choses avec tant de prévenance et de gentillesse qu'ils semblaient également tous persuadés que, dans leur situation, se trouver entre ses mains expertes était un moindre mal.

L'aube n'allait pas tarder à se lever quand Jake Warriner arriva en carriole pour transporter Charlie à l'orphelinat. Les autres étaient pour le moment en bonne santé et capables de s'y rendre à pied.

— Quand ce sera fait, Jake vous ramènera chez vous, Bella. Il faut que vous vous laviez et que vous brûliez les vêtements que vous portez avant d'aller vous coucher.

— Je suis trop réveillée pour pouvoir songer à dormir. Je prendrai un peu de repos demain après que nous aurons installé les patients et que…

— Non, Bella. Vous allez rentrer chez vous et vous allez y rester jusqu'à ce que tout ceci soit terminé.

— Pardon ?

Elle se sentait offensée, mais se maîtrisa pour ne pas le montrer. Peut-être avait-elle mal compris…

— Vous exposer à la maladie est trop dangereux. Plus nous limiterons le nombre de personnes en contact direct avec la variole, mieux ce sera.

Joe la protégeait, ce qui aurait dû lui réchauffer le cœur, mais à la place cela la mettait en colère. Il avait besoin d'elle et, plus important encore, ces gens avaient besoin d'elle.

— Je ne cours aucun risque et vous le savez bien. Je suis la première personne que vous avez vaccinée, donc je viens avec vous !

— C'est hors de question. Je peux très bien me débrouiller seul. En fait…

Bella ne prit pas la peine de le laisser finir. Elle était de toute façon certaine qu'il s'apprêtait à dire une absurdité.

— Vraiment ? demanda-t-elle. Cette nuit, avec un seul malade, vous pouvez peut-être vous débrouiller seul, oui. Mais que se passera-t-il demain si les autres voyageurs commencent à se sentir mal ? Pouvez-vous vous occuper de six patients tout seul ? Et que se passera-t-il si le pire se produit et qu'en quelques jours vous vous retrouvez avec une centaine de patients ? Allez-vous, sans aucune aide extérieure, pourvoir à leurs besoins physiques, leur administrer leurs remèdes, préparer ces remèdes, faire leur toilette, les forcer à boire ? Vous avez perdu la raison, Joe. Vous allez avoir besoin de moi.

— Mrs Patterson pourra m'aider, avec Mrs Giles.

Bella croisa les bras et leva le menton avec défi.

— Quelle idée merveilleuse. Ce sont deux femmes adorables et dévouées, certes, mais elles ont constamment besoin d'instructions et elles sont loin de posséder mes connaissances médicales. Vous allez vous épuiser, c'est certain, et ensuite que se passera-t-il ?

Seigneur, elle avait envie de secouer ces larges épaules sacrificielles ! À la place, elle choisit d'enfoncer un doigt tendu dans son torse.

— Je viens avec vous.

— Je préférerais vous épargner ce calvaire.

— J'ai déjà connu bien pire, et pourtant j'ai survécu.

Il ouvrit la bouche pour répliquer, puis la ferma et croisa les bras d'un air belliqueux sur sa poitrine.

— J'ai dit non, Bella.

— Cessez d'être aussi égoïste !

— Moi, égoïste ?

De toute évidence, il semblait lui aussi près d'exploser de colère. Cela n'effraya pas Bella, ni ne la fit changer d'avis.

— Oui, parfaitement. C'est très flatteur que vous vous préoccupiez à ce point de ma santé et de mon bien-être, mais il n'est pas question de moi, ici. Il est question de logique et de raison. Les malades ont besoin que vous soyez en pleine possession de vos moyens, Joe. C'est la seule façon de les sauver. Toute la ville a besoin que vous soyez en pleine possession de vos moyens. Je rentrerai chez moi quand tout ceci sera terminé et pas avant. Jusqu'à ce moment, ma place est à l'hôpital. Avec vous !

Bella tourna les talons et marcha jusqu'à la carriole. Elle se hissa à son bord pour s'asseoir à côté du corps allongé de Charlie et cria à Jake :

— En route !

— Oui, milady.

Il dégagea son visage, devant lequel quelques mèches de cheveux étaient retombées, haussa les épaules en direction de son frère, et obéit.

Chapitre 19

Joe traversa cette première semaine de travail acharné dans un état d'épuisement quasi constant. La santé de Charlie s'était détériorée de façon considérable quelques heures à peine après son installation à l'infirmerie, et le lendemain matin le cocher de la malle-poste était tombé malade à son tour, bien que moins sérieusement. Joe ignorait si ces symptômes atténués étaient liés au fait qu'il l'avait vacciné dès la première nuit, tout comme les quatre autres voyageurs, ou s'il s'agissait d'une simple coïncidence. Cependant, puisqu'un seul des passagers de la voiture était tombé malade depuis, et sans grande gravité, il avait envie de croire que c'était la magie du Dr Jenner qui avait opéré.

Pour l'instant, seulement trois habitants de la ville avaient été amenés à l'orphelinat transformé en hôpital. Tous les trois présentaient les premiers symptômes de la variole, ce qui attestait d'un stade précoce de la maladie, et tous les trois étaient des clients réguliers de l'auberge. Ils avaient dû y croiser Charlie à un moment donné. Grâce à Dieu, contrairement à ce que redoutait Joe, aucun nouveau cas ne s'était déclaré au cours des deux jours écoulés, ce qui laissait penser que la cause du mal avait été isolée. Puisque la ville était placée en quarantaine stricte et que toutes les routes étaient fermées à la circulation, dans les deux sens, tous les éventuels nouveaux cas concerneraient des personnes qui avaient attrapé la maladie lors du dernier passage de la malle-poste, avec l'arrivée de Charlie. Selon les meilleures prévisions de Joe, en dix jours, si les choses restaient telles qu'elles étaient, il pourrait commencer à respirer et déclarer la fin de la période critique. Mais en attendant deux jours sans nouveau cas étaient déjà un signe encourageant.

Joe s'accorda donc quelques heures pour prendre un bon bain, donner ses vêtements à brûler et dormir un peu, ce dont il avait particulièrement besoin. La semaine écoulée avait été intense, épuisante moralement autant que physiquement. Quand l'éruption cutanée caractéristique de la variole apparaissait, la douleur des patients, sévèrement et violemment malades, était intense. Pour leur bien-être, Bella et lui leur avaient généreusement administré du laudanum, afin d'atténuer leurs souffrances. Même lorsqu'ils étaient sous les effets narcotiques du remède, ils offraient un bien triste et cruel spectacle. Joe, qui le savait pour en avoir déjà été témoin, aurait voulu épargner à Bella ces déchirantes visions d'horreur. Elle les affronta néanmoins avec la même empathie et le même calme que ceux dont elle avait fait preuve quand Molly s'était cassé la jambe, prenant sur elle pour cacher à tous – y compris à lui – le choc et l'horreur qu'il était impossible qu'elle ne ressente pas.

Ce courageux stoïcisme fut une grande leçon d'humilité pour lui et servit à lui rappeler que cette remarquable jeune femme était bien plus forte que la plupart des personnes qu'il connaissait et bien plus forte qu'elle en avait elle-même conscience. Par un phénomène assez étrange bien qu'indéniable, l'épidémie permettait à Bella de briller et, malgré sa fatigue, Joe avait bien vu à quel point elle avait gagné en confiance en affrontant avec bon sens, calme et logique l'adversité dans ce qu'elle avait de plus terrible, violent et implacable. Bella ferait un excellent médecin. Ses capacités à dissocier son esprit et ses émotions quand la situation l'exigeait, et à chercher des solutions aux problèmes plutôt qu'à s'enliser dans le bourbier qu'ils créaient, étaient un don du ciel.

Son idée de placer la ville en quarantaine avait sauvé d'innombrables vies. À quelques rares occasions, Joe avait pu regarder brièvement par la fenêtre de l'infirmerie et contempler la place du marché. Au lieu de l'agitation et de l'animation qui y régnaient d'habitude planait un inquiétant silence. Mais c'était aussi une consolation. Pendant que ces rues étaient désertes, les gens étaient en sécurité. Grâce à Bella. La ville tout entière s'était unie pour combattre le mal en le fuyant. Quelques courageux le combattaient en l'affrontant.

Alors que Jake avait proposé ses services auprès de Joe à l'infirmerie, Jamie, Jack et Mellor se chargeaient de superviser tout ce qui se passait hors des murs de l'orphelinat. L'on entendait deux fois par jour leur petite armée de fermiers, de vendeurs et de commerçants distribuer aux habitants du pain, du lait et d'autres denrées de première nécessité. Devant la porte de l'orphelinat arrivaient régulièrement draps et vêtements propres, plats cuisinés avec soin, provision de gâteaux et de tartes préparés par les femmes de la ville. Tout le monde semblait dans les meilleures dispositions vis-à-vis de la famille Warriner à présent que les prévisions pessimistes de Joe s'étaient réalisées. De façon égoïste, il espérait que cela continuerait quand la crise serait passée. Les Warriner étaient en train de prouver à quel point ils étaient dévoués à Retford et à quel point ils lui étaient indispensables. Au cours de la semaine écoulée, ils avaient été les sauveurs de la ville. Évidemment, les portes de l'église étaient restées closes et le révérend Reeves n'avait eu aucun geste de charité chrétienne à leur égard. Mais au moins il avait eu la bonne grâce de ne pas bouger. Le Dr Bentley avait quant à lui tenté de fuir la ville dès le premier jour de quarantaine et Jamie l'avait poursuivi, monté sur Satan, son intrépide étalon noir. Ensuite, avec l'aide de Mellor, il s'était fait un plaisir de confisquer les chevaux et la calèche du vieux médecin pour aider à la distribution des denrées. Joe aurait beaucoup aimé voir cela, mais hélas sa place se trouvait derrière les murs épais de leur hôpital de fortune.

Pour protéger les deux enfants à naître de Jamie et Jack, Joe avait insisté pour que ses frères et ceux qui les aidaient n'entrent jamais en contact direct avec les malades. Si une personne présentait de quelconques symptômes, elle devait laisser un message ou un signe sur sa porte. Les deux frères aînés se chargeaient alors de prévenir Jake, qui allait chercher le malade le soir dans une carriole et le ramenait à Joe. Depuis la nuit à l'auberge, ils ne s'étaient parlé que de loin et il en resterait ainsi jusqu'à ce qu'il déclare que tout risque était passé. C'était quelque chose qu'il ne pouvait pas faire avant que ses patients ne perdent leurs croûtes purulentes, ce qui signalait la fin de la maladie. Pour l'instant, seuls les boutons de Charlie avaient commencé à apparaître. Pour tous, le chemin à parcourir allait donc être encore bien long. Long et ardu, à n'en pas douter. Mais ils en verraient la fin, tous. C'était l'espoir de Joe. Et ce soir il voulait espérer, car il avait besoin de prendre un peu de repos.

Il commença par déverser des seaux et des seaux d'eau fumante dans la baignoire géante située dans la cuisine commune de l'orphelinat. La perspective de s'y plonger après une nouvelle journée de dix-huit heures était si alléchante qu'elle en était presque décadente. Le plaisir serait décuplé par la certitude qu'il pourrait rester dans l'eau chaude et délassante aussi longtemps qu'il lui plairait sans craindre d'être interrompu, étant donné l'heure avancée. Jake était de garde et ne viendrait le chercher qu'en cas d'urgence. Le reste du personnel qui officiait gracieusement à l'infirmerie, Bella y compris, avait été envoyé au lit deux heures plus tôt. Comme les cinq volontaires qui travaillaient à l'infirmerie, elle s'y était installée afin d'éviter de propager la maladie hors des murs. Lors de la première nuit, en plus de Joe, son père avait essayé de la raisonner, mais rien n'y avait fait. Après avoir déclaré qu'elle était une Beaumont et que les Beaumont ne tournaient jamais le dos à l'adversité, elle avait réussi à le convaincre, et il avait fini par se déclarer fier de son courage. Avec le recul, Joe se rendait compte qu'elle avait eu raison sur toute la ligne. Il lui serait à jamais reconnaissant d'avoir ignoré ses supplications. Elle dormait dans le dortoir des filles, chaperonnée par Mrs Giles et Mrs Patterson et donc absolument hors d'atteinte.

C'était assez déconcertant de savoir qu'elle était en train de dormir pas très loin, quelque part. Tout cela après cette semaine de travail acharné où ils ne s'étaient pas quittés, survenue juste après qu'ils se furent avoué leurs sentiments réciproques. Étrange expérience. Une épreuve, en quelque sorte. Mais pas une épreuve dans le mauvais sens du terme, non. Évidemment, il savait qu'elle avait eu raison : sans elle il aurait été perdu. Il aurait succombé, écrasé sous l'énorme poids placé sur ses épaules. À présent, ce poids, elle le portait avec lui. Depuis le début, Bella avait été un immense atout pour lui : elle l'avait déchargé d'une partie de sa masse de travail, elle avait organisé le petit groupe de volontaires avec la même efficacité que Wellington à Waterloo, et avait fait en sorte que la provision de médicaments ne baisse pas. Grâce à Bella, Joe pouvait dormir.

En théorie, au moins.

En pratique, être si près d'elle sans pouvoir agir selon ses sentiments ni faire plus intime connaissance avec elle était douloureux. Il ne s'agissait pas de luxure, non, même si, quelquefois, il avait été pris par des bouffées de désir lorsqu'il se reposait, seul, sur sa paillasse, tout au bout du dortoir des garçons. Le plus souvent, il était pris d'un irrésistible accès de tendresse pour la femme résistante et pleine de ressource à laquelle il avait offert son cœur tout entier. Plus d'une fois il avait seulement eu envie de la serrer dans ses bras, rien de plus, sans pouvoir le faire, car ils n'étaient jamais seuls et un bâtiment empli de malades ne semblait pas vraiment l'endroit idéal pour ce genre d'effusions.

Quand tout ceci serait terminé, il aurait du retard à rattraper et il avait bien l'intention de l'inonder d'amour et de tendresse. Sans tarder, il lancerait les manœuvres visant à terrasser sa peur des relations physiques. Petit à petit, pas à pas, il allait lui faire connaître le monde merveilleux de la passion amoureuse qu'elle redoutait tant. Certes, cela requerrait beaucoup de temps et d'énergie de sa part, mais ces sacrifices ne le dérangeaient pas. Bella valait la peine qu'il attende pour elle, du moment qu'il ne mourait pas de désir entre-temps.

Joe laissa sa serviette sur le dossier d'une chaise et enjamba la baignoire. Il soupira au fur et à mesure qu'il plongeait ses muscles et ses os douloureux dans l'eau chaude. Il s'allongea sur le dos et immergea un instant sa tête, avant de se frotter les cheveux, les membres et le haut du corps avec un gros pain de savon. Puis il se mouilla tout entier, cheveux et visage y compris, afin de rincer la mousse. Quand il considéra qu'il s'était suffisamment débarrassé de toutes les scories de sa journée, il allongea les jambes jusqu'au bout du baquet et posa la tête sur la serviette repliée qu'il venait de placer sous sa nuque.

Un pur bonheur.

Il se réveilla en sursaut lorsqu'il entendit la porte du couloir s'ouvrir et se rendit compte que son bain si merveilleusement chaud était devenu froid. Au même moment, il comprit qu'on allait le surprendre dans le plus simple appareil. Pour éviter d'être gêné et que ce visiteur ne se doutant de rien le soit aussi, Joe drapa la serviette humide dont il s'était servi comme oreiller autour de sa taille. Il était temps, car il entendait les pas se rapprocher. Tout à coup, il fut aveuglé par la lumière d'une lanterne.

— Oh ! excusez-moi !

Alors qu'elle était descendue pour se préparer du thé, Bella ne s'attendait pas à se retrouver face à face avec la cause de ses insomnies. Elle ne s'attendait vraiment pas à voir Joe, les cheveux mouillés, les yeux écarquillés, torse nu. Il était tout à fait magnifique, malgré son air surpris. Ces larges épaules qu'elle avait si souvent admirées avaient plus belle allure encore sans les vêtements qui les dissimulaient, sa peau paraissait dorée sous la douce lumière de la lanterne et son torse parfait, que l'on se serait plus attendu à trouver chez un travailleur de la terre que chez un médecin, était rehaussé d'un duvet sombre qui se rétrécissait en entonnoir jusqu'à son nombril et disparaissait sous la serviette. Bella se délectait du spectacle, dont ses yeux ne voulaient surtout pas être privés.

— Bonsoir, Bella. Je ne voulais pas vous effrayer.

— Que faites-vous là ? Il est minuit passé.

Et il avait toujours l'air aussi fatigué. Cet épuisement bien visible était un réel sujet d'inquiétude pour elle depuis quelques jours.

— Vous m'aviez juré que vous seriez au lit à 10 heures.

— C'était bien mon intention, croyez-moi, mais j'ai dû m'assoupir…

Il esquissa un sourire en coin, ce qui le fit ressembler à un petit garçon espiègle. Dieu merci, il ne portait pas ses lunettes. Mouillé, Joe était splendide, absolument splendide. Bella s'en sentait tout étourdie et troublée. Si en plus d'être humide il avait porté ses lunettes, elle ne savait pas dans quel état elle se serait trouvée.

— Serait-ce trop vous demander que de m'apporter une autre serviette ? Celle-ci est hors d'usage.

Bella baissa les yeux. Le linge trempé lui collait aux jambes. Par endroits, l'eau le rendait même transparent. Le trouble de Bella grandit. Il n'était pas seulement torse nu. Il était *complètement* nu ! Forcément, puisqu'il était dans son bain…

— Bien sûr.

À grand-peine, elle se dirigea sur ses jambes flageolantes vers le placard. Elle en sortit une grosse pile de serviettes, revint sur ses pas et essaya de ne pas le regarder.

En vain.

— Que faites-vous debout à cette heure ? demanda-t-il.

— Je n'arrivais pas à dormir. Je suis venue me faire une tasse de thé.

— Excellente idée. Une bonne tasse de thé me réchaufferait sûrement. Je suis gelé.

À ces mots, elle remarqua les gouttelettes d'eau sur ses mamelons rétractés par le froid et la chair de poule qui avait recouvert ses bras joliment sculptés. Chair de poule qui faisait se dresser les poils noirs de ses avant-bras. Tout à coup, l'envie lui prit de les caresser pour voir s'ils étaient aussi fermes qu'elle l'imaginait.

— D'a… d'accord. Du thé pour deux.

Seigneur, comme elle se sentait bizarre. Elle avait chaud. Elle était fébrile. Et une espèce de joie béate l'habitait, mélange de gratitude et de délectation devant tant de splendeur.

— Voudriez-vous manger quelque chose également ? Je crois qu'il reste un peu de cake aux fruits. Ou bien je pourrais préparer des toasts. Ce serait peut-être mieux, d'ailleurs. Des toasts, cela vous réchaufferait.

Seigneur ! Elle était toujours en train de le fixer, et maintenant il souriait d'un air narquois, comme s'il savait très bien ce qui la mettait dans cet état.

— Je vais me tourner ! assura-t-elle.

Bella pivota si vite sur elle-même qu'elle se cogna le coude contre la table, assez fortement. Elle poussa un petit cri de douleur et se crispa lorsqu'elle l'entendit rire.

— J'adore vous voir rosir.

Rosir ne semblait pas être le mot exact. Sa peau lui brûlait tant qu'elle l'imaginait plutôt écarlate, et elle était sûre que si elle plongeait dans ce bain l'eau se mettrait à bouillir et à fumer.

— Vous m'avez pris au dépourvu : je ne m'attendais pas à votre arrivée, poursuivit-il.

— Au moins vous êtes décent.

Elle entendit des bruits d'eau, signe que Joe s'apprêtait à sortir de la baignoire, et essaya de ne pas imaginer ce à quoi il pouvait ressembler mouillé et complètement nu. C'était sans doute un spectacle très indécent, au contraire, songea-t-elle, rêveuse, avant de se reprendre, surprise et choquée par la trivialité inhabituelle de ses propres pensées. Elle l'entendit se frotter vigoureusement avec une serviette et, après ce qui lui parut être une éternité, elle perçut le murmure d'un tissu glissant sur la peau de Joe.

— Voilà. Vous pouvez vous retourner à présent.

Soulagée, Bella s'exécuta, et le regretta aussitôt. Pour toute tenue, il portait un pantalon fluide et une chemise flottante qu'il n'avait pas pris la peine de boutonner. Aux endroits où sa peau était humide, le tissu collait à ses muscles, qu'elle avait eu tant envie de toucher quelques minutes plus tôt. Quant à l'ombre créée par les poils sombres qui parsemaient son torse et à sa barbe naissante qui lui donnait un air de mauvais garçon, elles lui asséchèrent et nouèrent la gorge tout à la fois.

— Je fais taire l'été… Enfin, je veux dire, se corrigea-t-elle après s'être raclé la gorge, je vais faire le thé.

Non seulement ce qu'elle disait n'avait aucun sens, mais en plus elle parlait d'une voix qui réussissait à être à la fois rauque et suraiguë. Son visage lui semblait si brûlant qu'elle aurait pu faire griller du pain sur ses joues en quelques secondes sans aucun problème. Dans ces conditions, un repli tactique semblait s'imposer.

— En fait, je pense que je ferais mieux de m'en aller. Je me suis assez ridiculisée pour cette nuit.

— Je suis désolé, mais je ne peux pas vous laisser faire cela.

Elle sentit les mains de Joe lui saisir les poignets et il l'attira doucement face à lui.

— Pas alors que le spectacle de mon humble personne dans le plus simple appareil vous a tant… embarrassée.

Cela ne servait à rien de nier. Mortifiée, Bella cacha son visage embrasé derrière ses mains.

— Je suis affreusement gênée, concéda-t-elle.

— Je sais.

Elle n'eut pas besoin de voir le visage de Joe pour comprendre qu'il était amusé.

Il savait qu'elle l'avait lorgné avec insistance. Il le savait forcément. Il n'y avait pas grand-chose qui échappait à cet esprit brillant.

— Au départ, je ne voulais pas regarder…, tenta-t-elle de se justifier.

— Et cela ne m'a pas dérangé que vous regardiez.

Le ton de sa voix avait changé. Elle était devenue plus basse. Plus profonde. Enveloppante et caressante, douce comme du beurre fondu.

— En fait, poursuivit-il, c'est un grand soulagement que vous n'ayez pas été horrifiée par cette vision.

Comment aurait-elle pu être horrifiée ? Joe était un homme magnifique. Plus d'un mètre quatre-vingts de muscles soyeux. Des muscles plus parfaitement agencés que sur n'importe quel autre squelette humain. Aucun de ses livres d'anatomie ne l'avait préparée à une telle merveille.

— Seriez-vous horrifiée si je vous embrassais ?

Serait-elle horrifiée ? se demanda-t-elle à son tour. Probablement pas.

— Voyez-vous, continua-t-il, notre dernier baiser remonte à une semaine, et vous êtes si belle quand vous rosissez.

Bella sentit les mains de Joe s'enrouler autour de sa taille et n'eut pas envie de les repousser ni de se dérober. Elle attendit qu'il fasse le pas suivant, et comme cela n'arrivait pas elle se risqua à regarder entre ses doigts légèrement écartés. Elle vit qu'il la fixait avec tendresse.

— Il faut que vous soyez consentante, Bella.

Il lui prit les mains et les posa à plat sur son torse.

— Il faut que vous m'accordiez la permission de vous embrasser, sinon je ne le ferai pas.

Le fait qu'il lui laisse le contrôle de la situation montrait quel homme merveilleux et intuitif il était. Savoir qu'elle n'avait aucune prise sur les événements, se sentir impuissante et à la merci du bon vouloir d'autrui, la terrorisait toujours, même si elle savait que Joe et ce monstre n'avaient rien en commun.

— Oui.

— Oui quoi ?

— Oui, vous pouvez m'embrasser.

— Excellente nouvelle.

Il l'attira tout près de lui et posa délicatement la bouche sur la sienne. Ce ne fut que lorsqu'il comprit qu'elle en avait assez des baisers doux et chastes qu'il l'embrassa avec davantage de fougue. Aussitôt, Bella oublia sa conduite honteuse, ses regards déplacés et son horrible rougissement, et elle ne laissa pas le moindre souvenir négatif venir assombrir ce moment. Les lèvres de Joe avaient le pouvoir de lui faire tout oublier, tout sauf lui. À un moment, il dut la porter pour la faire asseoir sur la table et elle dut laisser faire ses mains à leur guise, car quand il finit par lever la tête elle avait les paumes enfouies sous sa chemise et posées à plat sur son torse nu, tandis que Joe se tenait debout entre ses jambes. Il ne la touchait pas, mais il était suffisamment proche pour qu'elle ait conscience de son désir.

Sous ses doigts, elle sentait la cage thoracique de Joe se soulever et s'abaisser au rythme rapide de sa respiration. Ses yeux d'un bleu plus intense que jamais criaient de désir. Il la voulait. Il la voulait comme un homme voulait une femme. Cependant, elle savait d'instinct qu'il ne la prendrait pas.

C'était aussi une vérité qu'elle voyait dans ses yeux. À la place, il lui déposa un baiser léger sur le bout du nez et recula d'un pas décidé.

— C'est l'heure du thé et des toasts, me semble-t-il. Je vais couper du pain.

Bella le regarda s'éloigner, avec une légère incrédulité causée à la fois par ce qui venait de se produire et la façon très directe dont elle y avait réagi.

Eh bien, cela n'avait rien à voir avec la nuit à Vauxhall Gardens !

À ce souvenir malvenu, elle serra fort les bras contre sa poitrine.

L'euphorie magique créée par Joe avait disparu.

Chapitre 20

Charlie était grincheux. Il ne délirait pas, n'était pas à l'agonie ni malade au point de ne pouvoir parler. Il se plaignait de ses boutons qui le démangeaient, de la paillasse inconfortable qui lui servait de lit et de l'onguent à la cire d'abeille que Bella appliquait sur ses lésions pour le soulager. Elle chercha Joe du regard et ils se sourirent. Il n'avait pas besoin de lui dire que la mauvaise humeur de Charlie était bon signe. Le garde de la malle-poste avait été le premier à tomber malade et c'était lui qui avait souffert le plus. Heureusement l'éruption avait épargné ses yeux, même si partout ailleurs il n'y avait pas une seule parcelle de peau qui ne soit recouverte de boutons. Boutons qui avaient à présent formé des croûtes. Charlie garderait d'horribles cicatrices, mais rien de plus. Son enfant grandirait avec un père. Le reste du petit groupe quitterait également l'infirmerie au complet. D'ici quelques jours ils ne représenteraient plus un danger pour la société. Bella était fière que ces deux objectifs aient été atteints.

— Attention ! lança Charlie en dégageant vivement son bras, avant de lui adresser un regard mauvais. Ça suffit, vous m'avez assez touché comme ça.

— Voudriez-vous quelque chose pour vous aider à dormir ?

Il hocha la tête d'un air vindicatif et, en guise de réponse, elle lui adressa un sourire compréhensif. Elle se dirigea vers la table pour lui servir une tasse de la tisane calmante qu'elle avait préparée un peu plus tôt, et la lui apporta.

— Demain, je vous préparerai un bain spécial qui devrait vous aider à adoucir votre peau.

La préparation concoctée par Joe à base de racine de bardane et d'autres herbes apaisantes, mélangée à une généreuse giclée de vinaigre, avait fait ses preuves pour combattre la sécheresse de la peau des autres patients, mais le pauvre Charlie avait longtemps eu trop de plaies purulentes pour pouvoir bénéficier de ce traitement d'appoint.

— Quand pourrai-je rentrer chez moi ?

Voilà qui était bon signe également.

— Si vous continuez à vous rétablir aussi vite qu'en ce moment, alors vous pourrez rentrer vendredi.

Comme eux tous. Alors que Bella avait hâte de retrouver sa famille et de pouvoir dormir dans un lit confortable, au fond d'elle-même, elle était également triste de quitter Joe. Cela faisait trois semaines qu'ils vivaient côte à côte, coupés du reste du monde, derrière les murs épais de l'infirmerie et, mis à part durant les quelques heures de repos qu'ils s'accordaient, chacun dans son dortoir respectif, ils ne s'étaient pas quittés un seul instant.

Les moments préférés de Bella étaient les minutes qu'ils réussissaient à grappiller, çà et là, pour se retrouver en tête à tête. Depuis un peu plus d'une semaine, ils avaient pris le pli de se retrouver tard dans la soirée à la cuisine, où ils discutaient autour d'une tasse de thé et de quelques toasts. Très souvent, Joe orientait la conversation vers l'avenir, vers leur avenir commun, et, se laissant emporter par ses visions optimistes, Bella s'autorisait à rêver avec lui. Ils vivraient heureux et travailleraient ensemble à son cabinet. Joe la formerait pour qu'elle devienne un médecin accompli, sans en avoir le nom, en attendant que ces idiots qui siégeaient au Parlement se rendent compte de leur bêtise et changent la loi afin qu'elle puisse être reconnue en tant que tel. Ils auraient une brassée d'enfants, filles et garçons, qui auraient tous les cheveux sombres comme leurs parents – comment pourrait-il en être autrement ? – et tous seraient des élèves brillants et passionnés.

Ils ne parlaient jamais de *la façon dont ils feraient ces enfants* et, pour l'instant, Bella était soulagée que Joe n'ait pas encore demandé sa main. Tandis qu'il semblait croire très fort en sa guérison miraculeuse, Bella n'avait pas le cœur à lui dire qu'elle ne partageait pas sa confiance et qu'elle n'accepterait aucune demande en mariage tant qu'elle ne se saurait pas totalement remise. Car toutes les nuits, après qu'il l'eut embrassée de façon éhontée – un peu plus éhontée chaque fois –, les vieux souvenirs revenaient la hanter. Une fois de retour, après avoir éteint le bouillant désir que Joe avait fait naître en elle quelques minutes plus tôt, ils contraignaient Bella à aller se coucher en étant angoissée au sujet de leur avenir. Le mur qui la coupait de l'intimité physique était le plus haut et le plus solide de tous ceux que son esprit avait érigés, et alors que les autres gisaient désormais à terre, en ruine, cette dernière barricade la privait de la lumière du jour.

Derrière elle, Joe éteignit toutes les lampes.

— Je vais aller mettre la bouilloire sur le feu, déclara-t-il.

Le pouls de Bella s'accéléra alors qu'elle imaginait déjà les baisers dont il allait la couvrir.

— Ne traînez pas, ajouta-t-il.

— Pouvez-vous m'apporter mon thé avant de vous mettre à faire ce que vous faites tous les soirs dans la cuisine ?

C'était Jake qui était de garde ce soir et il était déjà allongé dans une position curieuse, affalé sur les deux chaises qu'il avait disposées côte à côte pour qu'elles lui servent de lit.

— La dernière fois il était tiède et je déteste le thé tiède.

Bella se mit aussitôt à rougir, mais Joe ne se démonta pas.

— Estime-toi heureux qu'on te prépare un thé. Tiède, chaud ou froid, tu ne m'en apportes jamais quand je suis de garde.

— C'est parce que Bella t'en apporte. C'est un prétexte pour vous faire les yeux doux au-dessus de vos tasses, je le sais. Et pour rien au monde je ne voudrais interrompre vos roucoulades.

Il battit des cils, posa les mains jointes sur son cœur et poussa un soupir exagéré.

— Comme vous êtes mignons et attendrissants.

Joe haussa les épaules et, plutôt que de répondre, préféra quitter la pièce, laissant Bella avec son frère pendant qu'elle terminait les préparatifs pour la nuit. Jake la regarda attentivement pendant qu'elle laissait par écrit les instructions concernant Charlie.

— Je n'ai jamais vu mon frère si amoureux. Je pense que vous formez un très beau couple tous les deux. Tous les deux sérieux et travailleurs. Tous les deux débordant d'abnégation. Tous les deux gênés par ces énormes cerveaux emplis de connaissances dont je serais bien en peine de savoir quoi faire. Chez vous, autour de la table du petit déjeuner, personne ne parlera jamais du temps prévu pour la journée ni des derniers cancans en provenance de la capitale. Il ne sera question que de science et de médecine. Rappelez-moi de ne jamais venir prendre mon petit déjeuner chez M. le Dr Warriner et sa tendre épouse.

Bella ne voulait surtout pas parler de la possibilité de petits déjeuners en famille.

— Si Charlie ne parvient pas à dormir, vous pourrez lui donner quelques gouttes de laudanum vers 3 heures du matin, mais pas avant.

— Allez-vous vous marier dès cet hiver, ou attendre l'été prochain ?

Elle lui adressa un regard contrarié pour le dissuader de poursuivre cette conversation.

— Nous n'avons pas encore parlé mariage. Il est bien trop tôt pour cela.

— Vraiment ? Si l'histoire se répète, je suis certain que vous vous retrouverez devant l'autel le plus tôt possible. Jack et Jamie ont tous les deux épousé leur femme respective au bout de quelques semaines à peine, après avoir obtenu une dispense spéciale. J'imagine que ce sera la même chose pour vous, non ? Étant donné qu'il est absolument impossible que le pieux révérend Reeves autorise l'un des suppôts de Satan à convoler dans son église… c'est l'évêque de Nottingham qui a marié Jamie et Cassie.

— Serait-il possible de changer de sujet, Jake ?

Parler de mariage convoquait des images de nuit de noces et Bella se sentait de plus en plus tendue.

— Mais il faudrait que je puisse me faire une idée, même approximative, de la date, étant donné que je serai témoin et qu'à un moment il faudra que je retourne à Londres. Si vous voulez faire les choses comme il faut et attendre que les bans soient publiés, j'imagine que vous pourriez toujours vous marier dans la petite chapelle de Saint-Cucufa, mais alors vous seriez obligés de répéter toute votre vie le nom ridicule du saint qui a présidé à votre union…

— Retournez à Londres, Jake, n'hésitez pas. S'il doit y avoir un mariage, ce ne sera pas avant des mois. Ou même un an.

Ou deux, ou dix…

— Nous ne sommes pas pressés. Bonne nuit, Jake.

Seigneur, Joe serait-il prêt à attendre dix ans ? Ne se montrait-elle pas déloyale en le laissant rêver au sujet de leur avenir commun alors qu'elle n'était pas capable de se projeter dans le futur au-delà de un jour ou deux ? Sans doute. Même si c'était agréable à entendre et même si elle voulait le croire, elle lui devait la vérité. Vendredi, quand ils quitteraient la bulle de l'infirmerie, ils retourneraient dans le vrai monde. Et dans le vrai monde elle était toujours… Qu'était-elle toujours ? Malade, ou dérangée mentalement ? Elle ne se sentait ni malade ni dérangée. Plus maintenant. La plupart du temps, elle se sentait même comme avant. Passionnée. Curieuse d'esprit. Rationnelle. Ce n'était que lorsqu'elle pensait à l'amour physique que toute sa logique s'évanouissait au contact de cet immense mur. Ce mur qu'elle semblait incapable d'abattre, même à grands coups de baisers.

Quand Bella arriva à la cuisine, Joe avait déjà rempli la bouilloire et l'avait mise sur le feu.

— Vous voici enfin.

Il avança vers elle, les yeux emplis de désir. Il glissa un doigt sous la ceinture de son tablier et l'attira à lui pour la prendre dans ses bras.

— J'ai eu envie de vous embrasser toute la journée.

Son regard se posa sur sa bouche et il pencha la tête.

— Attendez.

Bella utilisa ses deux mains pour stopper l'avancée de son torse puissant et leva le menton pour le regarder.

— Il faut que nous parlions.

— Nous parlerons après que je vous aurai embrassée.

— Je préférerais parler maintenant. Je veux me montrer loyale.

— Loyale ?

Elle avait toute son attention, même si le mot qu'elle avait choisi semblait le faire sourire.

— Loyale à quel propos ?

— À propos de ce qui est réaliste… au vu de mon état mental.

Il fit glisser ses mains des hanches de Bella jusqu'à son dos, derrière lequel il les noua, sans la serrer, mais sans la lâcher non plus.

— Continuez, je vous écoute.

— Je veux que vous cessiez de parler de l'avenir, Joe. Je ne me sens pas prête à penser à *notre* avenir. Pas alors que l'idée de l'amour physique m'est encore insupportable.

Il pencha la tête sur un côté, en ayant l'air de réfléchir très fort à ce qu'elle venait de dire.

— Si vous permettez que je vous contredise, finit-il par

dire, ces baisers et ces caresses que nous échangeons sont tout ce qu'il y a de plus physique. Entre nous, les choses sont devenues plus ardentes, et ce à votre instigation. Je peux vous assurer que vous ne m'embrassez pas comme quelqu'un qui trouve cela répugnant.

— Mais ce ne sont que des baisers. Nous sommes loin de l'intimité, la vraie.

— Bien au contraire. S'embrasser est un acte très intime.

Bella se dégagea et recula de quelques pas.

— Je pense seulement qu'il est plus loyal de ma part de vous dire qu'il faudra peut-être des années avant que je sois prête à dépasser le stade des simples baisers.

— Très bien.

Sa patience et son calme étaient horripilants.

— Non, ce n'est pas bien. Nous ne pouvons pas continuer à évoquer nos futurs enfants, à parler de vieillir ensemble, alors que le but premier du mariage c'est le… le…

— Le sexe.

— Oui. Le sexe. Et c'est une idée que je ne suis pas encore prête à envisager.

— Je ne me souviens pas avoir réclamé que vous envisagiez la question. Ni vous avoir demandé en mariage. Je sais que cet aspect des choses risque de prendre du temps et je respecte cela.

Parce qu'elle ne savait pas quoi faire de ses mains, Bella croisa les bras en se tenant très raide.

— J'ai l'impression de vous donner de faux espoirs, alors que cet immense mur est toujours là, dans ma tête.

— En faisant l'hypothèse que nous parvenions à abattre ce mur, êtes-vous opposée à l'idée de m'épouser ?

— Non, bien sûr que non, c'est juste que…

— Aimez-vous quand je vous embrasse ?

— Eh bien, évidemment, je ne vous laisserais pas m'embrasser si je n'aimais pas cela, mais…

— Il n'y a pas de mais, Bella. Vous réfléchissez trop.

Cessez d'y penser et, quand le moment sera venu, ce mur tombera, exactement comme les autres.

En trois grandes enjambées, il abolit la distance qu'elle avait mise entre eux.

— Entre-temps, laissez-moi vous embrasser. Cela me suffit.

Une heure plus tard, le corps de Bella vibrait encore des baisers de Joe. Plus il l'embrassait, plus elle réagissait de façon intense, ce qui était sans doute un progrès. Le dernier baiser avait été grandiose, si grandiose qu'elle s'était couchée les jambes flageolantes, le corps vibrant d'envies qu'elle ne comprenait pas complètement et dont elle ne pouvait s'empêcher d'avoir peur. Un jour, peut-être, pourrait-elle accorder à Joe de plus grandes libertés. Dès qu'elle parviendrait à oublier Vauxhall Gardens, le contact répugnant de cet autre homme, ou les terribles outrages qu'il avait fait subir à son corps. Instantanément, Bella fut prise de démangeaisons, et elle fit une grimace de dégoût. Les mains de cet individu avaient pétri ses seins et s'étaient insinuées entre ses jambes. Mais ses mains n'avaient rien de comparable avec celles de Joe. Alors que Joe était doux et séduisant, l'autre homme s'était montré brutal et haïssable. Penser à lui faisait toujours se tendre son corps. Joe faisait *vibrer* son corps.

Il parlait aussi avec beaucoup de bon sens de la nécessité d'affronter ses peurs et de combattre par la raison les réactions irrationnelles de son esprit tourmenté. Pour l'instant, elle était parvenue à terrasser toutes les craintes qu'elle avait affrontées au cours des dernières semaines, sans exception. Quelques secondes plus tôt, alors qu'elle était en train de repenser à un de leurs baisers parfaits, son corps s'était embrasé et s'était mis à vibrer de désir. Puis elle avait laissé son esprit vagabonder. En fait, se rendit-elle compte tout à coup, c'était presque comme si elle avait extirpé le souvenir de cette nuit de cauchemar des tréfonds de son esprit pour justifier ses peurs irrationnelles.

Joe et ce sale type n'avaient *rien* en commun.

Elle aimait Joe. Elle lui faisait implicitement confiance. Il ne la soumettait à aucune pression, ne la forçait jamais à faire ce dont elle n'avait pas envie. Même quand elle se comportait de façon irrationnelle, il ne perdait pas patience. Il l'aimait et il était prêt à l'attendre.

Affronte tes peurs, ose ce face-à-face.

En était-elle capable ? Si elle cessait d'aborder sa répulsion pour l'amour physique de façon émotionnelle et affrontait sa peur avec logique, alors cette ultime barrière finirait elle aussi par céder, et elle serait de nouveau libre et normale. Il n'y aurait plus de murs, juste le ciel, pur et beau. Au lieu de regarder l'acte charnel avec les yeux d'une jeune femme traumatisée, elle ferait mieux de l'examiner de façon rigoureusement scientifique. Exactement comme elle l'avait fait pour sa crainte des baisers, pour ses blocages concernant le récit de son agression, pour son angoisse de la foule. Pour sa peur panique des hommes.

Exactement comme Joe le suggérait.

Il y avait une solution pratique à son problème et il était grand temps qu'elle guérisse pour de bon.

— Joe ! Réveillez-vous !

Il sentit la main de Bella secouer son épaule et se força à réagir.

— Qu'y a-t-il ?

À peine réveillé, il prononça quelques mots presque inintelligibles. Il ouvrit un œil, qu'il referma aussitôt, car l'éclat d'une simple bougie était trop agressif dans la pénombre du dortoir. Joe se frotta les yeux et fit un effort pour s'asseoir, espérant ainsi secouer son esprit engourdi de sommeil. Il dormait profondément et son organisme devait surmonter le choc de ce réveil brutal.

Il entrouvrit de nouveau les yeux et parvint à grand-peine à s'habituer à la lumière.

— Que s'est-il passé ?

— Ne vous inquiétez pas. Il ne s'agit pas d'une urgence.

— Pourquoi diable m'avez-vous réveillé, alors ?

Sa colère était justifiée et tant pis s'il se montrait brusque.

— J'espère pour vous que vous avez une bonne raison pour cela, poursuivit-il.

Se rendait-elle compte de la peur qu'elle lui avait faite ?

— Oh ! Joe, maintenant je m'en veux, pardonnez-moi. Cela peut attendre.

Devant l'air abattu et contrit de Bella, Joe se sentit coupable. Elle ne l'aurait jamais réveillé si elle n'avait pas jugé que c'était important.

— Non, cela ne peut pas attendre. Je suis réveillé à présent. Quel est le problème ?

Il tapota le bord du matelas et, avec docilité, elle s'y assit.

— J'ai réfléchi…

— À quoi ?

— À nous, en fait, et à moi en particulier.

La façon fixe dont elle regardait ses genoux le mit mal à l'aise. Un peu plus tôt, elle s'était accusée d'être déloyale vis-à-vis de lui et de le contraindre à une longue attente, et pendant un instant il avait cru qu'elle allait définitivement mettre fin à leur histoire. Il l'avait distraite avec un baiser qui leur avait coupé le souffle à tous les deux. La tentation de recommencer était immense, mais il y renonça. Si elle avait quelque chose de brûlant à dire, elle avait le droit de le faire.

— Continuez, je vous écoute.

— Eh bien, vous savez que l… l'intimité me fait peur, n'est-ce pas ?

Ne sachant pas bien où elle comptait mener cette conversation, il se contenta de hocher la tête.

— Eh bien, j'ai décidé qu'il était temps de prendre le taureau par les cornes une bonne fois pour toutes et d'abattre un autre mur.

Était-elle en train de suggérer… qu'ils fassent l'amour ? *Maintenant ?* Il voulut parler, mais décida aussitôt de se taire, supposant qu'il avait mal compris.

— Continuez.

— En fait, je me suis rendu compte que depuis mon arrivée à Retford j'ai résolu beaucoup de mes problèmes, et ce en grande partie grâce à vous. Vous m'avez laissée travailler ici à l'infirmerie, où je me suis tout de suite sentie en sécurité et où j'ai trouvé le courage d'être de nouveau moi-même pour la première fois depuis une année. Grâce à cela, je peux traverser la place et converser normalement avec les gens sans être prise de panique. J'ai parlé de ce qui s'était passé, je me suis confiée à vous et à mes parents, et vous aviez raison. Parler m'a aidée, et maintenant tout le monde sait ce qui est vraiment arrivé. Les gens ont si bien réagi que cela m'a donné la force de poursuivre mes efforts. J'avais peur des baisers. En partie parce que c'était quelque chose d'inconnu pour moi… *Il* ne m'a pas embrassée, donc je me suis obligée à tenter l'expérience, pour la science, et je pense que vous êtes d'accord avec moi pour dire que c'est devenu quelque chose de très agréable dans notre relation. Cela ne me dérange même plus que vous me preniez dans vos bras, car j'aime aussi cela. Quand il s'agit de vous, je veux dire. Je ne pense pas que j'apprécierais si un autre que vous me prenait dans ses bras. Cette idée ne m'attire pas du tout.

— Tant mieux… Je préfère vous dire que cela me poserait problème qu'un autre homme vous embrasse et vous prenne dans ses bras, donc, égoïstement, je suis plutôt content que cela ne vous attire pas.

Elle leva les yeux de ses genoux un instant pour sourire timidement, avant de les baisser de nouveau.

— Je ne suis pas venue vous trouver pour vous parler des

autres hommes, Joe. En fait… au vu de la réussite des autres expériences… et parce que je voudrais vraiment avoir un avenir avec vous… je pense qu'il est mieux que je continue d'approcher mes peurs de façon rationnelle, en utilisant la logique plutôt que l'émotion… Comme il s'agit du dernier mur qui subsiste dans mon esprit, je me demandais… vraiment, je ne sais pas comment formuler cela…

Elle rougissait. Seigneur, elle rougissait, et il commençait à se dire qu'il n'avait pas mal compris du tout.

— C'est souvent mieux de dire les choses le plus directement et le plus simplement possible.

— Eh bien, étant donné qu'*il* n'est pas allé jusqu'au bout et que mes réactions irrationnelles liées à l'incident obscurcissent mon jugement concernant le… l'acte charnel en lui-même, la logique voudrait que j'aille jusqu'au bout avec vous et qu'ainsi *il* ne puisse plus entrer dans l'équation.

Aucun mot ne venait à Joe. Son cerveau avait complètement cessé de fonctionner. Il sentit sa mâchoire s'affaisser et il cligna des yeux. Plusieurs fois. Elle vit sa réaction et elle s'empressa de poursuivre :

— Je sais qu'il s'agit d'une curieuse requête, semblant surgir de nulle part, mais je me demandais si vous accepteriez que… que nous devenions intimes. Pour de bon, et tout de suite, si possible.

— Je ne suis pas sûr que ce soit possible. Pour un homme, ces choses-là ne se commandent pas si facilement. Il faut être d'humeur…

Il avait la tête qui tournait, même si de curieux élancements dans le bas-ventre le tirèrent de sa léthargie. Il se rendit alors compte avec stupéfaction qu'il était parfaitement d'humeur à faire ce qu'elle lui demandait, sans avoir besoin de rien commander à son corps.

— Seigneur, Bella… euh… je ne sais vraiment pas quoi vous dire.

— Vous ne voulez pas que nous devenions intimes ?

— Bien sûr que si, mais je pensais que cela viendrait naturellement, quand le bon moment se présenterait de lui-même.

— C'est le bon moment pour moi.

Elle posa les yeux sur la bosse qui s'était formée sous les couvertures.

— J'ai l'impression que c'est aussi le bon moment pour vous. J'ai énormément lu sur la question, je sais donc logiquement à quoi m'attendre. Mon corps a été conçu pour accueillir le vôtre. J'imagine alors que ce ne sera pas trop pénible. Il paraît même qu'il y a des femmes qui aiment vraiment cela, ce que je trouve encourageant. Et je crois fermement qu'une fois que ce sera fait je serai…

Elle baissa ses frêles épaules et regarda ses mains d'un air sombre, comme si elle avait trop honte de finir sa phrase.

— Ce n'est pas vraiment ainsi que je m'étais imaginé les choses, Bella. J'avais prévu de tenter le grand jeu pour vous séduire et vous faire succomber, et j'avais aussi prévu de le faire dans un cadre un peu plus romantique que celui-ci.

Un peu plus romantique que l'infirmerie… L'endroit où ils avaient passé le plus de temps ensemble. Où ils avaient travaillé côte à côte pendant de longues journées. Et, comme elle l'avait dit elle-même, le seul endroit où elle se sentait vraiment en sécurité. Celui qui lui donnait l'envie et le courage de redevenir elle-même.

Seigneur.

Chapitre 21

Joe comprit tout à coup. Bella ne voulait pas qu'on la séduise. Elle avait besoin de garder le contrôle de la situation, ce que, précisément, on l'avait empêchée de faire à Vauxhall Gardens et au cours des mois qui avaient suivi. Jusqu'à ce qu'elle vienne ici et apprenne à lui faire confiance. À *lui* et à personne d'autre. Elle avait désormais retrouvé force et courage, et c'était aussi avec lui qu'elle voulait affronter son ultime peur. Il ne la laisserait pas tomber. Ses doigts trouvèrent la main de Bella et s'insinuèrent entre les siens.

— … Mais je serais heureux que cela se produise ici et maintenant, si c'est ce que vous voulez vraiment.

Elle fixa leurs mains unies un moment, avant de laisser retomber la sienne d'un geste décidé.

— Oui. Je vous remercie, répondit-elle sans le regarder. Je pense que nous devrions commencer, alors.

Elle fit quelques pas raides sur le côté, puis entreprit de retirer ses épingles à cheveux.

— Dois-je ôter tous mes vêtements ?

— Je peux m'en occuper.

D'une part c'était quelque chose qu'il rêvait de faire depuis très longtemps. D'autre part la déshabiller lentement rendrait moins clinique une situation qui l'était devenue d'un coup. Elle balaya cet espoir d'une petite moue.

— C'est sans doute mieux que je m'en charge moi-même.

Ce sera plus rapide et de cette façon vous pourrez reprendre votre nuit de sommeil sans trop tarder.

Joe ne discuta pas. Si elle avait besoin de garder le contrôle de la situation, il allait la laisser faire et conserver son énergie pour lui montrer à quel point ce qui l'attendait pouvait être moins désagréable qu'elle avait l'air de se l'imaginer. À en croire la façon méthodique et expéditive dont elle retirait ses épingles, elle n'avait pas l'air de penser que c'était une partie de plaisir qui l'attendait. Bizarrement, ce spectacle lui serra le cœur autant qu'il l'excita, car il savait qu'il allait tout mettre en œuvre pour la détromper. Cette nuit, Bella serait aimée, qu'elle le veuille ou pas. Il savait déjà qu'elle aimait être embrassée. Énormément. Une femme qui réagissait avec autant de passion à un simple baiser avait la capacité de se perdre et de s'abandonner complètement entre les bras de son partenaire. Mais ce n'était pas la peine de lui dire cela maintenant. Pas alors qu'elle tentait une approche courageuse et scientifique de la situation, et qu'elle avait besoin de découvrir la vérité par elle-même.

Une fois ses cheveux lâchés, ils retombèrent telle une étole sombre jusqu'à sa taille. La bougie y faisait danser des reflets chatoyants à chacun de ses mouvements. Il suffit de cette vision enchanteresse pour qu'il se mette à respirer de façon irrégulière. Elle s'attaqua aux lacets qui fermaient le dos de sa robe et les dénoua avec dextérité et rapidité. En quelques secondes, elle se trouva devant lui en simple chemise, à une distance réglementaire de trois mètres environ. La tentation de bondir hors du lit et de se précipiter vers elle était immense, mais pour elle Joe resta bien sagement dans son lit. C'était elle qui devait venir à lui. C'était sa peur à elle qu'elle devait affronter, et c'était elle qui devait prendre cette décision.

Il eut envie de sourire quand elle prit une grande inspiration et lui tourna le dos pour faire tomber la chemise. Elle commença par libérer ses épaules, puis le vêtement glissa le long de son dos gracieux avant d'être stoppé dans sa chute par ses hanches. Bella saisit le tissu avec fermeté et tira dessus d'un geste sec et efficace pour dégager ses adorables fesses couleur pêche, jusqu'à ce que la chemise tombe par terre.

— J'imagine que vous avez déjà vu beaucoup de corps dénudés, donc le mien ne vous apportera rien de nouveau.

Il perçut le tremblement nerveux qui agitait sa voix, avant que Bella se raidisse et se tourne brusquement pour lui faire face.

Elle avait tort.

Le spectacle de sa nudité lui coupa le souffle.

Sa poitrine généreuse s'ornait de mamelons rose foncé que la bouche de Joe brûlait de goûter. Sa taille était si fine que ses larges mains de Warriner devaient pouvoir en faire le tour facilement, et ses hanches rondes étaient l'essence même de la féminité. Des courbes d'une sensualité rare. Tout ce qu'un homme au sang chaud pouvait désirer. Un triangle d'une netteté et d'une noirceur fascinantes couronnait les jolies jambes qui avaient dès les premiers jours su le mettre en émoi.

Cette nuit, il avait la ferme intention d'adorer chaque parcelle de ce corps si réel et si précieux.

— Dois-je venir vous rejoindre ? demanda-t-elle.

En guise de réponse, il se décala sur le côté et laissa sa tête retomber sur son oreiller pour regarder Bella marcher lentement vers lui. Il se surprit à agripper les draps comme si sa vie en dépendait. Son corps était en feu, mais Joe ne voulait pas que ce dévorant désir effraye la pauvre Bella. Il se mordit l'intérieur des joues et se répéta qu'il devait s'effacer et s'oublier devant elle. Ses sentiments et ses besoins à lui ne comptaient pas. Cette nuit devait être entièrement à elle et pour elle. S'il y survivait, il pourrait peut-être prétendre à la sainteté, car la femme qui avançait vers lui était le plus beau spectacle qu'il lui ait jamais été donné de voir.

Elle souleva le drap et se glissa dessous pour s'allonger à côté de lui sur l'étroite paillasse. Quand il se risqua à tourner légèrement la tête pour la regarder, elle fixait le plafond, les couvertures remontées jusqu'au menton.

— Je suis prête.

Non, elle n'était pas prête. Elle en était même aussi loin qu'il était physiquement possible de l'être. Elle était tendue comme la corde d'un arc sur le point de se rompre.

— Par quoi commençons-nous ?

Elle avait besoin de contrôler la situation. En lui, à la fois le médecin et l'homme le savaient.

— Nous devrions commencer par nous embrasser. Par nous embrasser beaucoup.

Pour s'empêcher de la toucher, Joe noua ses deux mains derrière sa tête.

— *Vous* devriez m'embrasser.

Il l'avait troublée, il le comprit à la façon dont il sentit les muscles de sa jambe se détendre légèrement contre les siens.

— Oh. Très bien.

Le matelas bougea lorsqu'elle s'allongea sur un côté. Pour la première fois depuis qu'elle l'avait tiré du sommeil, elle le regardait dans les yeux. Malgré la courageuse détermination qui brillait dans le regard de Bella, Joe y décela aussi de la peur. De la confiance. De l'agitation.

— Vous n'êtes pas obligée de faire cela. Cela ne me dérange pas du tout d'attendre.

— Non. C'est ce que je veux. Ma peur de l'intimité est irrationnelle et, tant que je ne l'aurai pas affrontée, elle continuera de croître de façon incontrôlable. C'est donc nécessaire.

— Si vous en êtes sûre.

— Je le suis. Je veux vous épouser, Joe, et je ne veux pas nous faire attendre, ni vous ni moi.

Avant qu'elle ne cède à la panique qu'il pouvait lire dans ses yeux, elle lui déposa un léger baiser sur les lèvres. Puis un autre. Joe la laissa trouver ses marques avant de répondre à ses baisers. Quand la poitrine de Bella lui effleura le bras et qu'elle vint poser la main sur son cœur, il ne put retenir un doux gémissement, mais il garda les mains fermement nouées derrière la tête et la laissa imprimer l'allure qu'elle souhaitait à leur étreinte. Comme elle avait l'habitude des baisers, son corps commença à se faire plus moelleux tout contre le sien. Quand elle voulut reculer, il s'autorisa à la retenir, d'une main, afin qu'elle sache qu'il n'était pas pressé et que ce qu'ils étaient en train de faire lui convenait parfaitement.

— N'arrêtez pas, murmura-t-il. J'adore vous embrasser. Par ailleurs, nous avons toute la nuit.

Elle soupira de soulagement et l'embrassa de nouveau. Les pointes de ses seins étaient dures contre son torse, ce qui était très bon signe d'après lui, et le cœur de Bella cognait fort lorsque leurs lèvres se séparèrent. La partie supérieure de son corps était étalée sur la sienne. La caresse de sa peau douce et laiteuse contre son torse plus sombre et bien moins lisse était merveilleuse. Les sublimes cheveux de Bella formaient autour d'eux un voilage qui les séparait du reste du monde. Ils étaient dans leur petit paradis rien qu'à eux.

— Et maintenant ? demanda-t-elle.

Satisfait de l'entendre aussi haletante que lui, Joe sourit.

— Maintenant, c'est le moment de nous toucher. Cette étape peut prendre des heures et des heures. Comme je suis un gentleman, je vous laisse commencer.

Elle rosit instantanément, ce qui la rendit encore plus désirable, mais elle prit sur elle, montrant sa détermination à combattre ses peurs par l'action.

— Où dois-je vous toucher ?

— Où vous voulez. Il n'y a pas de règle préétablie. Laissez vos mains vagabonder où elles le souhaitent. Et n'oubliez pas que c'est pour la science, surtout.

Elle rit et se détendit un peu plus. Au bout de quelques secondes, elle posa la paume sur son torse et le parcourut, en remontant vers ses épaules, avant de la retirer craintivement. Il l'embrassa et remit doucement sa main là où elle était si bien.

— N'ayez ni peur ni retenue, Bella. Une femme qui

comme vous s'intéresse autant à l'anatomie est forcément curieuse. Combien d'hommes nus avez-vous vus avant cette nuit ? Sans serviette mouillée autour de la taille ?

— Aucun, répondit-elle, alors que ses doigts descendaient le long du ventre. Mais j'ai vu des images.

— Ces planches scientifiques étaient-elles faites de chair et d'os ? Représentaient-elles des hommes dans le même état d'excitation que moi ?

— Non.

— Dans ce cas, je vous connais trop bien pour ne pas vous savoir dévorée par la curiosité.

De fait, son regard noir et brillant semblait attiré par l'endroit où, sous les draps, s'était formée une bosse.

— Ne vous inquiétez pas. Ça ne mord pas.

Joe essayait de prendre une voix enjôleuse, même si c'était Bella qui le rendait fou de désir avec ses effleurements délicats. Quand elle souleva les couvertures et exposa sa peau à l'air libre, il dut serrer les dents pour contenir le gémissement guttural qui ne demandait qu'à sortir de sa bouche. Bella se contenta de le regarder. Au moins trente secondes s'écoulèrent, douloureuses, avant qu'elle ne lève les yeux.

— Je ne m'attendais pas à quelque chose d'aussi gros, déclara-t-elle.

Joe rit, ce fut plus fort que lui.

— Excellente réponse, qui flatte grandement ma fragile fierté de mâle.

— Est-ce que c'est douloureux ? Quand vous êtes dans cet… état ?

— Non. Oui. Je ne sais pas… C'est très difficile à expliquer, en fait.

Seigneur, elle allait le tuer. Elle voulait débattre des particularités de l'anatomie masculine alors que le corps de Joe était complètement déconnecté de son cerveau de professeur.

— Il… a envie. C'est la meilleure façon d'expliquer les choses.

Et, comme pour prouver ses dires, son sexe se tendait vers la main de Bella. Une main qui s'était aventurée bien en dessous de son nombril et continuait sa descente à l'allure d'un escargot. Une main qu'il avait envie d'attraper et de poser autour de son membre pour calmer ses appétits dévorants. Joe ferma les yeux et pria Dieu de lui accorder la force dont il avait tant besoin. Il tenta de supporter la délicieuse douleur causée par les caresses de Bella en se répétant qu'il se sacrifiait pour elle, afin qu'elle puisse faire ce qui était bon pour elle. Il était prêt à la laisser procéder à sa guise et à son rythme toute la nuit si nécessaire, comme il l'avait promis, à moins qu'il ne se mette à un moment ou à un autre à s'embraser spontanément.

Lorsque du doigt Bella effleura brièvement l'extrémité de son sexe, il sursauta en grognant.

Elle s'empressa de retirer la main.

— Désolée. Vous ai-je fait mal ?

— Non, Bella. Je veux que vous me touchiez. Vous ne savez pas à quel point je veux que vous me touchiez à cet endroit précis.

— Là ?

— Oui ! Là !

Joe prit une grande inspiration et lutta pour se contenir.

Elle tendit timidement la main et le caressa doucement.

— Comme cela ?

— Oui.

Il serrait tant les dents que ses mâchoires étaient douloureuses.

— Exactement comme cela.

Les mouvements de Bella gagnèrent en audace et en fermeté au fil des minutes, qui semblaient interminables à Joe. Et comme la regarder le toucher, sentir de temps en temps ces seins magnifiques lui effleurer la peau, lui causait désormais une réelle douleur physique, Joe l'embrassa jusqu'à ce qu'il n'en puisse plus. En faisant appel à tout ce qu'il put rassembler de volonté et de maîtrise de lui-même, il ajusta sa position afin de pouvoir explorer lui aussi ce corps si délectable, sans jamais perdre de vue qu'il ne fallait surtout pas que Bella ait l'impression de subir ses assauts. Le monstre qui l'avait attaquée l'avait plaquée au sol pour ensuite la toucher avec brutalité. Il fallait que l'expérience de cette nuit soit à l'opposé de ce qu'elle avait vécu par le passé. En fait, mieux valait qu'il n'utilise pas du tout les mains pour l'instant. En posant une main légère sur la hanche de Bella et en levant l'autre au-dessus de la tête, Joe laissa sa bouche adorer le corps parfait de sa bien-aimée. Cela le toucha qu'elle lui fasse suffisamment confiance pour le laisser l'embrasser sans rien dire.

Ses lèvres et ses dents explorèrent son cou, aspirèrent, mordillèrent, titillèrent, et progressèrent ainsi jusqu'à sa poitrine. Quand sa langue trouva son mamelon, elle se figea un instant et le gémissement de plaisir surpris qui lui échappa le fit chavirer.

Bella n'avait jamais vraiment prêté attention à ses seins auparavant. Jusqu'à ce que Joe se mette à les embrasser, elle avait supposé qu'ils étaient uniquement là pour nourrir ses enfants quand elle en aurait. À présent elle prenait conscience qu'ils étaient aussi une très grande source de plaisir et elle espérait sincèrement que Joe n'était pas près d'arrêter ce qu'il avait commencé. L'un d'eux respirait pesamment et Bella se rendit compte avec stupéfaction que c'était elle. Elle avait glissé les mains jusqu'aux cheveux de Joe, afin de pouvoir maintenir la tête de ce dernier en place pendant que sa langue faisait des choses merveilleuses à son mamelon et que son corps prenait vie.

Quand il cessa et libéra la pointe de son sein, elle faillit protester, mais aussitôt les lèvres expertes de Joe trouvèrent la deuxième, et sans honte aucune elle poussa le téton plus loin dans sa bouche. Quand ses mains remplacèrent ses lèvres, cela ne la dérangea pas. Elles étaient les bienvenues. Sa peau attendait désespérément son contact. Alors que les paumes de Joe étaient emplies par ses seins, les lèvres de ce dernier se promenaient ailleurs. Elles éveillaient d'autres parties de son corps à de délicieux plaisirs, des parties dont elle n'aurait jamais imaginé qu'elles puissent être aussi sensibles. Son ventre et ses côtes. Son nombril. Où qu'il l'embrasse, la zone en question s'embrasait soudainement et ses terminaisons nerveuses naissaient à la passion amoureuse. La bouche de Joe trouva sa hanche et sa langue en parcourut longuement les courbes, chaque caresse provoquant des contractions dans son bas-ventre.

Bella s'était présentée à Joe cette nuit en s'attendant à vivre une épreuve, une épreuve qu'elle s'était préparée à affronter et à supporter, mais avec l'espoir que, parce que c'était Joe, elle ne serait pas aussi atroce que celle qu'elle avait vécue par le passé. Elle s'attendait aussi à ce qu'elle ne dure pas longtemps. Mais depuis combien de temps avaient-ils commencé déjà ? Depuis plusieurs minutes ? Depuis plusieurs heures ? Et ils n'avaient toujours pas fait ce pour quoi elle était venue. Néanmoins elle n'était pas pressée. Pas alors que ce long préambule était un apprentissage pour ses sens.

— Me faites-vous confiance ? murmura Joe.

Son souffle caressa le triangle sombre situé au sommet de ses cuisses et elle frémit.

— Oui !

Était-ce sa propre voix ? Si râpeuse et suppliante. Instinctivement, ses hanches se tendirent vers le visage de Joe.

— Oui, je vous fais confiance, répéta-t-elle, persuadée qu'il allait passer à l'acte maintenant.

Il déposa un baiser sur son pubis, où il s'attarda. Elle sentit ses mains sur ses cuisses, elle le sentit lui écarter les jambes et essaya de ne pas céder à la panique.

Il s'agissait de Joe, et de personne d'autre.

C'était un passage obligé, sans lequel, entre eux, l'intimité n'existerait pas. Elle savait exactement en quoi consistait l'acte. Cette partie de lui, si immense et si dure, devait entrer dans la partie enfouie de son anatomie qu'elle n'avait jamais vue, mais que Joe pouvait désormais contempler. Elle était à présent entièrement nue et offerte à son beau et doux regard bleu. En toute logique, elle savait qu'il allait devoir se positionner afin que la partie inférieure de son corps soit en face de la sienne. Il la pénétrerait et en quelques minutes ce serait terminé.

Sauf qu'il ne bougeait pas. Pas son corps, en tout cas. Sa bouche, elle, la toucha de nouveau, plus bas, et sa langue trouva une partie de son anatomie dont Bella ne connaissait pas l'existence jusqu'à ce moment. Une partie qui, apparemment, était reliée à tous les nerfs de son corps et qui adorait ses baisers. Ses jambes s'ouvrirent d'elles-mêmes pendant qu'elle poussait un gémissement, et quand il l'embrassa de nouveau ses talons s'enfoncèrent dans le matelas.

— Que faites-vous ?

— Je vous embrasse. Et il faut que vous sachiez, Bella, que je n'ai pas l'intention d'arrêter de sitôt.

— Oh… oh !

Sa langue tournait autour de l'infinité de terminaisons nerveuses qu'il avait trouvée et toute pensée rationnelle s'évapora. Tout ce qui existait, c'étaient ces merveilleuses sensations nouvelles qui rendaient tous leurs baisers antérieurs insignifiants. Ses mains s'agrippèrent aux cheveux de Joe et son corps se mit à se tortiller sur le matelas. Cela ne la gênait pas d'être complètement nue et exposée à son regard, cela ne la gênait pas d'être dans l'incapacité de l'arrêter, car c'était sa propre passion qui la maintenait plaquée sur ce lit. Ses seins réclamaient les caresses de Joe et, comme les mains de ce dernier restaient sur ses hanches, ce furent ses propres doigts qui, sans honte, touchèrent à sa place ses mamelons douloureux.

Pendant que la langue de Joe continuait de la torturer, les mains miraculeuses de ce dernier se mirent à explorer son sexe humide et brûlant. Elle eut un léger sursaut lorsqu'il glissa un doigt en elle et se mit à caresser l'intérieur de son corps. Elle sentit qu'elle se contractait par spasmes autour de lui. Elle sentit quelque chose croître puis exploser en elle, puis elle se retrouva propulsée vers les étoiles, qui étincelaient d'une blanche et éclatante lumière. Tout à son exultation, elle se mit à crier le nom de Joe, avant de, lentement, très lentement, redescendre sur terre.

Quand elle reprit ses esprits, elle se rendit compte que Joe lui souriait, ses beaux yeux bleus à quelques centimètres des siens. Son corps recouvrait le sien, comme elle s'y attendait, mais cela ne lui parut pas pénible. Au contraire, cela lui plut de sentir son corps peser sur le sien. Leurs corps se touchaient intimement. Elle sentait son membre viril entre ses jambes, à côté de la zone de son corps encore vibrante de tous ces baisers reçus.

— Me faites-vous confiance ?

— Oui.

C'était la vérité. Après ce qu'elle venait de vivre, l'intimité avec Joe ne l'effrayait plus. Quoi qu'il arrive, il ferait en sorte que cela se passe bien, elle en était certaine.

— Je vous aime, ajouta-t-elle en guise d'explication.

Son regard devint ardent, merveilleusement ardent.

— Je vous aime moi aussi. Mais nous ne sommes pas obligés de faire cela tout de suite.

— Si.

Bella l'embrassa, espérant par ce geste chasser l'inquiétude qu'elle voyait dans ses yeux.

— J'en ai besoin pour reprendre le contrôle de ma vie et pour avancer. Et je veux être avec vous, Joe, complètement. J'en ai assez d'avoir peur et de me sentir brisée. C'est le dernier mur qu'il me reste à abattre. Aidez-moi à le faire.

— Je ne peux pas vous promettre que ce sera totalement

indolore. Mais vous n'aurez mal qu'une seule fois. Après cela, je ne vous ferai plus jamais souffrir, je vous le jure.

Il ne lui causerait pas le moindre mal.

Au contraire, il allait la guérir.

— Allez-y, je suis prête.

— Je veux que vous comptiez jusqu'à trois, et ensuite que vous preniez une grande inspiration.

— Un… deux…

Alors qu'elle inspirait, le corps de Joe s'insinua en douceur dans le sien et il étouffa le petit cri qu'elle poussa en l'embrassant. De façon curieuse, ce fut davantage la surprise que la douleur qui lui arracha ce cri. Joe avait préparé son corps à cette intrusion et elle était tellement persuadée que la souffrance serait atroce que le léger inconfort qu'elle éprouva n'était rien par rapport à ce qu'avait imaginé son esprit irrationnel.

— C'est fait, mon amour. Vous ne souffrirez plus.

Il l'emplissait complètement. Étrangement, cette sensation inédite semblait presque normale, naturelle. Elle n'était ni désagréable ni délectable, mais elle avait le potentiel pour le devenir. Elle sentait déjà des picotements à l'endroit de ce petit bouton de plaisir qui ne cessait de la surprendre. Elle sentait aussi les efforts que Joe fournissait pour rester complètement immobile, alors que ses bras et son corps tremblaient. Bella voulait qu'il bouge. Son corps aurait donné n'importe quoi pour qu'il bouge.

Avec fougue et audace, elle fit glisser ses mains le long du dos de Joe et les posa sur ses fesses. Elle poussa son bassin vers le sien et le regarda fermer les paupières.

— Si vous me voulez, prenez-moi, car moi je vous veux, et je ne veux rien d'autre.

En la regardant dans les yeux, il se mit à bouger. Lentement pour commencer, afin qu'elle puisse s'habituer à sa taille et à cette intrusion, et puis plus vite et plus loin. Bella accueillit avec bonheur chaque coup de reins, en gémissant de plaisir alors que le sexe dur de Joe caressait les parois de son corps, jusqu'à ce qu'elle se fonde en lui pour devenir une partie de lui. Quand elle sentit cette délicieuse tension croître en elle, elle n'essaya pas de la combattre cette fois, préférant profiter pleinement de l'instant. C'était magnifique de voir Joe se perdre complètement dans son corps. C'était merveilleux d'avoir l'impression de pouvoir contempler son âme, de sentir leurs cœurs battre à l'unisson. L'apothéose eut lieu lorsque, ensemble, ils se retrouvèrent propulsés vers les étoiles, si blanches, si éclatantes, si belles.

Chapitre 22

Joe revit ses frères pour la première fois le jeudi matin, après presque trois semaines d'éloignement forcé. Ils étaient assis tous les quatre dans la grande cuisine de l'orphelinat avec Mellor et Bella, bien sûr, pour débattre du bien-fondé de mettre fin à la quarantaine. Tous considéraient que c'était une chance de n'avoir eu à traiter que sept cas de variole, d'autant plus que parmi les malades seulement quatre personnes étaient des habitants de Retford. Ce qui aurait pu être une épidémie atroce et dévastatrice n'avait pris qu'une seule vie.

Joe n'arrivait toujours pas à croire que le révérend Reeves ait préféré choisir une mort douloureuse et solitaire, reclus dans son presbytère, plutôt que d'accepter l'aide qui lui avait été proposée. Les équipes de Mellor avaient régulièrement frappé à sa porte et chaque fois il les avait chassées, en proférant des insultes au sujet des Warriner et de leur âme démoniaque. Quand il avait cessé de répondre, tous avaient supposé qu'il les ignorait à dessein, mais une nuit Jamie s'était inquiété de ne voir aucune lumière à l'intérieur, et lui et Mellor avaient fini par enfoncer la porte. D'après Jamie, il était mort depuis au moins une journée. Ils s'étaient entendus pour cacher dans un premier temps cette tragédie à Joe, car ils savaient qu'il s'en voudrait de ne pas avoir été capable de l'empêcher. Ils n'avaient pas eu tort. Joe déplorait la disparition du révérend. Personne ne méritait de mourir dans d'atroces souffrances, même pas un homme mauvais et haineux comme le père de sa belle-sœur.

Ils se mirent d'accord : dès le lendemain, les routes et le marché rouvriraient, et l'hôpital provisoire fermerait ses portes définitivement. Les six malheureuses victimes qui restaient rentreraient chez elles à l'aube, toutes affaiblies et durement marquées par la maladie. Il leur faudrait des mois pour se rétablir complètement, c'était certain, mais au moins elles allaient pouvoir entamer cette longue route vers la guérison dans le confort de leurs foyers, entourées de ceux qu'elles aimaient.

— La ville vous doit une fière chandelle, docteur Warriner, déclara Mellor sur un ton solennel. À vous tous ici présents, d'ailleurs. Et j'espère sincèrement que tous les habitants se souviendront de ce que vous avez fait pour eux.

— Peut-être, répondit Joe.

Mais il lui suffit d'un seul regard à ses frères pour comprendre qu'ils partageaient ses doutes sur la question.

— Mais certaines blessures sont profondes, Mr Mellor, ajouta-t-il, désabusé.

— Je ne désespère pas que cette ville parvienne à vous surprendre.

Avant de se séparer, ils évoquèrent le retour des orphelins dans leurs murs, qui, idéalement, devait se faire le plus tôt possible.

— Avant cela, tout le linge, tous les matelas, toutes les couvertures devront être brûlés, déclara Joe, catégorique. Tous les murs, tous les sols, tous les meubles devront être frottés au savon.

— Et au gin. Mais nous n'en avons plus, ajouta Bella en lui souriant. Nous allons avoir besoin de litres et de litres de gin.

— Du gin ? demandèrent les autres hommes à l'unisson.

— Oui. Joe est convaincu que le gin possède des vertus désinfectantes.

Le policier se contenta de hocher la tête.

— Eh bien, les théories novatrices du Dr Warriner se sont toutes révélées exactes jusque-là, je ne me permettrai donc pas de les mettre en doute. Je vais envoyer des hommes à Nottingham dès aujourd'hui afin qu'ils rapportent suffisamment de gin pour demain matin.

— Même avec ces précautions, le bâtiment devra être aéré pendant toute une semaine avant que nous puissions envisager d'y faire revenir les enfants.

Une fois que tout fut organisé, Joe et Bella retournèrent à l'infirmerie pour faire leurs propres préparatifs. Mrs Patterson avait été renvoyée chez elle. À présent que la crise était passée, les paires de bras supplémentaires n'étaient plus nécessaires et, égoïstement, Joe voulait Bella pour lui et pour lui seul ce soir. Normalement, Jake et Mrs Giles étaient censés rester avec eux afin que la bienséance soit respectée mais, avec beaucoup de tact, son frère était allé superviser le nettoyage de la malle-poste avant son retour à Nottingham, emmenant Mrs Giles avec lui. Et il ne s'était plus montré de la soirée.

Jake les réveilla néanmoins le lendemain matin. *Ensemble.* Ce qui fit rougir Bella de la tête aux pieds. Jake, quant à lui, ne semblait pas le moins du monde gêné ni perturbé.

Juste après l'aube, ce dernier chargea les trois habitants de Retford dans une carriole pour les ramener chez eux. Quelques minutes plus tard, Jamie et Jack arrivèrent. Jack montait son cheval, tandis que Jamie conduisait la malle-poste, à l'arrière de laquelle était attaché Satan, son étalon noir, prêt à le ramener chez lui dès qu'il aurait reconduit ses passagers épuisés là d'où ils venaient. Pendant que Joe et Bella aidaient ces derniers à grimper à bord, les parents de Bella arrivèrent.

Joe garda ses distances pendant qu'ils s'étreignaient, prétextant devoir s'occuper de ses patients. Mais quand la grosse voiture finit par quitter la place du marché il rejoignit

Bella et les siens, en se sentant curieusement nerveux. Ce n'était pas tous les jours que l'on devait regarder dans les yeux l'homme dont on venait de déflorer la fille.

Le comte se dirigea vers lui, la main tendue, puis serra avec chaleur celle de Joe.

— Bella vient de me parler de l'engagement et du dévouement exceptionnels dont vous avez fait preuve, docteur Warriner. Je suis aussi impressionné qu'admiratif. Vraiment.

Jamais très à l'aise avec les compliments, Joe les balaya d'un revers de la main.

— Je n'ai fait que mon travail, monsieur le comte. Votre fille est davantage digne d'éloges. C'est elle qui a eu l'idée de placer la ville en quarantaine. Bella a été mon roc durant ces dernières semaines.

Un roc auquel il avait l'intention de rester amarré pour toujours.

— J'aurais été perdu sans elle.

— Elle semble aller… *bien.*

— C'est le cas, en effet.

Ses murs intérieurs avaient été remplacés par un magnifique ciel bleu, et c'était vers cet horizon limpide et dégagé qu'ils allaient ensemble se diriger.

— Je vous dois des remerciements pour cela aussi. Vous avez été le meilleur des amis pour elle depuis notre arrivée à Retford. Venez dîner à la maison ce soir. Je sais que Bella en sera ravie et je suis sûr que vous avez hâte de retrouver Clarissa.

Le comte lui adressa un clin d'œil qui fit tressaillir Joe.

— À ce propos…

— Docteur Warriner !

Mellor fit son apparition sur la place, suivi par une foule qui semblait en colère.

— Nous avons deux mots à vous dire !

Instinctivement, Joe tourna la tête vers son frère aîné. Dans les situations difficiles, tous les Warriner regardaient Jack.

Toujours. Mais ce dernier ne semblait pas du tout perturbé. Au contraire, il suivait la progression de Mellor d'un œil amusé. Bella, quant à elle, se précipita aux côtés de Joe, et saisit sa main pour lui témoigner son soutien.

Le policier s'arrêta juste en face de lui et pointa un doigt robuste vers le visage de Joe.

— Allez-vous-en. Tout de suite.

Derrière lui, la foule opina bruyamment. Tous semblaient furieux.

— Je ne comprends pas, Mr Mellor.

Le policier fit un geste du pouce pour désigner l'orphelinat derrière lui.

— Ouste, Warriner. Nous voulons que vous partiez.

Cette hostilité n'avait aucun sens. Il avait dû se passer quelque chose. Joe se plaça devant Bella pour la protéger et croisa les bras sur la poitrine, alors qu'il sentait la colère le gagner. La veille, ce même homme lui avait déclaré que la ville devrait lui montrer gratitude et reconnaissance, et voilà que ce dernier semblait avoir monté toute cette foule contre lui. Après ce qui s'était passé la fois précédente, Joe n'avait pas envie de causer une nouvelle émeute, surtout pas alors que Bella se trouvait juste à côté de lui. Dans ce cas, la diplomatie était peut-être de mise, songea-t-il en scrutant les visages courroucés qui lui faisaient face.

— Ce bâtiment appartient à ma famille, donc je ne partirai pas.

— Oh que si. Votre travail ici est terminé. Rentrez chez vous.

Le policier fit surgir un seau de derrière son dos et se mit à ricaner. C'était apparemment le signal qu'attendait la foule. Les expressions furieuses furent aussitôt remplacées par des sourires et une centaine de personnes se mirent à brandir chiffons, balais, seaux et bouteilles de gin.

— Vous et votre fiancée en avez suffisamment fait comme

cela. Vous avez le droit de vous reposer. Nous allons nous charger de nettoyer l'orphelinat.

Tel un essaim d'abeilles, la foule compacte se dirigea vers le bâtiment. En passant, beaucoup lui tapèrent sur l'épaule ou s'arrêtèrent pour lui serrer la main, laissant Joe passablement abasourdi et ému. Comme si elle l'avait senti, alors que la place s'était tout à coup vidée, Bella passa les bras autour de la taille de Joe et se hissa sur la pointe des pieds pour l'embrasser. Comme tous leurs baisers, il devint rapidement passionné, jusqu'à ce qu'ils prennent conscience qu'ils n'étaient pas seuls.

— Fiancée ? s'exclama le comte de Braxton, qui les regardait d'un air stupéfait. Mais je croyais que vous aviez jeté votre dévolu sur Clarissa.

— Au fond de mon cœur, c'est toujours Bella que j'ai voulue.

— Vraiment ?

C'était à présent au tour du comte de ne plus rien comprendre.

— Eh bien, je dirais que… que c'est tout aussi fantastique. Et est-ce également ce que tu veux, ma fille ?

— Oui. Je suis déterminée à devenir l'épouse d'un médecin.

Joe adorait entendre le mot « épouse » dans la bouche de Bella. Il se pencha pour l'embrasser de nouveau et recula en gémissant lorsqu'il reconnut la voix de Mrs Patterson, qui l'appelait sur un ton qu'il ne connaissait que trop bien.

— Docteur Warriner ! Je suis vraiment désolée de vous interrompre, mais Lady Fordyce est sur le point d'accoucher. Le travail a commencé et elle a demandé qu'on vous prévienne.

— Lady Fordyce est une patiente du Dr Bentley.

Elle était bien trop riche pour être soignée par Joe. Les patients de Joe le payaient en peignes à cheveux ou en poulets, pas en jolies pièces d'or bien brillantes. Par ailleurs, il voulait continuer d'embrasser Bella.

— C'est ce que j'ai dit à son époux, docteur Warriner, mais Lord Fordyce a répondu, et je cite, qu'il voulait « un vrai médecin pour assister sa femme et mettre au monde son enfant. Un médecin avec des idées modernes et des principes moraux ». Dois-je lui dire que vous êtes occupé ailleurs ?

Pendant une seconde il hésita, égoïstement, avant que le médecin en lui ne se rappelle à sa conscience. De toute évidence, ce besoin viscéral d'aider les gens ne le quitterait jamais.

— Non. Je vais y aller.

Joe adressa un regard désolé à Bella.

— J'ai bien peur que ce ne soit un avant-goût de ce qui vous attend en tant que femme de médecin. J'ai rarement cinq minutes à moi.

Peut-être était-ce lui qui était déloyal ? Il ne pourrait pas dédier tout son temps à Bella, alors qu'elle l'aurait tant mérité.

— Ma vie est souvent une course effrénée et…

Bella le fit taire en l'embrassant.

— Je n'ai jamais assisté à une naissance, déclara-t-elle.

Elle passa le bras sous le sien et adressa un sourire rayonnant à la gouvernante.

— Mrs Patterson, pouvez-vous faire préparer le carrick de mon fiancé ? Et pouvez-vous vous assurer qu'il ne manque rien dans la malle contenant son matériel médical ?

Elle se tourna vers ses parents en souriant de plus belle.

— Il se peut que nous ne soyons pas de retour à temps pour le dîner. Les naissances sont parfois compliquées, d'après ce que j'ai lu, et les bébés prennent souvent leur temps pour sortir.

— C'est vrai.

La main de Joe se posa sur la sienne dans un geste possessif, puis, ensemble, ils traversèrent la place. Bella lui ressemblait tant. Ils étaient faits l'un pour l'autre. Elle était vraie, pleine de ressource, toujours prête à secourir son prochain, brillante.

— Par exemple, il faut veiller à ce que les naissances par le siège soient aussi rapides que possible, car sinon elles peuvent devenir dangereuses aussi bien pour la mère que pour l'enfant. Les naissances gémellaires peuvent également être compliquées, mais la plupart du temps tout se passe bien. Une fois que vous m'aurez secondé une fois ou deux, vous pourrez prendre ma place.

Joe s'arrêta tout à coup, l'air ravi.

— Vous allez enfin pouvoir entendre le double battement de cœur dont je vous ai parlé. Qu'avez-vous fait de votre stéthoscope ?

Bella glissa les mains dans sa poche, que l'instrument ne quittait jamais.

— Il est juste là. Je ne serais jamais partie de chez moi sans cet équipement essentiel.

Les yeux bleus de Joe pétillèrent d'amusement.

— Voilà bien la femme que j'aime.

Car c'était ce qu'elle était. Et ce qu'elle serait toujours.

— Alors vous feriez bien de venir avec moi, reprit-il, guilleret. Cela risque d'être instructif.

— Avec vous, j'irai jusqu'au bout du monde… mais seulement à condition que je puisse conduire.

Vous avez aimé ce livre ? Découvrez prochainement
le nouveau roman d'Annie Burrows,
« De gouvernante à comtesse »,
dans votre collection Les Historiques.

Les Historiques

HARLEQUIN

Retrouvez prochainement,
dans votre collection

Les Historiques

Le baiser du Viking, de Sarah Rodi - N°954

Angleterre, printemps 821

Sur le point d'épouser un lord, la princesse saxonne Anne de Termath est brutalement enlevée par celui qu'on surnomme avec effroi Brand le Barbare – un Viking sans pitié qui a mis les villages du royaume à feu et à sang. Poursuivis par les gardes du roi, tous deux se lancent dans une folle chevauchée à travers champs, jusqu'à atteindre la forteresse de Kald, que Brand a bâtie avec son peuple. Là, auprès du puissant Viking dont elle est la captive, Anne est gagnée par des émotions contradictoires. La peur et le désir se disputent en elle. Car, bien qu'elle soit pour ce guerrier sanguinaire l'instrument d'une vengeance, elle devine chez lui un être bien plus complexe qu'elle pourrait aimer…

Un Highlander pour époux, de Michelle Willingham - N°955

Écosse, XIXe siècle

À la suite d'un traumatisme qui hante encore ses nuits, Lady Regina s'est réfugiée dans une existence solitaire, préférant l'ombre à la lumière. Longtemps, elle s'applique à éconduire ses nombreux prétendants, jusqu'au jour où son père lui impose un mariage de convenance avec un homme qu'elle n'aime pas. Acculée, elle se tourne alors vers son meilleur ami, Dalton, vicomte de Camford, qui accepte de tenir auprès d'elle le rôle d'époux. Dalton est en effet le seul en qui Regina puisse avoir confiance, bien qu'elle se sente étrangement vulnérable en sa présence…

La flamme de Warstone, de Nicole Locke - N°956

France, XIIIe siècle

Mariée de force au fils aîné de la puissante famille Warstone, Séverine a renoncé à tout ce qui lui était cher : sa passion des arts et de la musique, ses rêves de bonheur. Mais jamais elle n'a abandonné l'idée de fuir son cruel époux. À force de courage et de détermination, elle parvient à s'échapper avec ses deux fils au péril de sa vie… Hélas ! six ans plus tard, alors qu'elle vit cachée mais libre sous le soleil de Provence, voilà que son passé resurgit avec fracas. Balthus, le frère de son ancien mari, l'a retrouvée ! Et cet homme au regard ardent, avec qui elle a toujours senti une alchimie dévorante, exige qu'elle lui restitue un artefact appartenant à la famille Warstone, un objet qui permettrait de prendre le pouvoir sur l'Écosse tout entière…

Les Historiques

HARLEQUIN

Un irrésistible séducteur, de Virginia Heath - N°957

SÉRIE : SCANDALEUSES LIAISONS - TOME 4

Londres, Angleterre, 1820

Abandonnée par son père, Felicity a été élevée dans un couvent où elle est devenue une brillante institutrice. Parce qu'elle n'accorde aucune confiance aux hommes, elle est déterminée à ne jamais se marier. Tel est son état d'esprit, jusqu'à ce qu'elle rencontre Jake Warriner. Ce bourreau des cœurs, au charme diaboliquement envoûtant, fait bientôt vaciller toutes ses certitudes. Alors qu'elle devrait le fuir, voilà qu'elle se surprend à rêver de moments plus intimes en sa compagnie, au mépris du danger…

Un chevalier pour amant, de Jenni Fletcher - N°958

Angleterre, 1147

Alors qu'elle embrasse du regard son château de Danville, assiégé depuis de longs mois, Lady Juliana sait qu'elle n'a plus le choix : elle doit capituler. Bien sûr, elle répugne à se soumettre à l'ennemi, mais sa priorité est de secourir ses gens, exsangues et affamés par les privations. Pourtant, face à la flamme de désir qu'elle surprend dans les yeux de Lothar, le chevalier qui a mené le siège et vient aujourd'hui recevoir sa reddition, Juliana se prend à espérer. Serait-elle capable d'user de ses charmes pour gagner du temps jusqu'à l'arrivée des renforts ?

La Princesse et le Viking, de Michelle Styles - N°959

Norvège, VIIIe siècle

En se substituant à sa sœur dans le lit d'Ivar Gunnarson, Thyre n'imaginait pas fondre sous les caresses du ténébreux Viking, de passage sur les rivages de son village. Mortifiée, elle apprend au lendemain de cette inoubliable nuit qu'Ivar a découvert la supercherie. Blessé dans son orgueil, l'implacable Viking est désormais déterminé à se venger d'elle : pour punition, Thyre devra le suivre à Viken et deviendra sa concubine. Un châtiment plus redoutable encore qu'Ivar ne le croit, car son arrivée au royaume viking menace de mettre au jour le secret qu'elle fuit depuis sa naissance…